ŚWI

TERRY PRATCHETT

KOLOR MAGII

ŚWIAT DYSKU

TERRY PRATCHETT

KOLOR MAGII

Przełożył
Piotr W. Cholewa

Prószyński i S-ka

Tytuł oryginału
THE COLOUR OF MAGIC

Projekt graficzny serii
Zombie Sputnik Corporation

Ilustracja na okładce
© Josh Kirby/via Thomas Schlück GmbH

Redakcja
Dorota Malinowska, Andrzej Kaczorowski

Korekta
Teresa Pajdzińska

Redakcja techniczna
Małgorzata Kozub

Łamanie
Liwia Drubkowska

ISBN 978-83-7648-564-5

Warszawa 2012

Wydawca
Prószyński Media Sp. z o.o.
02-697 Warszawa, ul. Rzymowskiego 28
www.proszynski.pl

Druk i oprawa
Drukarnia TINTA
13-200 Działdowo, ul. Żwirki i Wigury 22
www.drukarniatinta.pl

Tego samego autora polecamy:

KOLOR MAGII
★
BLASK FANTASTYCZNY
★
RÓWNOUMAGICZNIENIE
★
MORT
★
CZARODZICIELSTWO
★
ERYK
★
TRZY WIEDŹMY
★
PIRAMIDY
★
STRAŻ! STRAŻ!
★
RUCHOME OBRAZKI
★
NAUKA ŚWIATA DYSKU I, II, III
★
KOSIARZ
★
WYPRAWA CZAROWNIC
★
POMNIEJSZE BÓSTWA
★
PANOWIE I DAMY
★
ZBROJNI
★
MUZYKA DUSZY
★
CIEKAWE CZASY
★
MASKARADA
★
OSTATNI BOHATER
★
ZADZIWIAJĄCY MAURYCY I JEGO EDUKOWANE GRYZONIE
★
NA GLINIANYCH NOGACH
★
WIEDŹMIKOŁAJ
★
WOLNI CIUTLUDZIE
★
BOGOWIE, HONOR, ANKH-MORPORK
★
OSTATNI KONTYNENT
★
CARPE JUGULUM
★
PIĄTY ELEFANT
★
PRAWDA
★
ZŁODZIEJ CZASU
★
ZIMISTRZ
★
STRAŻ NOCNA
★
POTWORNY REGIMENT
★
PIEKŁO POCZTOWE
★
ŁUPS!
★
ŚWIAT FINANSJERY
★
HUMOR I MĄDROŚĆ ŚWIATA DYSKU
★
NIEWIDOCZNI AKADEMICY
★
W PÓŁNOC SIĘ ODZIEJĘ
★
NIUCH
★
ŻÓŁW PRZYPOMNIANY
★
PARA W RUCH
★
FOLKLOR ŚWIATA DYSKU
★
PASTERSKA KORONA
★
PRZEWODNIK PANI BROADSHAW

TERRY PRATCHETT, angielski autor urodzony w 1948 r., podobno sprzedał swoją pierwszą powieść mając trzynaście lat i od tego czasu bez przerwy pisze. Jednak pisarstwo traktował jako hobby, aż do chwili stworzenia pierwszej książki z cyklu o Świecie Dysku. „Kolor magii" przyniósł mu wielki rozgłos. Druga książka z cyklu – „Blask fantastyczny" okazała się równie, a może nawet bardziej popularna. Trzecia część, „The Equal Rites", była już tak wyczekiwana przez czytelników, że zanim książka została opublikowana, czytano ją w BBC.

Początki jednak wcale nie były łatwe. Jako autor fantastyki Pratchett objawił się po raz pierwszy w „Fantasy and Science Fiction" w 1963 r. opowiadaniem „The Hades Business". Do 1980 r. pracował jako dziennikarz, a potem jeszcze przez siedem lat jako redaktor. Dlatego też jego pierwsze powieści ukazywały się w sporych odstępach czasu. Pierwsza – „The Carpet People" (1971) – była fantazją dla dzieci. Następna – „The Dark Side of the Sun" (1976) – parodią twardej SF w stylu uprawianym przez Larry'ego Nivena, Rona Goularta i Jacka Vance'a. Podobna w stylu była „Strata" (1981; wyd. polskie „Warstwy wszechświata", Almapress 1992), gdzie po raz pierwszy opisany został Świat Dysku niesiony na grzbiecie ogromnego żółwia.

Książki, których akcja została osadzona właśnie na tym świecie, przyniosły wreszcie Pratchettowi sławę. Seria składa się z następujących części: „Kolor magii" (The Colour of Magic; 1983), „Blask fantastyczny" (1986), „Equal Rites" (1987), „Mort" (1987), „Sourcery" (1988), „Wyrd Sisters" (1988), „Pyramids" (1989), „Guards, Guards" (1989), „Eric" (1990), „Moving Pictures" (1990), „Reaper Man" (1991), „Witches Abroad" (1991), „Small Gods" (1992) i „Lords and Ladies" (1992). Kolejne w planach. Jeśli chodzi o ładunek humoru, w całym gatunku SF nie ma serii mogącej się równać z historią o Świecie Dysku.

Napisał również drugą serię – trylogię dla dzieci „Book of the Nomes". Jej bohaterami są małe istoty pozaziemskie uwięzione na naszej planecie, z której usiłują zbiec.

Terry Pratchett jest człowiekiem o ogromnie żywej ironicznej inteligencji i typowo angielskim poczuciu humoru. Twierdzi, że na początku wcale nie łatwo było mu przelewać swe wizje na papier. Teraz jednak uważa, że nie ma nic lepszego niż do połowy napisana książka. Akcja już jest rozwinięta, postacie zaczynają żyć własnym życiem. „Chociaż czasami się zdarza, że przestają mnie słuchać i następuje coś, czego w ogóle nie planowałem" – dodaje.

Życie pisarza ułatwiają w znacznym stopniu takie „magiczne" urządzenia jak procesor tekstów. Pratchett skonstruował nawet swój własny tezaurus, który służy pomocą, gdy trzeba znaleźć odpowiednie słowo. Swoje książki oddaje wydawcy na dyskietkach. Czy to pasuje do twórcy fantasy?

Pytany, czy wierzy w magię, odpowiada: „Więcej się znajdzie magii w zwyczajnym domowym komputerze niż na sabacie czarownic, jednakże sporo ludzi poważnie traktuje czary, natomiast ja wierzę w cywilizację technologiczną".

Dorota Malinowska

KOLOR MAGII

PROLOG

W odległym, trochę już zużytym układzie współrzędnych, na płaszczyźnie astralnej, która nigdy nie była szczególnie płaska, skłębiona mgiełka gwiazd rozstępuje się z wolna...

Spójrzcie...

Wielki A'Tuin, żółw, zbliża się płynąc powoli przez międzygwiezdną otchłań. Wodorowy szron pokrywa jego ciężkie płetwy, przedwieczną skorupę wyżłobiły kratery meteorów. Oczami wielkimi jak morza, przesłoniętymi bielmem i pyłem asteroidów, spogląda nieruchomo w Cel.

Mózgiem większym niż miasto, z geologiczną powolnością myśli tylko o Ciężarze.

Spory ułamek ciężaru można oczywiście przypisać Berilii, Tubulowi, Wielkiemu T'Phonowi i Jerakeenowi, czterem gigantycznym słoniom. Na ich spalonych gwiazdami, szerokich barkach spoczywa krąg Świata, na całym obwodzie otoczony girlandą wodospadu, a od góry przykryty jasnobłękitną kopułą Niebios.

Astropsychologia do dziś nie ustaliła, o czym myślą słonie.

Wielki Żółw był jedynie hipotezą – do dnia, gdy nieduże, tajemnicze królestwo Krull, w którym najbliższe krawędzi góry wystają poza Krańcowy Wodospad, na czubku najbardziej przepastnego urwiska zbudowało rusztowanie z systemem bloków. Stamtąd, w mosiężnym pojeździe o kwarcowych oknach, opuszczono za Krawędź kilku obserwatorów, by zajrzeli pod zasłonę mgieł.

Ci dawni astrozoologowie, ściągnięci z powrotem przez ogromne zaprzęgi niewolników, dostarczyli wielu informacji o naturze i kształcie A'Tuina oraz słoni. Nie rozwiązali jednak fundamentalnych problemów natury i celu Wszechświata.

Na przykład: jakiej płci jest A'Tuin? Astrozoologowie stwierdzili autorytatywnie, że póki nie powstanie większe i mocniejsze rusztowanie dla pojazdu badającego głęboki kosmos, odpowiedzi na to kluczowe pytanie nie poznamy. Tymczasem można jedynie spekulować na temat oglądanej przestrzeni.

Istniała na przykład teoria, że A'Tuin przybył znikąd i będzie czołgał się jednostajnie lub też jednostajnie człapał donikąd, aż do końca czasu. Teoria ta cieszyła się dużą popularnością wśród uczonych.

Alternatywny pogląd, przedkładany przez ludzi o bardziej religijnej naturze, głosił, że A'Tuin podąża od Miejsca Lęgu po Czas Rui, jak zresztą wszystkie gwiazdy na niebie, także bez wątpienia dźwigane przez ogromne żółwie. Kiedy żółwie dotrą do celu, zaczną kopulować krótko i namiętnie, po raz pierwszy i jedyny. Z tego ognistego połączenia narodzą się nowe żółwie i poniosą nowe światy. Hipoteza ta znana była pod nazwą teorii Wielkiego Wybuchu.

I tak zdarzyło się, że młody kosmożółwioznawca z frakcji Równego Człapania testował nowy teleskop. Miał nadzieję z jego pomocą dokonać precyzyjnego pomiaru albeda prawego oka Wielkiego A'Tuina. Owego historycznego wieczoru, jako pierwszy człowiek z zewnątrz, dojrzał po stronie osi kłęby dymu z pożaru najstarszego miasta na świecie.

Później tak głęboko pogrążył się w badaniach, że zupełnie o tym zapomniał. Niemniej on był pierwszy.

Ale nie jedyny...

KOLOR MAGII

W podwójnym mieście Ankh-Morpork szalał ogień. Tam, gdzie liznął Dzielnicę Magów, płonął niebiesko i zielono, przetykany nawet iskrami ósmego koloru, oktaryny. W miejscu, gdzie jego zwiadowcy znajdywali kadzie i składy oliwy przy ulicy kupców, posuwał się seriami jaskrawych fontann i eksplozji; przy ulicach wytwórców perfum płonął słodko, a kiedy dotykał wiązek rzadkich, wysuszonych ziół w magazynach zielarzy, ludzie wpadali w obłęd i mówili o Bogu.

Płonęła już cała biedniejsza część Morpork. Bogatsi, godniejsi mieszkańcy Ankh, na drugim brzegu rzeki, reagowali na sytuację z bezprzykładną odwagą, gorączkowo burząc mosty. Ale w dokach Morpork gorzały już wesoło statki wyładowane ziarnem, bawełną, drewnem i uszczelniane smołą. Cumy spłonęły na popiół, a statki na fali odpływu ruszały przez rzekę Ankh i niby tonące świetliki spływały ku morzu, podpalając po drodze nadbrzeżne pałace i altany. Zresztą i tak iskry żeglowały z wiatrem i opadały daleko za rzeką, w cichych ogrodach i wśród stogów siana.

Dym z tego ogromnego, wspaniałego pożaru unosił się na całe mile w górę, rzeźbioną wiatrem czarną kolumną, widoczną w najdalszych zakątkach dysku. Robił niezwykle silne wrażenie, oglądany z chłodnego, mrocznego wzgórza o kilka mil dalej. Stojące tam dwie postacie obserwowały wszystko z wyraźnym zainteresowaniem.

Wyższy z tej dwójki żuł udko kurczaka, wsparty na mieczu odrobinę tylko krótszym od mężczyzny średniego wzrostu. Gdyby nie promieniująca od niego aura czujności i inteligencji, można by uznać, że jest barbarzyńcą z osiowych pustkowi.

Jego towarzysz był o wiele niższy, od stóp do głów otulony brązowym płaszczem. Później, gdy będzie miał okazję się poruszyć, zobaczymy, że stąpa lekko jak kot.

Od dwudziestu minut obaj właściwie milczeli, jeśli nie liczyć krótkiej i nie rozstrzygniętej kłótni, czy niedawny, wyjątkowo potężny wybuch nastąpił w magazynie oliwy, czy też w pracowni Kerible Zaklinacza. Stawką były pieniądze.

Potężny mężczyzna obgryzł wreszcie kość i ze smutnym uśmiechem rzucił ją w trawę.

– Znikają te wąskie alejki – westchnął. – Lubiłem je.

– I skarbce – mruknął niższy. Po czym dodał z namysłem: – Ciekawe, czy klejnoty się palą. Podobno pochodzą od węgla.

– Tyle złota... topi się i spływa rynsztokami. – Wyższy zignorował rozterki towarzysza. – I to wino wrzące w beczkach.

– Były tam szczury – zauważył niższy.

– Szczury, owszem, muszę przyznać.

– Niezbyt przyjemne miejsce w środku lata.

– To także. Ale nie można stłumić uczucia... hm, przelotnego...

Przycichł na moment i nagle uśmiechnął się.

– Staremu Fredorowi z Karmazynowej Pijawki byliśmy winni osiem sztuk srebra.

Niższy pokiwał głową.

Umilkli znowu. Nowe eksplozje wykreśliły czerwoną linię w ciemnej, jak dotąd, części najwspanialszego miasta świata.

Po chwili wyższy poruszył się niespokojnie.

– Łasico...

– No?

– Ciekawe, kto to zrobił.

Niższy z mężczyzn, znany jako Łasica, nie odpowiedział. Obserwował drogę zalaną pomarańczowym blaskiem. Niewielu uciekinierów tędy przeszło, ponieważ Brama Deosil jako jedna z pierwszych runęła wśród gradu rozgrzanych do białości głowni.

Teraz jednak zbliżała się jakaś para. Oczy Łasicy, zawsze najbystrzejsze w półmroku i półświetle, rozpoznały sylwetki dwóch jeźdźców i jakiegoś niskiego zwierzęcia między nimi. Z pewnością bogaty kupiec, uciekający z tyloma skarbami, ile tylko wpadło mu w drżące ze strachu dłonie. To właśnie obwieścił Łasica swemu towarzyszowi, który powiedział z westchnieniem:

– Nie przystoi nam rozbójnicze rzemiosło. Ale, jak sam mówisz, czasy są ciężkie i nie ma co liczyć na miękkie łoża.

Chwycił swój miecz, a kiedy zbliżył się pierwszy z jeźdźców, zastąpił mu drogę. Uniósł dłoń i rozciągnął usta w uśmiechu skalkulowanym tak, by uspokajał, a jednocześnie groził.

– Przepraszam pana bardzo... – zaczął.

Jeździec ściągnął cugle i odrzucił z głowy kaptur. Wysoki barbarzyńca zobaczył twarz poznaczoną plamami powierzchownych oparzeń i zdobną w kępki przypalonej brody. Nawet brwi zniknęły.

– Odczep się – burknęła twarz. – Jesteś Bravd Osianin, zgadza się?

W tym miejscu warto może wtrącić kilka słów na temat geografii i kosmologii Dysku.

Na dysku rozróżniamy, oczywiście, dwa podstawowe kierunki: osiowy i krawędziowy. Ponieważ jednak dysk wiruje z szybkością jednego obrotu na osiemset dni (w celu równego rozłożenia ciężaru między podtrzymujące go gruboskórne bestie, jak stwierdził Reforgule z Krulla), wyróżnia się także dwa kierunki pomniejsze: obrotowy i opaczny.

Małe słońce orbitujące wokół Dysku utrzymuje niezmienną trajektorię, a majestatyczny Dysk kręci się pod nim, łatwo więc pojąć, że rok składa się tu nie z czterech, a z ośmiu pór. Lata to okresy, kiedy słońce wschodzi lub zachodzi w najbliższym punkcie Krawędzi; zimy następują, kiedy wschodzi lub zachodzi w punkcie oddalonym o mniej więcej dziewięćdziesiąt stopni łuku.

Tym samym w krainach wokół Okrągłego Morza rok zaczyna się od Nocy Strzeżenia Wiedźm, postępuje poprzez Primę Wiosenną do pierwszego dnia lata (Wigilia Pomniejszych Bóstw) i dalej do Primy Jesiennej, mija połówkę roku w dniu Okrupływu, następnie Zimową Secundę (zwaną też Obrazimą, ponieważ słońce wschodzi wtedy w kierunku obrotowym Dysku). Dalej następuje Wiosennna Secunda, a Lato Dwa depcze jej po piętach. Trzy czwarte roku mija w noc Załóżkową, jedyną noc w roku, kiedy – według legendy – wszystkie wiedźmy, czarownicy i duchy zalegają w łóżkach. Opadające liście i mroźne noce podążają z wolna ku Przeciwobrazimie i nowej Nocy Strzeżenia Wiedźm, spoczywającej jak klejnot w jej sercu.

Ponieważ słabe słońce nigdy nie dogrzewa Osi, ziemie wokół niej skuwa wieczna zmarzlina. Krawędź, z drugiej strony, to region gorących wysp i słonecznych dni.

Tydzień Dysku składa się naturalnie z ośmiu dni, a w widmie światła występuje osiem kolorów. Osiem to liczba mająca na Dysku istotne znaczenie okultystyczne i nigdy, ale to nigdy, nie może jej wypowiedzieć mag.

Nie jest całkiem oczywiste, dlaczego właściwie wszystko powyższe zachodzi. Pomaga jednak zrozumieć, czemu bogów na Dysku nie tyle czci się, co obwinia.

Bravd pojął, że odebrano mu inicjatywę.

– Po prostu zniknij stąd, dobrze? – poprosił jeździec. – W tej chwili nie mam dla ciebie czasu. Czy to jasne? – Rozejrzał się i dodał: – To samo dotyczy twego ciemnolubnego, zapchlonego towarzysza, gdziekolwiek się teraz ukrywa.

Łasica podszedł do konia i spojrzał na zmiętoszonego jeźdźca.

– To przecież mag Rincewind, nieprawdaż? – zawołał radośnie, równocześnie notując w pamięci wygłoszony przez przybysza opis własnej osoby. Zemści się w wolnej chwili. – Miałem wrażenie, że poznaję ten głos.

Bravd splunął i schował miecz. Zwykle nie opłacało się zaczepiać magów – rzadko mieli przy sobie jakieś skarby warte poniesionych trudów.

– Bezczelnie gada jak na rynsztokowego maga – mruknął.

– Nie zrozumieliście – odparł zmęczonym tonem jeździec. – Boję się was tak bardzo, że kręgosłup mam jak z galarety. Ale w tej chwili cierpię na przedawkowanie grozy. Kiedy mi to minie, znajdę czas, żeby się was przyzwoicie przestraszyć.

Łasica wyciągnął rękę w kierunku płonącego miasta.

– Przeszliście przez ogień? – zapytał.

Mag przetarł oczy poparzoną dłonią.

– Byłem tam, kiedy to się zaczęło. Widzicie go? Tego z tyłu? – wskazał swego towarzysza podróży, który powoli zbliżał się, wykorzystując metodę jazdy polegającą na spadaniu co i rusz z siodła.

– Co z nim? – zdziwił się Łasica.

– To wszystko przez niego – odparł krótko Rincewind.

Bravd i Łasica spojrzeli na obcego, który podskakiwał właśnie z jedną nogą w strzemieniu.

– Podpalacz, co? – mruknął w końcu Bravd.

– Nie. W każdym razie, niezupełnie. Powiedzmy, że gdyby nadciągał całkowity i absolutny chaos, on, w mokrym miedzianym pancerzu, stanąłby na szczycie wzgórza w czasie burzy z piorunami i wrzeszczał: „Wszyscy bogowie to bękarty!" Macie coś do jedzenia?

– Znajdzie się parę kurczaków – odparł Łasica. – Wymienimy je za opowieść.

– Jak mu na imię? – wtrącił Bravd, który zwykle nie nadążał za konwersacją.

– Dwukwiat.

– Dwukwiat? Zabawnie.

– To jeszcze nic. – Mag zeskoczył z siodła. – Kurczaki, mówiłeś?

– Smażone – odparł Łasica. Mag jęknął.

– Co mi przypomina... – Łasica pstryknął palcami. – Jakieś, bo ja wiem... pół godziny temu nastąpił bardzo silny wybuch...

– To wyleciał w powietrze magazyn oliwy. – Rincewind zadrżał na wspomnienie płomiennego deszczu.

Łasica obejrzał się i uśmiechnął znacząco do towarzysza, który burknął coś pod nosem i wręczył mu wyjętą z sakiewki monetę. A potem od strony drogi rozległ się urwany nagle wrzask. Zajęty kurczęciem Rincewind nie odwrócił głowy.

– Jazda konna to jedna z tych umiejętności, których nie opanował – stwierdził. Po czym zesztywniał, jakby trafiony w głowę nieoczekiwanym wspomnieniem, i z cichym jękiem grozy pognał w mrok. Kiedy wrócił, z ramienia zwisał mu bezwładnie osobnik zwany Dwukwiatem. Był niski i chudy, ubrany dziwacznie w parę sięgających kolan bryczesów oraz koszulę o kolorach tak jaskrawych i niedopasowanych, że nawet w półmroku raziły wyczulone oczy Łasicy.

– Na dotyk kości ma całe – ocenił Rincewind. Dyszał ciężko. Bravd mrugnął do Łasicy i odszedł, by zbadać kształt, który obaj uznali za juczne zwierzę.

– Lepiej nie próbuj – rzucił mag, nie odrywając wzroku od nieprzytomnego Dwukwiata. – Wierz mi. Moc go ochrania.

– Zaklęcie? – Łasica przykucnął.

– Nieee... Ale jakaś magia. Tak myślę. Nie całkiem zwyczajna. To znaczy, może zmieniać złoto w miedź, kiedy jednocześnie to ciągle złoto. Czyni ludzi bogaczami niszcząc ich własność, pozwala słabym bez lęku wchodzić pomiędzy złodziei, przebija najmocniejsze drzwi, by sięgnąć do najsilniej strzeżonych skarbców. Nawet teraz trzyma mnie w niewoli: muszę, chcąc nie chcąc, podążać za tym wariatem i chronić go od zła. Jest silniejsza od ciebie, Bravdzie. Myślę nawet, że sprytniejsza niż ty, Łasico.

– Jak zatem zwie się ta potężna magia?

Rincewind wzruszył ramionami.

– W naszym języku nazywa się *odbity–głos–podziemnych–duchów*. Macie trochę wina?

– Wiedz, że jeśli idzie o magię, to znam pewne sztuczki – rzekł Łasica. – Nie dalej jak zeszłego roku ja sam, wspomagany przez tego oto mego przyjaciela, odebrałem słynnemu z potęgi Arcymagowi z Ymitury jego laskę, pas i życie, mniej więcej w takiej właśnie kolejności. Nie obawiam się owego *odbitego–głosu–podziemnych–duchów*, o którym mówisz. Jednakże – dodał – pobudziłeś moją ciekawość. Zechcesz może opowiedzieć coś więcej?

Bravd rzucił okiem na ciemną plamę na drodze. Była teraz bliżej i widział ją wyraźniej w słabym blasku przedświtu. Wyglądała zupełnie jak...

– Skrzynia z nogami? – spróbował zgadnąć.

– Opowiem wam o tym – obiecał Rincewind. – To znaczy, jeśli macie wino.

Daleko w dolinie rozległ się grzmot, a potem syk. Ktoś rozsądniejszy od innych rozkazał, by zatrzasnąć wielkie odrzwia przegradzające koryto Ankh w miejscu, gdzie opuszczała podwójne miasto. Pozbawiona zwykłego ujścia, rzeka wystąpiła z brzegów i zalewała pustoszone pożarem ulice. Wkrótce kontynent ognia stał się archipelagiem wysepek, coraz mniejszych w miarę jak podnosiła się ciemna fala. A ponad miastem oparów i dymu wzleciała skłębiona chmura pary i zakryła gwiazdy. Łasica uznał, że wygląda jak jakiś ciemny grzyb.

Podwójne miasto złożone z dumnego Ankh i zapowietrzonego Morpork, którego odbiciami zaledwie są wszystkie inne miasta w czasie i przestrzeni, w swej długiej i ciekawej historii przetrwało już wiele klęsk. Zawsze powstawało, by rozkwitnąć na nowo. Podobnie pożar i wkrótce po nim powódź, która zniszczyła wszystko, co pozostało niepalnego, dodając przy tym ocaleńcom do licznych uciążliwości szczególnie przenikliwy fetor, w żadnym razie nie oznaczały końca metropolii. Były raczej ognistym znakiem przestankowym, węglowym przecinkiem czy salamandrowym średnikiem w nieprzerwanej opowieści.

Kilka dni przed opisanymi zdarzeniami, z porannym przypływem dotarł korytem Ankh do miasta pewien statek. Zacumował wśród wielu innych w labiryncie nabrzeży i basenów przy brzegu Morpork. Wiózł ładunek różowych pereł, mlecznych orzechów i pumeksu, kilka oficjalnych listów do patrycjusza Ankh i pasażera.

Właśnie ów pasażer zwrócił na siebie uwagę Ślepego Hugha, jednego z żebraków pełniących ranną służbę przy Basenie Perłowym. Hugh szturchnął pod żebro Kulawego Wa i bez słowa wyciągnął rękę.

Przybysz stał na kei i przyglądał się, jak kilku marynarzy z wysiłkiem znosi po trapie wielką, okutą mosiądzem skrzynię. Obok stał inny mężczyzna, najwyraźniej kapitan. Dzielny żeglarz roztaczał – każdy nerw ciała Ślepego Hugha, wibrujący zwykle w obecności nawet odrobiny zanieczyszczonego złota z odległości pięćdziesięciu kroków, wrzeszczał o tym do jego mózgu – roztaczał aurę kogoś, kto spodziewa się szybkiego wzbogacenia.

I rzeczywiście; kiedy skrzynia stanęła na bruku, obcy sięgnął do sakiewki i błysnęła moneta. Kilka monet. Złotych. Ciało Ślepego Hugha drżało jak leszczynowa różdżka nad żyłą wodną. Żebrak gwizdnął pod nosem i raz jeszcze szturchnąwszy Kulawego Wa, posłał go biegiem w pobliską alejkę i dalej, ku sercu miasta.

Kapitan wrócił na statek, a nieco oszołomiony przybysz pozostał na nabrzeżu. Ślepy Hugh chwycił swój żebraczy kubek i z przymilnym uśmiechem przeszedł przez ulicę. Widząc go, obcy sięgnął nerwowo do pasa.

– Dzień dobry szanownemu panu – zaczął Hugh i nagle spojrzał prosto w twarz o czterech oczach. Odwrócił się, gotów do ucieczki.

– ! – powiedział obcy i chwycił go za ramię.

Hugh słyszał, jak śmieją się z niego stłoczeni na burcie marynarze. Równocześnie jego wyspecjalizowane zmysły wykryły odurzający zapach pieniędzy. Zamarł. Obcy puścił go i zaczął wertować wyjętą zza pasa małą czarną książeczkę.

– Witam – powiedział.

– Co? – zdumiał się Hugh.

Twarz przybysza nie wyrażała niczego.

– Witam? – powtórzył głośniej niż to konieczne i tak starannie, że Hugh słyszał niemal jak samogłoski z brzękiem wskakują na miejsca.

– Ja też witam – odparł. Obcy uśmiechnął się szeroko i raz jeszcze sięgnął do sakiewki. Tym razem jego dłoń powróciła dzierżąc dużą złotą monetę. Szczerze mówiąc, była nawet trochę większa od 8000-dolarowej ankhiańskiej korony i miała jakiś dziwny rysunek. Przemawiała jednak do umysłu Hugha językiem, który doskonale rozumiał. Mój obecny właściciel, mówiła, potrzebuje pomocy i wsparcia. Czemu ich nie udzielisz, żebyśmy – ty i ja – mogli potem pójść gdzieś i razem się zabawić?

Subtelne zmiany w posturze żebraka sprawiły, że obcy poczuł się swobodniej. Znowu zajrzał do książeczki.

– Pragnę dotrzeć do hotelu, tawerny, noclegowni, zajazdu, schroniska, karawanseraju – oznajmił.

– Co? Do wszystkich na raz? – zdumiał się Hugh.

– ? – odpowiedział obcy.

Hugh zdawał sobie sprawę, że wokół zebrał się już tłumek handlarek ryb, zbieraczy muszli i zwykłych gapiów. Wszyscy z zaciekawieniem obserwowali jego rozmówcę.

– Znam niezłą tawernę – rzekł. – Wystarczy?

Nie mógł znieść myśli o złotej monecie znikającej z jego życia. Zatrzyma tę jedną, choćby Ymor skonfiskował wszystkie pozostałe.

A wielki kufer, będący głównym elementem bagażu przybysza, wyglądał na pełen złota.

Czterooki obcy zajrzał do książki.

– Pragnę dotrzeć do hotelu, miejsca odpoczynku, tawerny...

– Tak, wiem. Chodźmy zatem – przerwał pospiesznie Hugh. Porwał jeden z tobołków i szybko ruszył przed siebie. Po chwili wahania obcy pomaszerował za nim.

Klucz myśli płynął wolno przez umysł żebraka. Szczęście mu sprzyjało, skoro ten nowo przybyły tak łatwo pozwolił się zaprowadzić pod „Rozbity Bęben". Ymor pewnie nie poskąpi nagrody. A jednak coś w nieznajomym budziło niepokój, mimo jego oczywistej łagodności. I Hugh w żaden sposób nie mógł rozstrzygnąć, co to takiego. Na pewno nie ta dodatkowa para oczu, choć istotnie dziwaczna. Chodziło o coś innego.

Obejrzał się.

Niski przybysz kroczył wolno środkiem ulicy i rozglądał się z wyraźnym zaciekawieniem.

A potem Hugh zobaczył coś, co niemal odebrało mu rozum.

Wielki drewniany kufer, który ostatnio stał spokojnie na nabrzeżu, teraz podążał za swym panem, kołysząc się przy tym lekko. Powoli, by gwałtowny ruch nie odebrał mu kruchej władzy nad własnymi nogami, Hugh pochylił się, by zajrzeć pod dno skrzyni.

Było tam mnóstwo małych nóżek.

Hugh odwrócił się bardzo powoli i ostrożnie, z rozwagą pomaszerował pod „Rozbity Bęben".

– Dziwne – mruknął Ymor.

– Miał taką wielką drewnianą skrzynię – dodał Kulawy Wa.

– Musi być kupcem albo szpiegiem – stwierdził Ymor. Z trzymanego w ręku kotleta oderwał i rzucił w powietrze kawałek mięsa. Pocisk nie zdążył osiągnąć wierzchołka łuku, gdy czarny kształt wynurzył się z cienia w kącie pod sufitem i zanurkował, chwytając smakołyk w powietrzu.

– Kupiec albo szpieg – powtórzył Ymor. – Wolałbym szpiega. Szpieg opłaca się podwójnie, bo zawsze jest za niego jakaś nagroda. Co o tym myślisz, Withel?

Siedzący naprzeciw drugi największy złodziej Ankh-Morpork przymknął jedyne oko i wzruszył ramionami.

– Sprawdziłem statek – oznajmił. – To niezależny handlarz. Czasem robi rejsy do Brunatnych Wysp. Ludzie tam to zwyczajne dzikusy. Nie mają pojęcia o szpiegach, a kupców pewnie zjadają.

– On przypominał kupca – wtrącił Wa. – Chociaż niezbyt gruby.

Przy oknie załopotały skrzydła. Ymor podniósł swe cielsko, przeszedł przez salę i wrócił z dużym krukiem na ręku. Kiedy odczepił przywiązaną do łapy kapsułę, ptak odleciał do swych pobratymców ukrytych między krokwiami. Withel spoglądał za nim bez sympatii. Kruki Ymora były nieodmiennie lojalne wobec swego pana. Lojalne do tego stopnia, że jedyna próba Withela, by awansować do rangi największego złodzieja w Ankh-Morpork, kosztowała prawą rękę ich pana lewe oko. Ale nie życie. Ymor nigdy nie winił ludzi za ich ambicje.

– B12 – oznajmił Ymor. Odrzucił kapsułkę i rozwinął ukryty w niej mikroskopijny pergamin.

– Gorrin Kot – wyjaśnił odruchowo Withel. – Na stanowisku w wieży z gongiem przy Świątyni Pomniejszych Bóstw.

– Donosi, że Hugh prowadzi naszego przybysza pod „Rozbity Bęben". To dobrze. Grubas jest... chyba... naszym przyjacielem?

– Tak – potwierdził Withel. – Jeśli wie, co mu się opłaca.

– Wśród jego klientów znalazł się ostatnio i twój człowiek, ten Gorrin – dodał uprzejmie Ymor. – Pisze tu bowiem o skrzyni na nogach, jeśli prawidłowo odczytałem jego gryzmoły. – Spojrzał na Withela ponad brzegiem kartki.

Withel spuścił wzrok.

– Poniesie karę – odparł krótko.

Siedział rozparty nonszalancko, w swym czarnym stroju przywodząc na myśl pumę znad Krawędzi, zaczajoną wśród konarów w dżungli. Wa uznał, że Gorrin ze Świątyni Pomniejszych Bóstw wkrótce dołączy do tych drobnych bożków w licznych wymiarach Zaświata. A był Wa dłużny trzy miedziaki.

Ymor zmiął kartkę i cisnął ją do kąta.

– Sądzę, Withel, że niedługo zajrzymy pod „Rozbity Bęben". Może spróbujemy też owego piwa, któremu twoi ludzie nie potrafią się oprzeć.

Withel nie odpowiedział. Pełnienie funkcji prawej ręki Ymora przypominało chłostanie na śmierć perfumowanymi sznurowadłami.

W podwójnym mieście Ankh-Morpork, najwspanialszym ze wszystkich miast wokół Okrągłego Morza, działały liczne gangi, złodziejskie gildie, syndykaty i tym podobne organizacje. Był to jeden z głównych powodów jego bogactwa. Większa część ubogich obywateli z opacznego brzegu rzeki, zamieszkujących labirynt uliczek Morpork, powiększała swe skromne dochody świadcząc drobne usługi dla tego czy owego ze współzawodniczących gangów. Toteż zanim Hugh i Dwukwiat wkroczyli na dziedziniec „Rozbitego Bębna", przywódcy owych gangów wiedzieli już, że do miasta przybył ktoś, kto zapewne posiada wielkie skarby. Niektóre raporty od co bardziej spostrzegawczych szpiegów donosiły o takich szczegółach, jak książka podpowiadająca obcemu, co ma mówić, czy kufer, który sam chodził. Te informacje odrzucano natychmiast. Żaden czarownik zdolny do takiej magii nie zjawił się nigdy w promieniu mili od doków Morpork.

Wciąż trwała pora, gdy większość mieszkańców właśnie wstała albo wybierała się do łóżek. Dlatego niewielu tylko klientów „Rozbitego Bębna" widziało, jak Dwukwiat zstępuje schodami do głównej sali. Kiedy za nim pojawił się Bagaż i pewnym krokiem zbiegł po stopniach, klienci przy drewnianych stołach jak jeden mąż spojrzeli podejrzliwie w swoje kufle.

Grubas robił właśnie awanturę małemu trollowi, który sprzątał za barem.

– Co to jest, do diabła? – zawołał, kiedy cała trójka przedefilowała obok niego.

– Lepiej nic nie mów – syknął Hugh. Dwukwiat kartkował już swoją książkę.

– Co on robi? – Grubas wziął się pod boki.

– Ta książka mówi mu, co powiedzieć – mruknął Hugh. – Wiem, że brzmi to śmiesznie.

– Jak książka może powiedzieć człowiekowi, co mówić?

– Pragnę noclegu, pokoju, kwatery, zakwaterowania, pełne wyżywienie, czy pokoje są czyste, pokój z widokiem, jaka jest opłata za jedną noc? – wyrzucił jednym tchem Dwukwiat.

Grubas spojrzał na Hugha. Żebrak wzruszył ramionami.

– Ma mnóstwo pieniędzy – wyjaśnił.

– W takim razie powiedz mu, że trzy miedziaki. A to Coś musi zostać w stajni.

– ? – zapytał obcy. Grubas wystawił trzy tłuste, czerwone paluchy, a twarz przybysza rozsłoneczniła się nagle wyrazem zrozumienia. Sięgnął do sakiewki i położył na dłoni oberżysty trzy duże, złote monety.

Grubas przyglądał się im z uwagą. Przedstawiały mniej więcej czterokrotną wartość całego „Rozbitego Bębna", łącznie z obsługą. Spojrzał na Hugha. Z tej strony nie mógł oczekiwać pomocy. Spojrzał na obcego. Przełknął ślinę.

– No tak – oświadczył nienaturalnie wysokim głosem. – Oczywiście, dojdą jeszcze posiłki. Hm... Zrozumiałeś? Jeść. Jedzenie. Tak?

Wykonał wymowny gest.

– Jeszcz? – powtórzył niski człowieczek.

– Tak. – Grubas zaczynał się pocić. – Lepiej zajrzyj do tej swojej książeczki.

Przybysz otworzył książkę i przesunął palcem po stronie. Grubas, który w pewnym sensie umiał czytać, zajrzał od góry. To, co zobaczył, nie miało sensu.

– Jeeeść – powiedział obcy. – Tak. Kotlet siekany, sztuka mięsa, gulasz, ragout, potrawka, mielony, zrazy, suflet, pączki, krem migdałowy, sorbet, owsianka, kiełbasa, nie mieć kiełbasy, fasola, bez fasoli, słodycze, galaretka, dżem. Podroby. – Uśmiechnął się promiennie.

– Wszystko na raz? – upewnił się słabym głosem oberżysta.

– On tylko tak mówi – wyjaśnił Hugh. – Nie pytaj mnie dlaczego. Mówi i już.

Wszystkie oczy na sali wpatrywały się w przybysza – z wyjątkiem oczu maga Rincewinda, który siedział w kącie i ściskał kufel z bardzo małym jasnym.

On patrzył na Bagaż.

Popatrzmy na Rincewinda.

Spójrzmy na niego: chudy jak większość magów, odziany w ciemnoczerwoną szatę, na której zmatowiałymi cekinami wyszyto kilka mistycznych symboli. Można by wziąć go za prostego ucznia, który uciekł od mistrza z powodu nieposłuszeństwa, nudy, strachu czy też ukrytego zamiłowania do heteroseksualizmu. Jednak nosił na szyi, na łańcuchu, brązowy ośmiokąt, przynależny alumnom Niewidocznego Uniwersytetu, wyższej szkoły magii, której czasoprzestrzennie transcendentne miasteczko akademickie nigdy nie znajduje się dokładnie ani Tutaj, ani Tam. Absolwentów czekała zwykle kariera co najmniej czarnoksiężnika, lecz Rincewind – w rezultacie nieszczęśliwego wypadku – opuścił uczelnię znając tylko jedno zaklęcie, więc zarabiał na życie wykorzystując swe wrodzone zdolności językowe. Z zasady unikał pracy, ale posiadał spryt, dzięki któremu przywodził na myśl błyskotliwego szczura. I na pierwszy rzut oka potrafił rozpoznać drewno myślącej gruszy. Teraz właśnie je zobaczył i nie do końca potrafił uwierzyć własnym zmysłom.

Arcymag, poświęcając wiele wysiłku i czasu, mógł czasem zdobyć laskę z gałęzi myślącej gruszy, rosnącej jedynie w miejscach, gdzie trwała pradawna magia. Na całym obszarze nad Okrągłym Morzem istniały najwyżej dwie takie laski. Wielki kufer z takiego drewna... Rincewind liczył przez chwilę. Doszedł do wniosku, że gdyby nawet kufer pełen był gwiezdnych opali i prętów auricholatum, zawartość nie byłaby warta nawet dziesiątej części ceny opakowania. Żyła zaczęła pulsować na skroni maga.

Wstał i zbliżył się do zajętej rozmową trójki.

– Czy mógłbym w czymś pomóc? – zaproponował.

– Spływaj stąd, Rincewind – warknął Grubas.

– Pomyślałem tylko, że dobrze byłoby zwrócić się do tego dżentelmena w jego ojczystej mowie – wyjaśnił uprzejmie mag.

– Sam doskonale sobie radzi – oświadczył oberżysta, ale cofnął się o krok.

Rincewind uśmiechnął się grzecznie do obcego i rzucił parę słów po chimerańsku. Szczycił się płynną znajomością tego języka, lecz przybysz zrobił tylko zdziwioną minę.

– Nic z tego – wtrącił pewnym głosem Hugh. – To ta książka, rozumiesz? Mówi mu, co powiedzieć. Magia.

Rincewind przeszedł na szlachetny borograviański, potem na vanglemesht, sumtri, a nawet czarny oroogu, język bez rzeczowników i z jednym tylko przymiotnikiem, w dodatku nieprzyzwoitym. Każda próba spotykała się z uprzejmym brakiem zrozumienia. W rozpaczy spróbował pogańskiego trob i twarz małego człowieczka rozjaśniła się uśmiechem zachwytu.

– Nareszcie! – zawołał. – Szlachetny panie! To zadziwiające!

(W trob ostatnie słowo oznaczało dokładnie „rzecz, która może się zdarzyć raz tylko w okresie używalności kanoe wydłubanego pilnie toporem i wypalonego starannie z najwyższego spośród diamentowych drzew rosnących w słynnym diamentowym lesie w dolnych partiach zboczy Góry Ayawaya, będącej według legendy siedzibą bogów ognia").

– Co to znaczy? – spytał podejrzliwie Grubas.

– Co powiedział oberżysta? – spytał mały człowieczek. Rincewind przełknął ślinę.

– Grubas – rzucił. – Dwa kufle twojego najlepszego piwa, jeśli łaska.

– Rozumiesz go?

– Oczywiście.

– Powiedz mu... powiedz, że witamy go serdecznie. Powiedz, że śniadanie kosztuje... no... jedną sztukę złota. – Przez moment twarz Grubasa wyglądała, jakby pod nią toczyła się zażarta walka. Wreszcie, w porywie wielkoduszności dodał: – Dołożę też twoje.

– Przybyszu – rzekł spokojnie Rincewind. – Jeśli się tu zatrzymasz, do wieczora zostaniesz otruty albo zadźgany nożem. Ale nie przestawaj się uśmiechać, bo inaczej mnie to spotka.

– Och, daj spokój. – Obcy rozejrzał się dookoła. – To piękny lokal. Prawdziwa morporkiańska tawerna. Tyle o nich słyszałem... Jakie ciekawe belkowania. I całkiem rozsądne ceny.

Rincewind rozejrzał się na wypadek, gdyby jakiś wyciek czarów z Dzielnicy Magów za rzeką przeniósł ich nagle w zupełnie inne miejsce. Ale nie – wciąż byli pod „Rozbitym Bębnem", wśród ścian czarnych od dymu, z podłogą zasypaną kompostem starej trzciny i bezimiennych robaków, z kwaśnym piwem nie tyle kupowanym, ile wypożyczanym na chwilę. Próbował dopasować jakiś obraz do słowa „ciekawe", a raczej jego najbliższego trobińskiego odpowiednika, który oznaczał „przyjemną odmienność konstrukcji spotykaną w koralowych chatkach gąbkożernych pigmejów z półwyspu Orohai".

Umysł Rincewinda osłabł z wysiłku. Gość mówił dalej:

– Nazywam się Dwukwiat.

Wyciągnął rękę. Trzej jego rozmówcy pochylili się instynktownie, by sprawdzić, czy trzyma w niej monetę.

– Miło mi cię poznać – odparł Rincewind. – Jestem Rincewind. Posłuchaj, ja wcale nie żartowałem. To niebezpieczne miejsce.

– Doskonale. Właśnie czegoś takiego szukałem.

– Słucham?

– Co to za ciecz w kuflach?

– To? Piwo. Dziękuję, Grubas. Tak, piwo. Wiesz przecież. Piwo.

– Aha. Popularny napój. Jak sądzisz, czy mała sztuka złota będzie wystarczającą zapłatą? Nie chciałbym nikogo urazić. Złoto było już w połowie drogi z sakiewki.

– Arghh – wychrypiał Rincewind. – To znaczy nie, nikogo to nie urazi.

– Świetnie. Mówiłeś, że to niebezpieczne miejsce. Odwiedzane, chciałeś zapewne powiedzieć, przez bohaterów i poszukiwaczy przygód?

Rincewind zastanowił się.

– Tak? – rzucił niepewnie.

– Doskonale. Chciałbym ich poznać.

Mag uznał, że zrozumiał.

– Przyjechałeś szukać najemników (wojowników walczących dla szczepu posiadającego najwięcej mlecznych orzechów)?

– Ależ nie. Po prostu chcę ich poznać. A kiedy wrócę do domu, będę mógł o tym opowiedzieć.

Rincewind pomyślał, że spotkanie z niemal każdym z klientów „Rozbitego Bębna" oznaczałoby, że Dwukwiat nigdy już nie wróci do domu. Chyba że mieszkał w dole rzeki i akurat przepłynąłby obok.

– Gdzie jest twój dom? – zapytał. Zauważył, że Grubas wymknął się na zaplecze, a zza sąsiedniego stołu obserwuje ich podejrzliwie Hugh.

– Słyszałeś kiedy o mieście Bes Pelargic?

– Wiesz, byłem w Trob. Ale przejeżdżałem tylko, rozumiesz...

– Ależ to wcale nie w Trob. Znam ten język, ponieważ w naszych portach spotyka się wielu żeglarzy z beTrobi. Bes Pelargic to główny port morski Imperium Agatejskiego.

– Obawiam się, że o nim nie słyszałem.

Dwukwiat uniósł brwi.

– Nie? Jest całkiem spore. Płyniesz obrotowo od Brunatnych Wysp mniej więcej przez tydzień i już jesteś na miejscu. Dobrze się czujesz?

Poderwał się, podbiegł i klepnął maga w plecy. Rincewind krztusił się piwem.

Kontynent Przeciwwagi!

Trzy ulice dalej pewien człowiek wrzucił monetę do miseczki z kwasem i zamieszał delikatnie. Grubas czekał niecierpliwie. Odczuwał niepokój w tym pomieszczeniu pełnym cuchnących kadzi i bulgoczących dzbanów, o ścianach zastawionych półkami, na których mroczne kształty przywodziły na myśl czaszki i wypchane nieprawdopodobieństwa.

– I co? – zapytał.

– Takich badań nie można przyspieszyć – odparł z irytacją stary alchemik. – Oznaczanie próby musi potrwać. Oho. – Stuknął w miseczkę, gdzie monetę otaczał teraz zielony wir. Na skrawku pergaminu przeprowadził jakieś obliczenia.

– Bardzo ciekawe – orzekł.

– Jest prawdziwy?

Starzec ściągnął wargi.

– To zależy, jak rozumiesz ten termin – odparł. – Jeśli miałeś na myśli: czy ten pieniądz jest taki sam, jak – powiedzmy – moneta pięćdziesięciodolarowa, odpowiedź brzmi: nie.

– Wiedziałem! – wrzasnął oberżysta i ruszył do drzwi.

– Nie jestem pewien, czy wyrażam się dostatecznie jasno – rzucił za nim alchemik. Grubas obejrzał się gniewnie.

– Co to ma znaczyć?

– Widzisz, przez wieki, przy takich czy innych okazjach, kruszec naszych monet został nieco zanieczyszczony. Zawartość złota przeciętnie sięga ledwie czterech części na dwanaście. Reszta to srebro, miedź...

– I co z tego?

– Powiedziałem, że ta moneta różni się od naszych. To czyste złoto.

Kiedy Grubas biegiem opuścił pracownię, alchemik przez chwilę wpatrywał się w sufit. Potem wyjął maleńki skrawek cienkiego pergaminu, wśród śmieci na blacie wyszukał pióro i wypisał bardzo krótką wiadomość. Następnie przeszedł do klatek, gdzie trzymał białe gołębice, czarne koguty i inne laboratoryjne zwierzęta. Wyjął szczura o lśniącym futrze, wsunął zwinięty pergamin do kapsułki umocowanej przy tylnej nodze gryzonia i szybko wypuścił zwierzę.

Szczur przez chwilę obwąchiwał podłogę, po czym zniknął w ściennej dziurze.

Mniej więcej w tym samym czasie wróżka, mieszkająca przy sąsiedniej ulicy i nie odnosząca do tej pory większych sukcesów, spojrzała przypadkiem w swoją kryształową kulę. Krzyknęła cicho i w ciągu godziny sprzedała całą swoją biżuterię, zestaw magicznych sprzętów, większość odzieży i prawie wszystkie przedmioty, których nie dało się wygodnie przewieźć na najszybszym koniu, jakiego zdołała kupić. Później, kiedy jej dom rozpadł się w płomieniach, ona sama zginęła pod nagłą lawiną w Górach Morpork. Fakt ten dowodzi, że Śmierć także ma poczucie humoru.

Również w tej samej mniej więcej chwili, gdy szczur pocztowy znikał w labiryncie nor pod miastem, podążając posłusznie za głosem pradawnego instynktu, patrycjusz Ankh-Morpork sięgnął po listy dostarczone rankiem przez albatrosa. Raz jeszcze spojrzał w zamyśleniu na pierwszy z nich i przywołał naczelnika szpiegów.

A pod „Rozbitym Bębnem" Rincewind z otwartymi ustami słuchał opowieści Dwukwiata.

– I postanowiłem sam to wszystko obejrzeć – mówił człowieczek. – Kosztowało mnie to oszczędności ośmiu lat, ale nie żałuję ani jednego pół rhinu. Rozumiesz, przybyłem tutaj. Do Ankh-Morpork. Sławionego w pieśniach i opowieściach. Po tych ulicach stąpał Heric Białozbrojny, Hrun Barbarzyńca, Bravd Osianin i Łasica... Wszystko wygląda właśnie tak, jak sobie wyobrażałem.

Twarz Rincewinda była maską fascynacji i grozy.

– Nie mogłem już wytrzymać w Bes Pelargic – ciągnął pogodnie Dwukwiat. – Cały dzień siedzieć za biurkiem, sumować kolumny liczb i marzyć tylko o emeryturze... gdzie tu miejsce na przygodę? „Dwukwiat", powiedziałem sobie, „teraz albo nigdy. Wcale nie musisz słuchać opowieści. Możesz tam jechać. Pora skończyć z włóczeniem się po nabrzeżach i wysłuchiwaniem marynarskich bajek". Spisałem więc książkę rozmówek i wykupiłem miejsce na najbliższym statku do Brunatnych Wysp.

– Bez żadnej ochrony? – mruknął Rincewind.

– Bez. Po co? Nie mam niczego, co warto by ukraść.

Rincewind chrząknął.

– Masz, ten... no... złoto.

– Ledwie dwa tysiące rhinu. Z trudem można za to przeżyć miesiąc czy dwa. To znaczy w domu. Tutaj pewnie wystarczą na trochę dłużej.

– Czy rhinu to te duże złote monety?

– Tak. – Dwukwiat spojrzał na maga niespokojnie ponad dziwacznymi szkłami do patrzenia. – Jak sądzisz, czy dwa tysiące wystarczą?

– Arghh – wychrypiał Rincewind. – To znaczy, owszem, wystarczą.

– To dobrze.

– Hm. Czy wszyscy w Imperium Agatejskim są bogaci jak ty?

– Ja? Bogaty? Na miłość bogów, skąd ci to przyszło do głowy? – zawołał Dwukwiat. – Jestem tylko skromnym urzędnikiem. Myślisz, że za dużo zapłaciłem oberżyście? – dodał.

– No... Zgodziłby się chyba na mniej – przyznał Rincewind.

– Rozumiem. Następnym razem będę wiedział. Widzę, że sporo jeszcze muszę się nauczyć. Mam pewien pomysł, Rincewind. Zgodziłbyś się zatrudnić u mnie jako, czy ja wiem, może określenie „przewodnik" najlepiej oddaje sytuację? Mógłbym sobie pozwolić na płacenie ci jednego rhinu dziennie.

Rincewind otworzył usta, ale słowa ugrzęzły w krtani, nie chcąc wychodzić na świat, który raptownie tonął w szaleństwie.

Dwukwiat zaczerwienił się.

– Obraziłem cię – stwierdził. – To impertynenckie żądanie wobec takiego jak ty profesjonalisty. Bez wątpienia masz wiele spraw, do których chcesz powrócić... z pewnością jakieś magiczne dzieła...

– Nie – wyszeptał Rincewind. – Nie w tej chwili. Rhinu dziennie, powiadasz? Jeden dziennie? Każdego dnia?

– Sądzę, że w tych okolicznościach powinienem zaproponować półtora rhinu dziennie. Plus wszelkie koszta, naturalnie.

Mag zadumał się z godnością.

– To odpowiednia kwota – stwierdził. – Doskonale.

Dwukwiat sięgnął do sakiewki, wyjął duży złoty przedmiot, spojrzał na niego i wsunął z powrotem. Rincewind nie zdążył przyjrzeć się dokładnie.

– Powinienem chyba trochę odpocząć – oświadczył turysta.

– To był długi rejs. Gdybyś zjawił się koło południa, poszlibyśmy obejrzeć miasto.

– Naturalnie.

– Zechciej więc poprosić oberżystę, by zaprowadził mnie do pokoju.

Rincewind spełnił żądanie. Po chwili obserwował, jak zdenerwowany Grubas, który wybiegł pędem z jakiejś komórki na zapleczu, prowadzi gościa po schodach. Bagaż poderwał się natychmiast i truchtem ruszył za nimi.

Mag spojrzał na sześć dużych monet spoczywających na jego dłoni. Dwukwiat nalegał, by przyjął należność za cztery dni z góry.

Hugh skinął głową i uśmiechnął się zachęcająco. Rincewind odpowiedział niechętnym grymasem.

Na studiach czarnoksięskich Rincewind nigdy nie zbierał wysokich ocen z prekognicji, lecz teraz w mózgu zaczęły pulsować dawno nie używane obwody. Widział przyszłość, jak wymalowaną jaskrawymi farbami na gałkach ocznych. Coś zamrowiło go między łopatkami. Rozsądnym posunięciem – wiedział to dobrze – byłby zakup konia. Szybkiego i drogiego konia. Rincewind nie znał żadnego handlarza dostatecznie bogatego, by wydał mu resztę z prawie całej uncji złota.

Pozostałe pięć monet pomogłoby otworzyć jakąś niewielką praktykę w bezpiecznej odległości, powiedzmy, dwieście mil stąd. To by było rozsądne.

Ale co spotka Dwukwiata, zupełnie samego w mieście, gdzie nawet karaluchy bezbłędnie wyczuwają złoto? Musiałby być naprawdę bez serca, żeby go tak zostawić.

Patrycjusz Ankh-Morpork uśmiechnął się samymi wargami.

– Osiowa Brama, powiadasz? – mruknął.

Kapitan straży zasalutował sprężyście.

– Tak, panie. Musieliśmy zastrzelić konia, żeby go zatrzymać.

– A to, stosunkowo prostą drogą, doprowadziło go tutaj. – Patrycjusz spojrzał na Rincewinda. – Co masz do powiedzenia na swoją obronę?

Plotka głosiła, że całe skrzydło patrycjuszowskiego pałacu zajmowali pisarze, którzy całe dnie spędzali na zestawianiu i aktualizowaniu informacji dostarczanych przez wspaniale zorganizowaną sieć szpiegowską władcy. Rincewind nie wątpił w to ani przez chwilę. Rzucił okiem na balkon, biegnący wzdłuż całej ściany komnaty. Gwałtowny bieg, zwinny skok... nagły grad bełtów z kusz. Zadrżał.

Patrycjusz oparł swe podbródki na upierścienionej dłoni i obrzucił maga spojrzeniem oczu małych i twardych jak paciorki.

– Zastanówmy się – powiedział. – Złamanie przyrzeczenia, kradzież konia, wprowadzanie do obiegu fałszywych monet... tak, trafisz chyba na Arenę, Rincewind.

Tego już było za wiele.

– Nie ukradłem tego konia! Uczciwie go kupiłem!

– Ale za fałszywe pieniądze. Formalnie rzecz biorąc to kradzież, sam rozumiesz.

– Przecież te rhinu to lite złoto!

– Rhinu? – Patrycjusz przewrócił w swych grubych palcach jedną z monet. – Tak się nazywają? Interesujące. Ale, jak sam zauważyłeś, niezbyt przypominają nasze dolary...

– Oczywiście, że nie są...

– Aha! Więc przyznajesz się?

Rincewind otworzył usta, by przemówić, zastanowił się jednak, i zrezygnował.

– No właśnie. A na dodatek mamy jeszcze obrazę moralności, związaną z tchórzliwym porzuceniem gościa w naszym kraju. Wstyd, Rincewind.

Patrycjusz lekko skinął dłonią. Strażnicy odstąpili do tyłu, a ich kapitan przesunął się o kilka kroków w prawo. Rincewind poczuł się nagle bardzo samotny.

Mówi się, że kiedy ma umrzeć mag, przybywa po niego sam Śmierć (zamiast – jak to zwykle czyni – wydelegować któregoś ze swych podwładnych, na przykład Zarazę czy Głód). Rincewind rozejrzał się nerwowo, szukając wysokiej postaci w czerni (magowie, nawet nieudani, oprócz czopków i pręcików, mają na siatkówce maleńkie ośmiokąty, pozwalające im widzieć oktarynę, podstawowy kolor, którego wszystkie inne są jedynie bladymi cieniami rzucanymi w normalną czterowymiarową przestrzeń. Podobno oktaryna jest czymś w rodzaju odblaskowego zielonkawożółtego fioletu).

Czy to jakiś migotliwy cień w kącie?

– Naturalnie – dodał patrycjusz – mogę okazać łaskę.

Cień zniknął. Rincewind podniósł głowę; na jego twarzy malował się wyraz szaleńczej nadziei.

– Tak?

Patrycjusz znowu skinął ręką i strażnicy wyszli. Zostawszy sam na sam z suwerenem bliźniaczych miast, Rincewind zapragnął niemal, by powrócili.

– Podejdź, Rincewindzie – rzucił patrycjusz. Wskazał tacę smakołyków na niskim, onyksowym stoliku obok tronu. – Masz ochotę na kandyzowaną meduzę? Nie?

– Ehm – odpowiedział Rincewind. – Nie.

– Wysłuchaj teraz uważnie tego, co mam do powiedzenia – rzekł przyjaznym tonem patrycjusz. – W przeciwnym razie umrzesz. W interesujący sposób. Powolny. I przestań tak się wiercić. Jesteś swego rodzaju magiem, wiesz zatem, że żyjemy na świecie mającym kształt dysku. Legenda głosi, że przy dalszej krawędzi istnieje kontynent, który, choć niewielki, dorównuje wagą wszystkim masom lądu na naszym półkolu. A to dlatego, że wedle prastarych baśni, zbudowany jest w dużej części ze złota.

Rincewind kiwnął głową. Któż by nie słyszał o Kontynencie Przeciwwagi? Niektórzy żeglarze uwierzyli nawet w te bajki i popłynęli go szukać. Oczywiście wracali z pustymi rękami albo wcale. Ginęli pewnie w paszczach olbrzymich żółwi, jak twierdzili rozsądniejsi ludzie morza. Ponieważ – to całkiem jasne – Kontynent Przeciwwagi był jedynie mitem.

– On w rzeczy samej istnieje – oświadczył patrycjusz. – I chociaż nie jest zbudowany ze złota, złoto istotnie występuje tam dość powszechnie. Większą część masy tworzą ogromne złoża oktirionu w głębi skorupy lądowej. Jest chyba oczywiste dla umysłu tak przenikliwego jak twój, czemu istnienie Kontynentu Przeciwwagi stanowi straszliwą groźbę dla ludzi żyjących tutaj... – przerwał, dostrzegając rozdziawione usta Rincewinda. Westchnął. – Czyżbyś przypadkiem nie nadążał za tokiem mojego rozumowania?

– Arrgh – wykrztusił Rincewind. Przełknął ślinę i oblizał wargi. – To znaczy, nie. To znaczy... no, złoto...

– Rozumiem – rzekł ze słodyczą patrycjusz. – Wydaje ci się może, że byłoby wspaniale wyruszyć na Kontynent Przeciwwagi i wrócić statkiem pełnym złota?

Rincewind miał wrażenie, że zastawiono na niego pułapkę.

– Tak? – zaryzykował.

– A gdyby każdy mieszkaniec wybrzeża Okrągłego Morza miał własną górę złota? Czy to dobry pomysł? Co by się wtedy stało? Zastanów się.

Rincewind zmarszczył czoło. Myślał.

– Wszyscy bylibyśmy bogaci?

Po tej uwadze temperatura wyraźnie opadła. Wywnioskował więc, że odpowiedź nie była poprawna.

– Mogę ci zdradzić, Rincewindzie, że utrzymujemy kontakty z Imperium Agatejskim, jak chce się ono nazywać – mówił dalej patrycjusz. – Choć sporadyczne. Niewiele nas łączy. Nie mamy niczego, na czym by im zależało, a oni niczego, na co moglibyśmy sobie pozwolić. To stare imperium, Rincewindzie. Stare, przebiegłe, okrutne i bardzo, bardzo bogate. Dlatego wymieniamy albatrosową pocztą braterskie pozdrowienia... Dość nieregularnie. Właśnie dzisiaj otrzymałem stamtąd list. Poddany imperatora wpadł na pomysł, by odwiedzić nasze miasto. Jak rozumiem, chce je sobie obejrzeć. Jedynie szaleniec zgodziłby się na trudy rejsu przez Obrotowy Ocean tylko po to, żeby na coś popatrzeć. A jednak... Wylądował dziś rano. Mógł spotkać najwspanialszego z bohaterów, najsprytniejszego złodzieja albo wielkiego mędrca... Spotkał ciebie. Zatrudnił cię jako przewodnika. I będziesz tym przewodnikiem, Rincewindzie. Przewodnikiem tego... oglądacza, tego Dwukwiata. Dopilnujesz, by powrócił do domu z dobrą opinią o naszym skromnym kraju ojczystym. Co ty na to?

– Ehm. Dzięki, panie – odparł żałośnie Rincewind.

– Jeszcze jedna sprawa. Byłoby tragedią, gdyby naszemu małemu gościowi przytrafiło się jakieś nieszczęście. Byłoby wręcz straszne, gdyby na przykład zginął. Straszne dla całej naszej krainy, ponieważ agatejski imperator dba o swoich poddanych i bez trudu mógłby nas unicestwić jednym skinieniem dłoni. Jednym skinieniem! A z całą pewnością byłoby to straszne dla ciebie, Rincewindzie, ponieważ przez tygodnie pozostałe do przybycia potężnej floty najemników, niektórzy z moich sług zajmowaliby się twoją osobą. W nadziei, że gniew żądnych zemsty kapitanów przygaśnie nieco na widok twego wciąż żyjącego ciała. Istnieją zaklęcia nie pozwalające życiu ulecieć, choćby ciało wielkiego doznało uszczerbku, i... Widzę z twojej twarzy, że zaczynasz pojmować.

– Arrgh.

– Przepraszam, nie zrozumiałem.

– Tak, panie. Ja, tego... zadbam, to znaczy, dołożę wszelkich starań, to znaczy, no, będę na niego uważał i dopilnuję, żeby nie spotkała go żadna krzywda.

A potem zacznę żonglować śnieżkami w piekle, dodał z goryczą, w zaciszu własnej czaszki.

– Wspaniale. Jak słyszałem, jesteście już z Dwukwiatem w jak najlepszych stosunkach. Doskonały początek. Kiedy bezpiecznie powróci do ojczyzny, przekonasz się, że nie jestem niewdzięcznikiem. Pewnie nawet uchylę ciążące na tobie oskarżenia. Dziękuję ci, Rincewindzie. Możesz odejść.

Rincewind postanowił nie prosić o zwrot pozostałych pięciu rhinu. Wycofał się ostrożnie.

– Ach, jeszcze coś – rzucił patrycjusz, gdy mag chwytał już za klamkę.

– Słucham, panie. – Serce Rincewinda zamarło.

– Jestem przekonany, że nawet nie marzysz o porzuceniu tych obowiązków i ucieczce z miasta. Według mojej oceny, jesteś typowym mieszczuchem. Mimo to możesz być pewien, że przed wieczorem władcy innych miast zostaną powiadomieni o naszej umowie.

– Gwarantuję ci, panie, że myśl taka nawet nie postała mi w głowie.

– Doprawdy? Zatem na twoim miejscu zaskarżyłbym własną gębę o oszczerstwo.

Rincewind pędem dotarł pod „Rozbity Bęben" i zderzył się z człowiekiem, który szybko i tyłem wychodził przez drzwi. Pośpiech obcego tłumaczyła w pewnym stopniu włócznia w jego piersi. Zacharczał głośno i padł martwy u stóp maga.

Rincewind wsunął głowę za framugę i natychmiast odskoczył, gdy ciężki topór przemknął obok niego niczym kuropatwa.

Drugi, ostrożniejszy rzut oka powiedział mu, że był to pewnie przypadek. W mrocznym wnętrzu „Rozbitego Bębna" kłębili się walczący, spora ich część – co potwierdziło trzecie, dłuższe spojrzenie – w kawałkach. Rincewind uchylił się, gdy ciśnięte na ślepo krzesło przepłynęło obok, by roztrzaskać się o mur po przeciwległej stronie ulicy.

A potem wskoczył do środka.

Miał na sobie ciemną szatę, pociemniałą jeszcze od długiego noszenia i nieregularnego prania. W szaleństwie mroku nikt nie zwracał uwagi na mglistą sylwetkę przemykającą między stołami. W pewnej chwili jeden z walczących zatoczył się w tył i nadepnął na coś, co sprawiało wrażenie palców. Natychmiast coś, co sprawiało wrażenie zębów, wgryzło się w jego łydkę. Wrzasnął przenikliwie i opuścił gardę dostatecznie nisko, by dosięgnął go miecz zaskoczonego przeciwnika.

Rincewind dotarł do schodów. Ssał podrapaną dłoń i poruszał się w dziwacznej, schylonej pozycji. Bełt z kuszy stuknął o poręcz ponad nim i mag zaskomlał. W każdej chwili oczekując celniejszego strzału, kilkoma skokami pokonał schody. W korytarzu wyprostował się, dysząc ciężko. Podest zaścielony był ciałami, a jakiś wielki, czarnobrody mężczyzna z mieczem w ręku szarpał za klamkę u drzwi.

– Hej! – krzyknął Rincewind.

Mężczyzna rozejrzał się, po czym z pewną niedbałością wyrwał z bandoletu krótki nóż. I rzucił. Rincewind uchylił się. Zza pleców usłyszał zduszone stęknięcie – to mierzący właśnie z kuszy strzelec wypuścił broń i chwycił się za gardło.

Czarnobrody sięgał po drugi nóż. Rincewind rozejrzał się gorączkowo, po czym, improwizując, wyprostował się i przyjął czarnoksięską pozę.

Uniósł ramię.

– Asoniti! Kyorucha! Beazleblor!

Mężczyzna zawahał się, spoglądając nerwowo na wszystkie strony w oczekiwaniu na magię. Myśl, że nic z niej nie będzie, wpadła mu do głowy w tej samej chwili, gdy Rincewind przyskoczył i z całej siły kopnął go w krocze.

Zbój jęknął i zgiął się w pół. Mag tymczasem szarpnął za klamkę, skoczył do środka, zatrzasnął za sobą drzwi i oparł się o nie zdyszany.

W pokoju panowała cisza. Dwukwiat spał smacznie na niskim łożu. A obok, u jego stóp, stał Bagaż.

Rincewind ruszył do przodu; chciwość popychała go tak delikatnie, jakby sunął na maleńkich kółkach. Wieko było uchylone. Zauważył w środku jakieś worki, a w jednym z nich dostrzegł błysk złota. Na moment zachłanność przeważyła nad rozsądkiem; ostrożnie wyciągnął rękę... ale po co? Nie pożyje dość długo, by nacieszyć się bogactwem. Niechętnie cofnął dłoń i ze zdziwieniem zauważył lekkie drżenie otwartej pokrywy. Czy naprawdę poruszyła się trochę, jakby zakołysana wiatrem?

Rincewind spojrzał na swoje palce, potem na wieko. Wyglądało na ciężkie i było okute mosiężnymi pasami. W tej chwili już się nie poruszało.

Skąd tu wiatr?

– Rincewind!

Dwukwiat wyskoczył z łóżka. Mag odsunął się i ułożył wargi w kształt uśmiechu.

– W samą porę, drogi przyjacielu. Zjemy obiad, a na popołudnie zaplanowałeś pewnie mnóstwo ciekawych rzeczy.

– No...

– To wspaniale.

Rincewind odetchnął głęboko.

– Wiesz co – zaczął z desperacją. – Zjedzmy gdzie indziej. Na dole trochę się biją.

– Bójka w tawernie? Dlaczego mnie nie obudziłeś?

– Widzisz, ja... co?

– Sądziłem, Rincewindzie, że rano wytłumaczyłem ci to dokładnie. Chcę zobaczyć prawdziwe Morpork: targ niewolników, Domy Ladacznic, Świątynię Pomniejszych Bóstw, Gildię Żebraków... i prawdziwą bójkę w tawernie. – W głosie Dwukwiata zadźwięczała delikatna nuta podejrzliwości. – Macie je tutaj, prawda? Wiesz, ludzie huśtający się na żyrandolu, szermiercze pojedynki na stołach... wszystko to, co ciągle przytrafia się Hrunowi Barbarzyńcy albo Łasicy. No wiesz... przygody!

Rincewind opadł ciężko na łóżko.

– Chcesz zobaczyć bójkę? – zapytał.

– Tak. Co w tym złego?

– Przede wszystkim, ludzie odnoszą rany.

– Ależ nie proponuję, żebyśmy wzięli w niej udział. Chcę ją tylko zobaczyć, nic więcej. A może kogoś z waszych sławnych bohaterów. Chyba to nie są bajki. Ku zdumieniu maga, w głosie Dwukwiata zabrzmiał niemal błagalny ton.

– Tak, bohaterowie bywają tutaj – zapewnił pośpiesznie. Wyobraził ich sobie i na samą myśl otrząsnął się.

Wszyscy bohaterowie znad Okrągłego Morza prędzej czy później przekraczali bramy Ankh-Morpork. Większość pochodziła z barbarzyńskich plemion zamieszkujących skute lodem krainy wokół Osi, gdzie bohaterowie byli głównym towarem eksportowym. Niemal wszyscy nosili prymitywne magiczne miecze o niewytłumionych wibracjach na płaszczyźnie astralnej, powodujących potworne zamieszanie przy każdym subtelniejszym eksperymencie z magii stosowanej. Jednak nie to Rincewind miał im za złe. Był czarnoksięskim nieudacznikiem, więc nie martwiło go, że samo pojawienie się bohatera u bram miasta powoduje w całej Dzielnicy Magów wybuchy retort i materializację demonów. Nie. W bohaterach nie podobało mu się, że byli zawsze samobójczo posępni na trzeźwo i morderczo obłąkani po pijanemu. I było ich zbyt wielu. Najpopularniejsze trasy bohaterskich wypraw w okolicach miasta stawały się w sezonie wręcz zatłoczone. Mówiło się o planowanym podziale na turnusy.

Potarł palcem nos. Jedyni bohaterowie, których jakoś znosił, to Bravd i Łasica, w tej chwili poza miastem, oraz Hrun Barbarzyńca, który według standardów Osi był niemal intelektualistą, ponieważ umiał myśleć nie poruszając wargami. Aktualnie Hrun podobno wędrował gdzieś po obrotowej stronie.

– Widziałeś kiedy barbarzyńcę? – zapytał w końcu Rincewind.

Dwukwiat pokręcił głową.

– Tego się obawiałem. Oni są...

Na ulicy rozległ się tupot biegnących stóp, a z dołu nowe wrzaski. Zaraz potem nastąpiło jakieś poruszenie na schodach. Drzwi odskoczyły, zanim Rincewind zdążył zebrać się w sobie i rzucić do okna.

Jednak zamiast na obłąkanego chciwością szaleńca, jakiego oczekiwał, spojrzał prosto w krągłą, czerwoną twarz sierżanta milicji. Odetchnął z ulgą. Naturalnie. Milicja zawsze baczyła, by nie mieszać się do bójek zbyt wcześnie, póki nie zyskała miażdżącej przewagi. Praca gwarantowała emeryturę i przyciągała ludzi ostrożnych i rozważnych.

Sierżant obrzucił niechętnym wzrokiem Rincewinda, a zaraz potem zaciekawionym Dwukwiata.

– Widzę, że tutaj wszystko w porządku – stwierdził.

– Jak najlepszym – potwierdził Rincewind. – Pewnie coś was zatrzymało?

Sierżant zignorował pytanie.

– A więc to jest ten cudzoziemiec? – upewnił się.

– Właśnie wychodziliśmy – wyjaśnił szybko Rincewind i przeszedł na trob. – Dwukwiat, moim zdaniem powinniśmy pójść na obiad gdzie indziej. Znam kilka niezłych miejsc.

Wyszedł na korytarz krokiem tak pewnym, na jaki tylko mógł się zdobyć. Dwukwiat ruszył za nim, a po kilku sekundach sierżant zakrztusił się nagle. To Bagaż zamknął wieko, wstał, przeciągnął się i pomaszerował za swoim panem.

Milicjanci wynosili ciała z sali na parterze. Ani jeden żywy nie pozostał na miejscu. Milicja dopilnowała tego, zostawiając walczącym dość czasu na ucieczkę tylnym wyjściem. Ten zgrabny kompromis ostrożności i sprawiedliwości opłacał się obu stronom.

– Kim są ci ludzie? – spytał Dwukwiat.

– No wiesz, po prostu ludzie – odparł Rincewind. I zanim zdążył się powstrzymać, jakaś część jego mózgu, która akurat nie miała nic do roboty, opanowała usta i dodała: – Właściwie bohaterowie.

– Naprawdę?

Kiedy jedna noga ugrzęźnie człowiekowi w Szarej Miazmie H'rull, łatwiej jest postąpić jeszcze o krok i zatonąć niż przedłużać walkę.

Rincewind poddał się: – Tak. Ten tam to Erig Wręcemocny, a tamten to Czarny Zenell...

– Czy jest tu Hrun Barbarzyńca? – Dwukwiat rozglądał się gorączkowo. Rincewind nabrał tchu.

– To tamten za nami.

Ogrom tego kłamstwa był tak przytłaczający, że jego wibracje przez jedną z niższych płaszczyzn astralnych sięgnęły aż do Dzielnicy Magów. Tam zderzyły się z potężną stojącą falą mocy, zawsze obecną w tej okolicy. Nabierając wielkiej prędkości przeskoczyły Okrągłe Morze i dotarły do samego Hruna Barbarzyńcy, który akurat walczył z parą gnolli na pokruszonej półce skalnej wysoko w Górach Caderack. Bohater poczuł chwilowy i niewytłumaczalny niepokój.

Dwukwiat tymczasem podniósł wieko Bagażu i właśnie wyjmował ciężki czarny sześcian.

– Niesamowite – powtarzał. – W domu nigdy mi nie uwierzą.

– Co on wyprawia? – spytał z powątpiewaniem sierżant.

– Jest zadowolony, że nas uratowaliście – odparł Rincewind. Spoglądał z ukosa na czarne pudełko, oczekując niemal, że wybuchnie albo zacznie wydawać dziwne muzyczne tony.

– Aha – mruknął sierżant. On także obserwował pudełko.

Dwukwiat uśmiechnął się do nich promiennie.

– Chciałbym uwiecznić to wydarzenie – oznajmił. – Poproś ich, żeby stanęli koło okna. To potrwa tylko chwilkę. I... ehm, Rincewind?

– Tak?

Dwukwiat stanął na palcach i szepnął mu do ucha:

– Wiesz chyba, co to jest, prawda?

Rincewind przyjrzał się pudełku. Z przedniej ścianki sterczało okrągłe szklane oko, a z tyłu mała dźwignia.

– Niezupełnie – stwierdził.

– To urządzenie do szybkiego tworzenia obrazów. Nowy wynalazek. Szczerze mówiąc, jestem z niego dumny, ale... ci dżentelmeni chyba... no wiesz, mogą się... trochę przestraszyć. Mógłbyś im to wytłumaczyć? Oczywiście wynagrodzę ich za stracony czas.

– On ma pudełko z zamkniętym w środku demonem, który maluje obrazy – oznajmił zwięźle Rincewind. – Róbcie, co wam ten wariat każe, a dostaniecie złoto.

Milicjanci uśmiechnęli się nerwowo.

– Tobie też chcę zrobić obraz, Rincewindzie. Teraz dobrze. – Dwukwiat wyjął złote kółko, które Rincewind widział już wcześniej, przez chwilę spoglądał na jego niewidoczną tarczę, mruknął: – Trzydzieści sekund powinno wystarczyć – i zawołał wesoło: – Proszę o uśmiech.

– Uśmiechać się – warknął Rincewind. W pudełku coś zaterkotało.

– Doskonale.

Ponad Dyskiem szybował drugi albatros. Był tak wysoko, że jego małe, wściekle pomarańczowe oczka widziały cały świat i ogromne, błyszczące, falujące Okrągłe Morze. Ptak miał przywiązaną do nogi żółtą kapsułę z listem. Daleko w dole, niewidoczny w chmurach, machając lekko skrzydłami, wracał do domu jego odpowiednik, który przyniósł patrycjuszowi Ankh-Morpork pierwszą wiadomość.

Zdumiony Rincewind oglądał niewielki kwadracik szkła. Był tam odwzorowany w całej okazałości, w wiernych kolorach: stał przed grupą milicjantów, których twarze zastygły w wyrazie przerażenia.

W tej chwili wszyscy zaglądali mu przez ramię i szemrali ze zgrozą.

Uśmiechnięty Dwukwiat mrugnął porozumiewawczo i wydobył garść mniejszych monet, w których Rincewind poznawał już ćwierć rhinu.

– Miałem podobne kłopoty, kiedy zatrzymałem się na Brunatnych Wyspach – oświadczył Dwukwiat. – Myśleli, że ikonograf kradnie im kawałek duszy. Zabawne, co?

– Argh – odparł Rincewind. Ponieważ było to trochę za mało, by podtrzymać rozmowę, dodał jeszcze: – Nie jestem tu specjalnie podobny do siebie.

– Bardzo łatwo go obsługiwać. – Dwukwiat zignorował tę wypowiedź. – Popatrz, wystarczy nacisnąć ten guzik. Ikonograf sam załatwi resztę. Teraz ja stanę obok Hruna, a ty zrobisz obrazek.

Monety uspokoiły ludzi tak, jak tylko złoto potrafi. Pół minuty później Rincewind ze zdumieniem oglądał szklany portret Dwukwiata. Przybysz trzymał wielki, wyszczerbiony miecz i uśmiechał się, jakby właśnie zrealizował wszystkie swoje marzenia.

Obiad zjedli w małej gospodzie niedaleko Spiżowego Mostu. Bagaż leżał pod stołem. Jedzenie i wino, o wiele lepsze od tego, na które zwykle mógł sobie pozwolić, poprawiły Rincewindowi nastrój. Nie jest aż tak źle, uznał. Trochę pomysłowości i szybki refleks, a jakoś sobie poradzi.

Dwukwiat był zamyślony. W zadumie spoglądał na dno pucharu z winem.

– Bójki w tawernach zdarzają się często, prawda? – zapytał.

– Dość często.

– Z pewnością ulegają zniszczeniu sprzęty i umeblowanie.

– Umeb... ach, rozumiem, chodzi ci o różne ławy i tak dalej. Tak, raczej tak.

– Oberżyści nie są chyba zadowoleni.

– Nigdy się właściwie nad tym nie zastanawiałem. Przypuszczam, że to ryzyko zawodowe.

Dwukwiat przyglądał mu się z uwagą.

– Chyba mógłbym w czymś pomóc – stwierdził. – Ryzyko to moja specjalność. Jedzenie jest trochę za tłuste, nie sądzisz?

– Mówiłeś, że chcesz spróbować typowych morporkiańskich potraw. O co chodzi z tym ryzykiem?

– Och, wiem wszystko na temat ryzyka. To moja specjalność.

– Zdawało mi się, że tak właśnie powiedziałeś. Ale za pierwszym razem nie uwierzyłem.

– Ależ ja nie podejmuję ryzyka. Najbardziej chyba ekscytującym zdarzeniem w moim życiu było przewrócenie kałamarza. Ja wyceniam ryzyko. Wiesz, jaka jest szansa, że nie spłonie dom w dzielnicy Czerwonego Trójkąta Bes Pelargic? Pięćset trzydzieści osiem do jednego. Sam to wyliczyłem – dodał z odcieniem zawodowej dumy.

– A po... – Rincewind usiłował stłumić beknięcie. – Po co? Szepraszam. – Dolał sobie wina.

– Po... – Dwukwiat urwał. – Nie umiem wyrazić tego w trob. BeTrobi chyba nie mają na to określenia. W moim języku nazywamy to... – wyrzucił ciąg obco brzmiących sylab.

– *Tu-bez-pieczeni* – powtórzył Rincewind. – Zabawne słowo. Co to znaczy?

– Wyobraź sobie, że masz statek wyładowany, powiedzmy, sztabami złota. Może go zatopić sztorm, mogą go zdobyć piraci. Nie chcesz, by tak się stało, więc wykupujesz *po-lisie tu-bez-pieczeni.* Ja wyliczam szanse, że nie utracisz ładunku, opierając się na danych pogodowych i raportach aktywności piratów przez ostatnie dwadzieścia lat, potem dodaję odrobinę, a potem płacisz mi sumę opartą na tych wyliczeniach...

– I dodanej odrobinie... – wtrącił Rincewind, z powagą grożąc palcem.

– A kiedy stracisz ładunek, refinansuję ci to.

– Relaksujesz?

– Płacę ci wartość ładunku – wyjaśnił cierpliwie Dwukwiat.

– Rozumiem. Jak na wyścigach, co?

– Chodzi ci o zakład? Tak, to trochę podobne.

– I zarabiasz pieniądze na tym *tu–bez–pieczeni*?

– Gwarantuje zwrot inwestycji.

Otulony złocistą aurą wina, Rincewind próbował sobie wyobrazić *tu–bez–pieczeni* w warunkach Okrągłego Morza.

– Nic nie rozumiałem z tego *tu–bez–pieczeni* – oświadczył stanowczo. – Magia, owszem. Magię rozumiem.

Dwukwiat uśmiechnął się.

– Magia to jedno, a *odbity–głos–podziemnych–duchów* to coś całkiem innego – stwierdził.

– So?

– Co?

– To śmieszne sowo – wyjaśnił niecierpliwie Rincewind.

– *Odbity–głos–podziemnych–duchów*?

– Nigdy nie słyszałem.

Dwukwiat spróbował wytłumaczyć.

Rincewind spróbował zrozumieć.

Przez całe popołudnie zwiedzali miasto po obrotowym brzegu rzeki. Dwukwiat prowadził, a niezwykłe obrazkowe pudełko niósł zawieszone u szyi. Rincewind podążał za nim, pojękując od czasu do czasu i sprawdzając, czy jego głowa jest ciągle na miejscu.

Za nimi szli inni. W mieście, gdzie publiczne egzekucje, pojedynki, walki, starcia magiczne i niezwykłe zdarzenia regularnie urozmaicały życie codzienne mieszkańców, specjalność zaciekawionego przechodnia została doprowadzona do szczytów perfekcji. Wszyscy byli tu wysoce wprawnymi gapiami. Dwukwiat z entuzjazmem robił kolejne obrazki ludzi przy – jak to określał – typowych zajęciach. A że ćwierć rhinu zawsze zmieniało potem właściciela, jako zapłata „za fatygę", tłum nuworyszów postępował za nim na wypadek, gdyby ten wariat wybuchł nagle deszczem złota.

Przy świątyni Siedmiorękiego Seka pośpiesznie zwołana konwokacja kapłanów i rzemieślników wyspecjalizowanych w rytualnych transplantacjach serca uznała, że wysoki na sto piędzi posąg Seka nazbyt jest święty, by utrwalać go na magicznym obrazku. Kwota dwóch rhinu skłoniła ich do przyznania, że aż taki święty to on znowu nie jest.

Długa sesja w Domach Ladacznic zaowocowała znaczną liczbą obrazków barwnych i pouczających. Część z nich Rincewind ukrył, by dokładniej obejrzeć w samotności. Opary wina z wolna ulatywały mu z głowy i zaczynał poważnie się zastanawiać nad działaniem ikonografu.

Nawet nieudany mag wie, że istnieją substancje czułe na działanie światła. Może drogą jakiegoś skomplikowanego procesu szklane płytki zamrażały przechodzące przez nie światło? Coś w tym rodzaju, w każdym razie. Rincewind często podejrzewał, że gdzieś istnieje coś lepszego od magii. Zwykle jednak bywał rozczarowany.

Wkrótce wykorzystywał każdą okazję, by samemu obsługiwać pudełko. Dwukwiat pozwalał mu na to chętnie, bowiem sam mógł wtedy pozować do obrazków. A Rincewind zauważył coś dziwnego: posiadanie pudełka dawało właścicielowi niezwykłą moc. Każdy, kto znalazł się przed hipnotycznym szklanym okiem, bez szemrania wypełniał wszelkie polecenia dotyczące postawy i wyrazu twarzy.

Właśnie sprawdzał to zjawisko na Placu Pękniętych Księżyców, kiedy nastąpiła katastrofa.

Dwukwiat pozował obok oszołomionego sprzedawcy uroków, a tłum wielbicieli czekał cierpliwie w nadziei, że szaleniec zrobi coś niewymownie śmiesznego.

Rincewind przyklęknął, by lepiej uchwycić obraz, i nacisnął zaczarowany guzik.

– Nic z tego – powiedziało pudełko. – Skończyła się różowa.

Przed okiem maga otworzyły się niezauważalne do tej chwili drzwiczki. Wychyliła się z nich mała, zielona, pokryta obrzydliwymi brodawkami człekokształtna postać, wskazała trzymaną w dłoni pomazaną farbami paletę i wrzasnęła na niego.

– Nie mam różowej! – skrzeczał homunkulus. – Widzisz? Przecież to bez sensu, żebyś ciągle naciskał tę dźwignię, kiedy zabrakło różowej. Chyba to jasne? Jak chcesz na różowo, to nie trzeba było robić tylu obrazków młodych dam. Chyba jasne? Od tej chwili, przyjacielu, wyłącznie czarno-białe. Zrozumiałeś?

– Zrozumiałem. Tak. No pewnie – potwierdził Rincewind. W ciemnym kąciku pudełka zdołał dostrzec sztalugi i maleńkie, nie zasłane łóżko. Miał nadzieję, że mu się przywidziało.

– To sobie zapamiętaj – burknął chochlik i trzasnął drzwiami. Rincewind miał wrażenie, że słyszy gniewne pomruki i zgrzyt przesuwanego po podłodze krzesła.

– Dwukwiat... – zaczął, podnosząc głowę.

Dwukwiat zniknął. Rincewind wpatrywał się w tłum, a uczucie grozy pełzło mu wolno wzdłuż kręgosłupa. I wtedy ktoś klepnął go lekko w kark.

– Odwróć się powoli – zabrzmiał głos niby czarny jedwab. – Albo pocałuj swoje nerki na pożegnanie.

Tłum patrzył zaciekawiony. Dzień rozwijał się pomyślnie.

Rincewind odwrócił się wolno, czując, jak ostrze miecza drapie mu żebra. Na drugim końcu klingi rozpoznał Strena Withela, złodzieja, okrutnego szermierza i zawiedzionego pretendenta do tytułu najgorszego człowieka na świecie.

– Hej – powiedział słabym głosem. Kilka sążni dalej zauważył parę niemiłych ludzi, którzy podnieśli wieko Bagażu i podnieceni wskazywali sobie worki złota. Withel uśmiechnął się, przez co jego poznaczona bliznami twarz stała się jeszcze bardziej nieprzyjemna.

– Znam cię – oznajmił. – Rynsztokowy mag. A co to jest?

Rincewind dostrzegł, że wieko Bagażu dygoce lekko, choć wcale nie ma wiatru. A on wciąż trzymał obrazkowe pudełko.

– To? Robi obrazki – wyjaśnił pogodnie. – Uśmiechaj się tak jak teraz, dobrze?

Cofnął się szybko i wskazał na pudełko.

Withel wahał się przez chwilę.

– Co? – spytał.

– Tak dobrze. Wytrzymaj jeszcze trochę... – rzucił Rincewind.

Złodziej znieruchomiał, potem warknął i zamachnął się mieczem.

Rozległ się trzask i duet przeraźliwych wrzasków. Rincewind nie obejrzał się w obawie, że może zobaczyć rzeczy straszne. Zanim Withel znowu na niego spojrzał, był już po drugiej stronie placu i ciągle przyśpieszał.

Albatros powoli opadał, zataczając szerokie kręgi. Zakończył lot pozbawionym godności trzepotaniem piór i ciężkim uderzeniem, lądując na platformie ptaszarni patrycjusza. Dozorca ptaków drzemał w słońcu, nie oczekując długodystansowego przekazu tak prędko po porannej poczcie. Zerwał się na równe nogi.

Po kilku chwilach biegł już przez korytarze pałacu. Niósł kapsułę z listem i ssał brzydką ranę od dzioba na grzbiecie dłoni – skutek nieuwagi wywołanej zaskoczeniem.

Rincewind pędził aleją, nie zwracając uwagi na dochodzące z obrazkowego pudełka gniewne krzyki. Przeskoczył mur, a jego wystrzępiony płaszcz powiewał wokół jak pióra przerażonej kawki. Wylądował na dziedzińcu sklepu z dywanami, roztrącił towar i klientów, wykrzykując przeprosiny zanurkował do tylnego wyjścia, przemknął przez kolejną aleję i zahamował ryzykownie na moment przed bezmyślnym skokiem w nurt Ankh.

Podobno niektóre mistyczne rzeki potrafią jedną kroplą swej wody odebrać życie. Ankh mogłaby być jedną z nich, zwłaszcza gdy przeprowadziła już swe mętne wody przez podwójne miasto.

W dalekich okrzykach gniewu zabrzmiała piskliwa nuta przerażenia. Rincewind rozejrzał się gorączkowo w poszukiwaniu łodzi albo jakichś nierówności w stromym murze po obu stronach ulicy.

Znalazł się w pułapce.

Zaklęcie wezbrało nieproszone w jego umyśle. Błędem byłoby chyba stwierdzenie, że się go nauczył. To ono się go nauczyło. Zdarzenie to doprowadziło do wydalenia Rincewinda z Niewidocznego Uniwersytetu, bowiem dla zakładu ośmielił się zajrzeć do jedynego istniejącego egzemplarza Octavo, osobistej księgi zaklęć Stwórcy. Skorzystał z tego, że uniwersytecki bibliotekarz był wtedy zajęty czymś innym. Zaklęcie wyskoczyło ze strony i natychmiast wkopało się głęboko w umysł Rincewinda, skąd nie zdołały go wywabić nawet połączone wysiłki całego Wydziału Medycyny. Które dokładnie to było zaklęcie, także nie zdołano ustalić. Jedynie tyle, że należało do ośmiu podstawowych zaklęć, w zawikłany sposób wplecionych w samą osnowę czasu i przestrzeni.

Od tamtego dnia, przy każdej okazji, gdy Rincewind czuł się szczególnie przegrany albo zagrożony, Zaklęcie objawiało niepokojącą aktywność i próbowało zostać wypowiedziane.

Rincewind przygryzł wargi, ale pierwsza sylaba przecisnęła się kącikiem ust. Mimowolnie wzniósł rękę i strzelił oktarynowymi iskrami. Wokół wirowała magiczna energia...

Bagaż wypadł zza rogu; setki jego kolan poruszały się rytmicznie jak tłoki.

Rincewind rozdziawił szeroko usta. Zaklęcie zamarło nie wypowiedziane.

Kufrowi w najmniejszym stopniu nie przeszkadzał narzucony łobuzersko ozdobny dywan ani też złodziej wiszący za ramię u wieka. Był, w całkiem dosłownym tego słowa znaczeniu, martwym ciężarem. Dalej spod wieka wystawały resztki dwóch, nie wiadomo czyich, palców.

Bagaż zahamował kilka stóp przed magiem i po chwili wahania wciągnął nogi. Nie miał oczu, jednak Rincewind mógłby przysiąc, że mu się przygląda. Wyczekująco.

– Sio – odezwał się słabym głosem. Bagaż nie zareagował. Uchylił tylko wieko, wypuszczając martwego złodzieja.

Rincewind przypomniał sobie złoto. Można chyba założyć, że kufer musi do kogoś należeć. Czyżby pod nieobecność Dwukwiata jego właśnie uznał za swego pana?

Zbliżał się odpływ i w żółtym blasku popołudniowego słońca Rincewind widział odpadki spływające z prądem ku oddalonej o niecałe pięćdziesiąt sążni Rzecznej Bramie. W jednej chwili pozwolił przyłączyć się do nich martwemu złodziejowi. Nawet gdyby później ktoś go wyłowił, nie wywoła tym sensacji. A rekiny u ujścia były przyzwyczajone do solidnych i regularnych posiłków. Spoglądał za odpływającymi zwłokami i rozważał następne posunięcie. Bagaż prawdopodobnie nie tonie. Wystarczy poczekać do zmierzchu i wyruszyć na fali odpływu. W dole rzeki znajdzie wiele opustoszałych zatoczek, gdzie dobrnie do brzegu. A potem... Jeśli patrycjusz naprawdę rozesłał wieści, to zmiana ubrania i golenie rozwiążą ten problem. Zresztą istniały przecież inne kraje, a on miał zdolności językowe. Kiedy już dotrze do Chimery, Gonimu czy Ecaponu, nawet tuzin armii nie ściągnie go z powrotem. A wtedy... bogactwo, komfort, bezpieczeństwo...

Istniała, naturalnie, kwestia Dwukwiata. Rincewind pozwolił sobie na moment żalu.

– Mogło być gorzej – mruknął na pożegnanie. – To mogłem być ja...

Dopiero kiedy spróbował się ruszyć, zauważył, że zaczepił o jakąś przeszkodę.

Odwrócił głowę. Brzeg płaszcza tkwił pochwycony mocno wiekiem Bagażu.

– Witaj, Gorphalu – rzucił uprzejmie patrycjusz. – Wejdź, proszę. Usiądź. Czy zdołam cię namówić na rozgwiazdę w cukrze?

– Jestem na twoje rozkazy, panie – odparł spokojnie starzec. – Z wyjątkiem tych, które dotyczą kandyzowanych szkarłupni.

Patrycjusz wzruszył ramionami i wskazał leżący na stole zwój.

– Przeczytaj to.

Gorphal rozwinął pergamin. Lekko uniósł brew, poznając znajome ideogramy Złotego Imperium. Przeczytał w milczeniu, po czym odwrócił zwój i starannie zbadał pieczęć.

– Cieszysz się sławą znawcy Imperium – stwierdził patrycjusz. – Czy możesz wyjaśnić tę sprawę?

– Wiedza o Imperium nie polega na dostrzeganiu pewnych wydarzeń, a raczej na studiach pewnego sposobu myślenia – wyjaśnił stary dyplomata. – Wiadomość jest interesująca, przyznaję, lecz nie zaskakująca.

– Dzisiejszego ranka imperator polecił... – Patrycjusz pozwolił sobie na luksus zmarszczenia czoła. – Polecił mi, Gorphalu, by chronić te Dwa Kwiatki. A teraz okazuje się, że powinienem go zabić. Nie uważasz tego za zaskakujące?

– Nie. Imperator to zaledwie chłopiec. Jest... idealistą. Zapalczywym. Bogiem swego ludu. Tymczasem popołudniowy list, jeśli się nie mylę, pochodzi od Dziewięciu Wirujących Zwierciadeł, Wielkiego Wezyra. Postarzał się w służbie kolejnych imperatorów. Uważa ich za konieczny, acz kłopotliwy składnik pomyślnego kierowania imperium. Nie lubi, kiedy coś jest nie na swoim miejscu.

Nie buduje się imperiów pozwalając, by rzeczy były nie na swoim miejscu. Taki wyznaje pogląd.

– Zaczynam rozumieć... – mruknął patrycjusz.

– Otóż właśnie. – Gorphal uśmiechnął się w głębi swej brody. – Ten turysta jest nie na swoim miejscu. Dziewięć Wirujących Zwierciadeł, kiedy wypełnił już rozkazy swego władcy, z pewnością podjął odpowiednie działania. Nie może pozwolić, by jakiś wędrowiec powrócił bezpiecznie do domu, przynosząc może ze sobą zarazę niezadowolenia. Imperium woli, by ludzie zostawali tam, gdzie ich się postawi. Wygodniej zatem byłoby, gdyby ten Dwukwiat zaginął na dobre w barbarzyńskich krainach. To znaczy, tutaj, panie.

– Co mi radzisz?

Gorphal wzruszył ramionami.

– Tyle tylko, by nic nie robić. Nie wątpię, że sprawy rozstrzygną się same. Chociaż... – W zadumie poskrobał się za uchem. – Może Gildia Skrytobójców?

– A tak – zgodził się patrycjusz. – Gildia Skrytobójców. Kto jest w tej chwili prezesem?

– Zlorf Flanelostopy, panie.

– Porozmawiaj z nim, dobrze?

– Oczywiście, panie.

Patrycjusz pokiwał głową. Wszystko to przyjął z ulgą. Zgadzał się z Dziewięcioma Wirującymi Zwierciadłami: życie niosło dość problemów. Ludzie powinni zostawać tam, gdzie się ich postawiło.

Konstelacje gwiazd lśniły jasno nad dyskiem świata. Jeden za drugim, kupcy zamykali sklepy. Jeden po drugim budzili się na śniadanie rabusie, złodzieje, kieszonkowcy, ladacznice, iluzjoniści, wykolejeńcy i włamywacze. Czarownicy pilnowali swych poliwymiarowych spraw. Dziś w nocy miała nastąpić koniunkcja dwóch potężnych planet i powietrze nad Dzielnicą Magów zachodziło już mgiełką wczesnych zaklęć.

– Słuchaj no – rzekł Rincewind. – W ten sposób do niczego nie dojdziemy.

Odsunął się na bok. Bagaż wiernie podążał za nim z półotwartym groźnie wiekiem. Rincewind rozważył pomysł, by niespodziewanie rzucić się do ucieczki. Wieko trzasnęło zachęcająco.

Zresztą, powiedział sobie załamany mag, to paskudztwo i tak by go ścigało. Sprawiało takie wrażenie. Gdyby nawet zdobył jakoś konia, żywił niemiłe przeczucie, że Bagaż szedłby za nim we własnym tempie. Bez końca. Przepływając rzeki i oceany. Każdej nocy zmniejszając dystans, bo przecież Rincewind musiałby czasem zatrzymywać się na odpoczynek. Aż pewnego dnia w jakimś egzotycznym mieście, po długich latach, usłyszałby nagle za plecami tupot setek rozpędzonych drobnych stóp...

– Czepiasz się niewłaściwej osoby – jęknął. – To nie moja wina! Nie ja go porwałem!

Kufer przesunął się lekko. Teraz już tylko wąski pasek brudnego nabrzeża dzielił pięty Rincewinda od rzeki. Intuicja podpowiadała, że kufer potrafi pływać szybciej od niego. Usiłował nie wyobrażać sobie, jak się tonie w Ankh.

– Nie da ci spokoju, póki nie ustąpisz – odezwał się piskliwy głosik.

Rincewind spojrzał na ikonograf, wciąż wiszący mu na szyi. Drzwiczki były otwarte, a wsparty o framugę homunkulus palił fajkę i z rozbawieniem obserwował rozwój wydarzeń.

– Przynajmniej zabiorę cię ze sobą – warknął przez zaciśnięte zęby Rincewind. Chochlik wyjął fajkę z ust.

– Co powiedziałeś?

– Że zabiorę cię ze sobą, do diabła!

– Ależ proszę. – Chochlik wymownie postukał w obudowę pudełka. – Zobaczymy, kto pierwszy pójdzie pod wodę.

Bagaż ziewnął i o ułamek cala przesunął się do przodu.

– No dobrze – burknął zirytowany Rincewind. – Ale najpierw muszę się zastanowić.

Bagaż odsunął się wolno. Rincewind przeszedł ostrożnie na stosunkowo bezpieczny teren i usiadł oparty o mur. Za rzeką lśniły światła miasta Ankh.

– Jesteś magiem – przypomniał obrazkowy chochlik. – Wymyślisz jakiś sposób, żeby go znaleźć.

– Nie za dobrym magiem, obawiam się.

– Możesz na nich wyskoczyć i pozamieniać wszystkich w robaki – dodał chochlik pocieszająco, ignorując ostatnią uwagę.

– Nie. Zamiana w Zwierzęta to Zaklęcie Ósmego Stopnia. Nigdy nie skończyłem studiów. Znam tylko jedno zaklęcie.

– To wystarczy.

– Wątpię – odparł zniechęcony Rincewind.

– A co ono robi?

– Nie mam pojęcia. Właściwie nie mam ochoty nawet o tym myśleć, ale powiem szczerze... – Westchnął. – Żadne zaklęcie nie ułatwia życia. Żeby utrwalić w pamięci nawet najprostsze z nich, trzeba trzech miesięcy. A potem używasz go i – fiu! – zniknęło. To właśnie jest głupie w tej całej magii. Przez dwadzieścia lat studiujesz czar, który sprowadza ci do sypialni nagie dziewice. Ale wtedy jesteś już tak zatruty parami rtęci i półślepy od czytania starych ksiąg, że nie pamiętasz, co dalej robić.

– Nigdy w ten sposób o tym nie myślałem – przyznał chochlik.

– Bo wiesz, to jest wszystko nie tak. Kiedy Dwukwiat powiedział, że w imperium macie lepszą magię, myślałem... myślałem...

Chochlik przyglądał mu się wyczekująco. Rincewind zaklął pod nosem.

– Jeśli już musisz wiedzieć, to myślałem, że nie chodzi mu o magię. Nie jako taką.

– A o co innego?

Rincewind czuł się naprawdę fatalnie.

– Sam nie wiem. Chyba jakiś lepszy sposób robienia pewnych rzeczy. Coś, co miałoby choć odrobinę sensu. Zaprząc... zaprząc błyskawicę albo coś w tym rodzaju.

Chochlik spojrzał na niego z niejakim współczuciem.

– Błyskawice to włócznie ciskane przez gromowładnych olbrzymów – przypomniał łagodnie. – To udowodnione zjawisko meteorologiczne. Nie można ich osiodłać.

– Wiem – przyznał żałośnie Rincewind. – To rzeczywiście pewna luka w argumentacji.

Chochlik pokiwał głową i zniknął w czeluści ikonografu. Po chwili Rincewind poczuł zapach smażonego bekonu. Odczekał trochę, a kiedy żołądek nie mógł dłużej znieść napięcia, zastukał w pudełko. Chochlik wynurzył się znowu.

– Myślałem o tym, co mówiłeś – oświadczył, zanim Rincewind zdążył otworzyć usta. – Nawet gdybyś założył jej uprząż, w jaki sposób ją zmusisz, żeby ciągnęła wózek?

– O czym ty gadasz, do licha?

– O błyskawicy. Ona tylko skacze z góry na dół. A ty chcesz, żeby przesuwała się wzdłuż, nie pionowo. Zresztą i tak przepaliłaby uprząż.

– Co mnie obchodzi błyskawica? Nie mogę myśleć z pustym żołądkiem.

– Zjedz coś. To logiczne.

– Jak? Ile razy się ruszę, ten wredny kufer tylko zaciera zawiasy.

Bagaż jak na zawołanie szeroko rozwarł pokrywę.

– Widzisz?

– On nie chce cię ugryźć – wyjaśnił chochlik. – W środku ma prowiant. Wygłodzony na nic mu się nie przydasz.

Rincewind zajrzał w mroczne zakamarki Bagażu. Rzeczywiście, między pudłami i workami ze złotem, dostrzegł kilka butelek i pakunków owiniętych natłuszczonym papierem. Zaśmiał się cynicznie, rozejrzał po pustym nabrzeżu, znalazł kawałek drewna mniej więcej odpowiedniej długości i jak najdelikatniej wsunął go między wieko a kufer. Dopiero wtedy wydobył jeden z pakunków.

Znalazł suchary, twarde niczym diamentowe drzewo.

– Niech to demony! – jęknął, sprawdzając językiem zęby.

– Sucharki Podróżne Kapitana Ośmiopantera. Poznaję – odezwał się chochlik. – Bardzo wielu ludziom morza ocaliły życie.

– Na pewno. Używacie ich jako tratew czy rzucacie rekinom, a potem przyglądacie się, jak toną? Co jest w tych butelkach? Trucizna?

– Woda.

– Ale przecież tu jest pełno wody! Po co miałby ją ze sobą wozić?

– Zaufanie.

– Zaufanie?

– Tak. To jest to, czego nie miał do tutejszej wody. Rozumiesz?

Rincewind otworzył butelkę. Ciecz wewnątrz istotnie mogła być wodą. Miała stęchły, zastały posmak, bez śladu życia.

– Ani smaku, ani zapachu – burknął.

Bagaż zatrzeszczał cicho, by zwrócić na siebie uwagę. Leniwie, z wykalkulowaną groźbą zamknął wieko, miażdżąc zaimprowizowany klin niby zeschły liść.

– Dobrze, dobrze – mruknął Rincewind. – Przecież myślę.

Sztab Ymora mieścił się w Pochyłej Wieży, na rogu ulicy Szronowej i Mroźnej Alei. O północy samotny wartownik spojrzał w niebo na łączące się planety i zadumał się, jaką zmianę losu mu zwiastują.

Rozległ się dźwięk, delikatny jak ziewnięcie komara.

Wartownik zbadał wzrokiem opustoszałą ulicę. Dostrzegł odblask księżyca na czymś leżącym w błocie kilka sążni od niego. Podniósł to. Światło lśniło, odbite od złota. Oddech wartownika był niemal wystarczająco głośny, by echo poniosło go wzdłuż alei.

Znowu coś zadźwięczało i kolejna moneta potoczyła się do rynsztoka po drugiej stronie ulicy.

Zanim ją podniósł, kawałek dalej dostrzegł następną, wirującą jeszcze. Złoto, jak pamiętał, powstaje podobno ze skrystalizowanego światła gwiazd. Aż do dzisiaj nie wierzył, by coś tak ciężkiego mogło naturalnie spadać z nieba.

Kiedy dotarł do wylotu alejki naprzeciwko, spadły kolejne monety. Były jeszcze w worku i było ich bardzo dużo, a Rincewind z całej siły opuścił mu je na głowę.

Kiedy wartownik odzyskał przytomność, spostrzegł obłąkane oczy maga, który przystawiał mu miecz do gardła. W dodatku czuł na nodze uchwyt czegoś ukrytego w ciemności.

To był bardzo niepokojący uchwyt. Sugerował, że ten, co trzyma, może chwycić jeszcze mocniej, jeśli tylko przyjdzie mu ochota.

– Gdzie on jest? Ten bogaty cudzoziemiec? – syknął mag. – Tylko szybko.

– Co mnie trzyma za nogę? – zapytał jeniec z nutą przerażenia w głosie. Spróbował się wyrwać. Nacisk wzrósł.

– Wolałbyś nie wiedzieć – odparł Rincewind. – Uważaj, co do ciebie mówię. Gdzie cudzoziemiec?

– Nie tutaj! Zabrali go do Grubasa! Wszyscy go szukają! Ty jesteś Rincewind, prawda? A kufer... kufer, co zagryza ludzi... nienienienie... Litości!

Rincewind zniknął. Wartownik poczuł, że niewidoczny trzymacz nóg zwalnia uchwyt. Kiedy wreszcie spróbował wstać, coś wielkiego, ciężkiego i kanciastego wyskoczyło na niego z ciemności i pognało za magiem. Coś na setkach maleńkich stóp.

Mając do pomocy jedynie swoje amatorskie rozmówki, Dwukwiat usiłował objaśnić Grubasowi sekrety *tu–bez–pieczeni*. Tłusty oberżysta słuchał uważnie, a jego małe czarne oczka połyskiwały żywo.

Przy drugim końcu stołu, Ymor obserwował ich z dyskretnym rozbawieniem, od czasu do czasu rzucając swoim krukom resztki jedzenia. Withel krążył nerwowo po sali.

– Za bardzo się gryziesz – zauważył Ymor, nie odrywając wzroku od siedzącej naprzeciw pary. – Czuję to, Stren. Któż ośmieliłby się nas tutaj zaatakować? A ten rynsztokowy mag sam przyjdzie. Jest tchórzem. Spróbuje się dogadać. Wtedy będziemy go mieli. I złoto. I kufer.

Jedyne oko Withela spojrzało wrogo. Uderzył pięścią w otwartą dłoń okrytą czarną rękawicą.

– Kto by uwierzył, że na całym Dysku jest aż tyle myślącej gruszy? – burknął. – Skąd mogliśmy wiedzieć?

– Nie gryź się, Stren. Jestem pewien, że tym razem poradzisz sobie lepiej – stwierdził uprzejmie Ymor.

Jego zastępca parsknął z niechęcią i ruszył wokół sali, by poznęcać się nad swoimi ludźmi. Ymor nadal obserwował obcego.

To dziwne, ale ten mały człowieczek wyraźnie nie zdawał sobie sprawy z powagi sytuacji. Ymor widział, jak kilka razy rozejrzał się dookoła z głęboką satysfakcją. Strasznie długo rozmawiał też z Grubasem i Ymor dostrzegł, jak z rąk do rąk przechodzi kawałek pergaminu. Grubas wręczył cudzoziemcowi monetę. Co dziwniejsze, to...

W końcu Grubas wstał. Kiedy człapał obok krzesła Ymora, największy ze złodzieji wyciągnął ramię i pochwycił fartuch tłuściocha w żelazny uścisk.

– O czym mówiliście, przyjacielu? – spytał niegłośno.

– N... nic, Ymor. Taka osobista sprawa.

– Między przyjaciółmi nie ma tajemnic, Grubasie.

– Yhm. Właściwie sam nie jestem przekonany. To jakby zakład, rozumiesz? – tłumaczył zdenerwowany oberżysta. *Tu–bez–pieczeni*, tak to się nazywa. Taki zakład, że „Rozbity Bęben" się nie spali.

Ymor patrzył mu w oczy, aż zakłopotany Grubas zaczął się wiercić ze strachu. Naczelny złodziej wybuchnął śmiechem.

– Ta przeżarta przez korniki sterta desek? Ten człowiek musi być wariatem.

– Tak, ale wariatem z pieniędzmi. Twierdzi, że teraz, kiedy mam... nie pamiętam tego słowa, zaczyna się na „P", to jakby postawione pieniądze... ludzie, dla których pracuje w Imperium Agatejskim, zapłacą. Gdyby „Rozbity Bęben" się spalił. Chociaż wolałbym, żeby nie. Żeby się nie spalił. „Rozbity Bęben", znaczy. To znaczy, jest dla mnie jak dom, ten „Bęben"...

– Nie jesteś taki głupi, co? – mruknął Ymor i odepchnął oberżystę.

Drzwi odskoczyły na zawiasach i huknęły o ścianę.

– Uwaga! To moje drzwi! – wrzasnął Grubas. Natychmiast jednak uświadomił sobie, kto stoi w progu i zanurkował pod stół. Ułamek sekundy później krótka, czarna strzałka przemknęła w powietrzu i wbiła się w blat.

Ymor ostrożnie wyciągnął rękę i nalał drugi kufel piwa.

– Przysiądziesz się, Zlorf? – zapytał spokojnie. – A ty odłóż ten miecz, Stren. Zlorf Flanelostopy jest naszym przyjacielem.

Mistrz Gildii Skrytobójców zręcznie zakręcił dmuchawką i jednym płynnym ruchem wsunął ją do olstra.

– Stren! – zawołał Ymor.

Okryty czernią złodziej syknął gniewnie i schował miecz. Jednak nie odrywał dłoni od rękojeści, a wzroku od skrytobójcy.

Nie było to łatwe. Awans w Gildii Skrytobójców uzyskuje się w drodze egzaminu konkursowego. Część praktyczna jest najważniejsza, a właściwie nawet jedyna. Stąd też otwartą, szczerą twarz Zlorfa w całości pokrywały blizny, rezultat nazbyt wielu bliskich spotkań. Prawdopodobnie od samego początku nie była ona szczególnie przystojna. Plotka głosiła, że Zlorf wybrał sobie fach wymagający czarnych kapturów, płaszczy i wałęsania po nocy głównie dlatego, że istniała w jego rodzie odnoga, lękających się dnia, trolli. Ludzie, którzy powtarzali tę potwarz w zasięgu słuchu Zlorfa, na ogół zanosili swe uszy do domu w kapeluszach.

Zlorf zbiegł po schodach, a za nim kilku jeszcze zabójców.

– Przyszedłem po turystę – oznajmił, stając przed Ymorem.

– Czy to na pewno twoja sprawa, Zlorf?

– Tak. Grinjo, Urmond, bierzcie go.

Dwóch skrytobójców wystąpiło naprzód. I nagle Stren zastąpił im drogę. Jego miecz zmaterializował się o cal od ich gardeł, jakby nie musiał przemieszczać się w przestrzeni.

– Być może zdołam zabić tylko jednego z was – warknął złodziej. – Ale sugeruję, żebyście odpowiedzieli sobie na pytanie: którego?

– Spójrz w górę, Zlorf – zaproponował Ymor.

Szereg wrogich, żółtych oczu błysnął z ciemności między krokwiami.

– Jeszcze krok, a wychodząc nie dorachujesz się oczu – ostrzegł wódz złodziei. – Dlatego lepiej usiądź i napij się. Porozmawiajmy rozsądnie. Myślałem, że zawarliśmy umowę: ty nie kradniesz, ja nie zabijam. W każdym razie nie dla zapłaty – dodał po namyśle.

Zlorf przyjął kufel piwa.

– I co z tego? Ja go zabiję, potem ty go okradniesz. Czy to ten zabawny człowieczek, tam za stołem?

– Tak.

Zlorf spojrzał na Dwukwiata, który odpowiedział uśmiechem. Wzruszył ramionami. Rzadko tracił czas na rozważania, czemu ludzie chcą zabijać innych ludzi. W końcu to praca jak każda inna.

– Wolno spytać, kim jest twój klient? – odezwał się Ymor.

Zlorf uniósł dłoń.

– Proszę cię... – zaprotestował. – Etyka zawodowa.

– Oczywiście. A przy okazji...

– Tak?

– Miałem chyba na zewnątrz paru strażników...

– Miałeś.

– I jeszcze kilku w bramie naprzeciwko...

– Nieaktualne.

– I dwóch łuczników na dachu.

Cień zwątpienia przebiegł po twarzy Zlorfa niby ostatni promyk słońca po źle zaoranym polu.

Drzwi otworzyły się gwałtownie, mocno uszkadzając skrytobójcę, który stał przy wejściu.

– Przestańcie już! – ryknął spod stołu Grubas.

Zlorf i Ymor spojrzeli czujnie na stojącą w progu postać. Przybysz był niski, gruby i bogato odziany. Bardzo bogato odziany. Za nim majaczyło w mroku kilka wysokich, potężnych sylwetek. Bardzo wielkich i groźnych sylwetek.

– Kto to jest? – zdziwił się Zlorf.

– Znam go – odparł Ymor. – Nazywa się Rerpf. Prowadzi tawernę „Pod Stękającym Półmiskiem", przy Spiżowym Moście. Stren, wyrzuć go.

Rerpf wzniósł upierścienioną dłoń. Stren Withel zawahał się w połowie drogi do drzwi, gdy do wnętrza wtoczyło się kilka ogromnych trolli. Mrugając na widok światła, stanęły po obu stronach przybysza. Muskuły wielkości arbuzów grały na przedramionach rozmiaru worków z mąką. Każdy troll trzymał dwustronny topór... między kciukiem i palcem wskazującym.

Czerwony ze złości, Grubas wyskoczył z ukrycia.

– Wynocha! – ryknął. – Wyrzućcie stąd te trolle!

Nikt się nie ruszył. Sala nagle zamarła. Grubas rozejrzał się szybko i zaczął pojmować, co i do kogo powiedział. Ciche skomlenie wymknęło mu się z ust, zachwycone wolnością.

Dotarł do piwnicznych drzwi w tej samej chwili, gdy troll leniwym machnięciem wielkiej jak bochen dłoni posłał za nim wirujący w powietrzu topór. Stuk zamykanej klapy i trzask pękającego drewna zlały się w jeden dźwięk.

– Niech to piekło! – wykrzyknął Zlorf Flanelostopy.

– Czego chcecie? – spytał Ymor.

– Przybywam tu w imieniu Gildii Kupców i Handlarzy – odparł spokojnie Rerpf. – Dla ochrony naszych interesów, można powiedzieć. To znaczy, tego małego.

Ymor zmarszczył czoło.

– Przepraszam, ale wspomniałeś chyba Gildię Kupców?

– I Handlarzy – dokończył Rerpf.

Za nim, prócz kolejnych trolli, pojawiło się też kilku ludzi. Ymor mgliście ich sobie przypominał. Widział ich może za ladami czy barami – niewyraźne figury, łatwo ignorowane i szybko zapominane. Gdzieś w głębi rodziło się w nim niemiłe przeczucie. Zaczynał rozumieć, co odczuwa lis otoczony przez rozgniewane owce. W dodatku owce, które stać na wynajęcie wilków.

– Jak długo istnieje ta... ta Gildia, jeśli wolno spytać?

– Od dzisiejszego popołudnia – odparł Rerpf. – Jestem wicewielkim mistrzem do spraw turystyki.

– Co to za turystyka?

– Hm... – zawahał się Rerpf. – Nie jesteśmy całkiem pewni.

Jakiś brodaty staruszek wyjrzał zza jego pleców.

– W imieniu sprzedawców win z Morpork oświadczam, że turystyka oznacza zyski – zakrakał. – Czy to jasne?

– I co? – spytał zimno Ymor.

– To, że bronimy własnych interesów – odparł Rerpf. – Już mówiłem.

– Precz ze złodziejami! Precz ze złodziejami! – skandował jego podstarzały towarzysz. Kilku innych podjęło okrzyk. Zlorf uśmiechnął się.

– I skrytobójcami! – zapiał starzec. Zlorf warknął.

– To rozsądne – wyjaśnił Rerpf. – Kiedy dookoła mordują i kradną, jakie wrażenie wywrze to na turystach? Przyjeżdżają z daleka, by zobaczyć nasze piękne miasto, jego obiekty historyczne i kulturalne, jak również liczne niezwykłe zwyczaje. I nagle budzą się martwi w jakiejś ciemnej uliczce albo, równie często, spływając z prądem Ankh. Jak zdołają opowiedzieć przyjaciołom, że świetnie się tu bawili? Spójrzmy prawdzie w oczy: musicie iść z postępem.

Zlorf i Ymor popatrzeli na siebie.

– Musimy, prawda? – mruknął Ymor.

– Zatem idźmy, bracie – zgodził się Zlorf. Jednym szybkim ruchem podniósł do ust dmuchawkę i strzałka ze świstem poszybowała w stronę najbliższego trolla. Ten zamachnął się i cisnął toporem. Ostrze warknęło nad głową skrytobójcy i zagłębiło się w pechowym złodzieju.

Rerpf schylił się, a stojący za nim troll uniósł potężną kuszę i, prosto w najbliższego skrytobójcę, wypuścił strzałę długości włóczni. To był dopiero początek...

Wspomniano już tutaj, że ludzie wyczuleni na promieniowanie oktarynowe – ósmego koloru, odcienia Wyobraźni – potrafią dostrzec rzeczy, których inni nie widzą.

Dlatego też Rincewind, śpiesząc przez zatłoczone, oświetlone pochodniami bazary Morpork, z pędzącym z tyłu Bagażem, wpadł na wysoką, mroczną postać, odwrócił się, by rzucić kilka odpowiednich do sytuacji przekleństw, i spojrzał w twarz Śmierci.

To musiał być Śmierć. Nikt inny nie włóczy się z pustymi oczodołami. Oczywiście, kosa na ramieniu też o czymś świadczyła. Gdy

Rincewind patrzył ze zgrozą, zakochana para, śmiejąc się z jakiegoś żarciku, przeszła przez zjawę, najwyraźniej niczego nie zauważając.

Śmierć wyglądał na zaskoczonego, jeśli było to możliwe dla kogoś, czyja twarz nie zawiera części ruchomych.

RINCEWIND? – zapytał głosem ciężkim jak huk zatrzaskiwanych ołowianych drzwi głęboko pod ziemią.

– Aha – przyznał Rincewind, próbując uciec przed tym bezokim spojrzeniem.

ALE DLACZEGO JESTEŚ TUTAJ? (Bum bum, huczały pokrywy krypty w zarobaczonej otchłani pod pradawną górą...)

– No... A dlaczego nie? Zresztą na pewno masz mnóstwo pracy, pozwolisz więc...

ZDUMIAŁEM SIĘ, KIEDY MNIE POTRĄCIŁEŚ, RINCEWINDZIE, PONIEWAŻ JESZCZE TEJ NOCY MAM Z TOBĄ SPOTKANIE...

– Och, nie, nie...

NATURALNIE, NAJBARDZIEJ DENERWUJĄCY W TEJ CAŁEJ SPRAWIE JEST FAKT, ŻE SPOTKAĆ CIĘ MIAŁEM W PSEPHOPOLOLIS.

– Przecież to pięćset mil stąd!

NIE MUSISZ MI PRZYPOMINAĆ. SAM WIDZĘ, ŻE CAŁY TEN SYSTEM ZNOWU SIĘ SYPNĄŁ. POSŁUCHAJ, NIE WYBRAŁBYŚ SIĘ MOŻE...?

Rincewind cofał się, wyciągając przed siebie ręce. Sprzedawca suszonej ryby za pobliskim straganem z zaciekawieniem obserwował szaleńca.

– Wykluczone!

MÓGŁBYM CI POŻYCZYĆ BARDZO SZYBKIEGO KONIA.

– Nie!

TO WCALE NIE BĘDZIE BOLAŁO.

– Nie!

Rincewind rzucił się do ucieczki. Śmierć spoglądał za nim przez chwilę, po czym wzruszył ramionami.

WREDNY DRAŃ, mruknął. Odwrócił się i zauważył sprzedawcę ryb. Z cichym warknięciem wyciągnął kościsty palec i zatrzymał serce handlarza, ale nie poprawiło mu to humoru.

A potem przypomniał sobie, co wydarzy się jeszcze tej nocy. Trudno byłoby stwierdzić, że się uśmiechnął, skoro jego rysy i tak zastygły w wapiennym grymasie. Zanucił jednak krótką melodyjkę, wesołą jak morowe powietrze. Przystanął jeszcze, by odebrać życie przelatującej ćmie i jedną dziewiątą żyć kotu ukrytemu pod straganem (wszystkie koty widzą oktarynę). A potem odwrócił się na pięcie i ruszył pod „Rozbity Bęben".

Ulica Krótka w Morpork jest w istocie jedną z najdłuższych w tym mieście. Filigranowa przecina ją na obrotowym końcu niby poprzeczka w literze „T". Zaś „Rozbity Bęben" stoi w takim miejscu, że spogląda na całą długość ulicy.

Ciemny, podłużny kształt na najdalszym końcu ulicy Krótkiej uniósł się na setkach małych nóżek i ruszył biegiem. Z początku był to raczej leniwy trucht, jednak w połowie drogi pędził już szybko jak strzała...

Mroczniejszy cień przesuwał się wolno wzdłuż ściany „Bębna", kilka sążni od dwóch trolli pilnujących drzwi. Rincewind pocił się. Jeśli usłyszą cichy brzęk specjalnie przygotowanych sakiewek u pasa...

Jeden z trolli stuknął kolegę w ramię, budząc tym odgłos jakby jeden kamyk uderzał o drugi. Wskazał na zalaną światłem gwiazd ulicę...

Rincewind wyskoczył z kryjówki, odwrócił się i cisnął pocisk w najbliższe okno.

Withel widział, jak wlatuje. Sakwa przeleciała przez salę, wirując wolno w powietrzu, i uderzyła o krawędź stołu. Natychmiast we wszystkie strony potoczyły się błyszczące, złote monety.

Nagle zapadła cisza, jeśli nie liczyć cichego dzwonienia złota i jęków rannych. Withel zaklął i szybko zakończył pojedynek ze skrytobójcą.

– To podstęp! – krzyknął. – Niech nikt się nie rusza!

Kilkudziesięciu ludzi i tuzin trolli zamarło z wyciągniętymi rękami.

Wtedy, po raz trzeci, drzwi odskoczyły z trzaskiem. Wpadły dwa trolle, zamknęły je za sobą, zaryglowały ciężką belką i zbiegły po schodach.

Na zewnątrz zabrzmiało nagłe crescendo biegnących stóp. I drzwi otworzyły się po raz ostatni. Właściwie eksplodowały; drewniana belka poszybowała w głąb sali, a futryna pękła z hukiem.

Drzwi i futryna wylądowały na stole, który rozpadł się na kawałki. Dopiero wtedy znieruchomiali walczący dostrzegli, że w stosie drewna jest jeszcze coś – kufer, który otrząsał się gwałtownie z połamanych drzazg.

W zrujnowanym wejściu stanął Rincewind i rzucił kolejny złoty granat. Trafił w ścianę, sypiąc deszczem monet.

W piwnicy, Grubas podniósł głowę i burknął coś pod nosem, ale nie przerywał pracy. Wysypał już na podłogę cały obrazimowy zapas świec i dorzucił szczapy na podpałkę. Teraz atakował baryłkę oliwy do lamp.

– *Tu–bez–pieczeni* – mruczał do siebie. Oliwa chlusnęła mu pod nogi i rozlała się w kałużę.

Withel, którego twarz zmieniła się w maskę furii, pędził ku Rincewindowi. Ten wymierzył starannie i workiem złota trafił złodzieja w pierś.

Zaraz jednak Ymor krzyknął coś i oskarżycielsko wyciągnął palec. Kruk wyfrunął z grzędy między krokwiami i pikował na maga, rozczapierzając błyszczące szpony.

Nie doleciał. Był mniej więcej w połowie drogi, gdy Bagaż wyskoczył ze stosu drewna, w powietrzu otworzył wieko i zatrzasnął je natychmiast.

Wylądował miękko. Rincewind dostrzegł, że jeszcze raz uchylił wieka. Niewiele; tyle tylko, by jęzor, wielki jak liść palmy i czerwony jak mahoń, zlizał kilka zbłąkanych piór.

Równocześnie, ogromny kandelabr runął z sufitu. Sala pogrążyła się w ciemności. Rincewind zwinął się jak sprężyna, wyskoczył z miejsca, chwycił belkę i z siłą, która zdumiała jego samego, rozhuśtał się i podciągnął do stosunkowo bezpiecznego schronienia pod dachem.

– Ekscytujące, prawda? – szepnął mu do ucha czyjś głos.

W dole pod nimi złodzieje, skrytobójcy, trolle i kupcy, w tej samej niemal chwili, uświadomili sobie, że są w sali, gdzie złoto nie pozwala pewnie stanąć i gdzie pośród złowieszczych nagle kształtów ukrywa się coś groźnego. To było nie do wytrzymania. Jak jeden mąż rzucili się do wyjścia... mieli jednak co najmniej tuzin różnych teorii dotyczących jego położenia.

Wysoko ponad zamętem zdumiony Rincewind przyglądał się Dwukwiatowi.

– To ty odciąłeś światło? – syknął.

– Tak.

– A skąd się wziąłeś na górze?

– Uznałem, że lepiej nie będę im wchodził w drogę.

Rincewind pomyślał chwilę. Właściwie niewiele już mógł dodać.

– Prawdziwa bójka – zachwycał się Dwukwiat. – Lepsza, niż mogłem sobie wyobrazić! Sądzisz, że powinienem im podziękować? Czy to ty zorganizowałeś?

Rincewind spojrzał na niego tępo.

– Chyba lepiej stąd zejdźmy – powiedział głucho. – Wszyscy już poszli.

Pociągnął Dwukwiata przez salę i schodami do wyjścia. Na zewnątrz noc dobiegała końca. Na niebie lśniło jeszcze kilka gwiazd, ale księżyc już zaszedł, a po krawędziowej stronie nieba pojawiła się szara zapowiedź brzasku. Co najważniejsze, ulica była opustoszała.

Rincewind pociągnął nosem.

– Czujesz oliwę?

I wtedy z ciemności wynurzył się Withel.

Grubas przyklęknął na szczycie piwnicznych schodów i wygrzebał pudełko z hubką. Była wilgotna.

– Zarżnę tego kota – mruknął i sięgnął po zapasowe, leżące zwykle na półce nad drzwiami. Nic nie znalazł. Grubas rzucił brzydkim słowem.

Zapalony ogarek pojawił się w powietrzu tuż obok niego.

MASZ, WEŹ TO.

– Dziękuję.

NIE MA O CZYM MÓWIĆ.

Grubas zszedł kawałek, by zrzucić ogarek do piwnicy. I zamarł z uniesioną ręką. Marszcząc brwi, spoglądał na świeczkę. Potem odwrócił się i podniósł ją wysoko. Nie płonęła zbyt jasno, ale nadała ciemności kształt...

– Och, nie... – wyszeptał.

ALEŻ TAK, odpowiedział Śmierć.

Rincewind przetoczył się. Przez chwilę sądził, że Withel zakłuje go leżącego, lecz sytuacja była o wiele gorsza: złodziej czekał, aż Rincewind się podniesie.

– Widzę, że masz miecz, magu – stwierdził cicho. – Wstań zatem i sprawdzimy, czy umiesz go używać.

Rincewind podnosił się tak wolno, jak tylko śmiał. Potem wyjął zza pasa miecz, kilka godzin i sto lat temu odebrany wartownikowi. Był krótki i tępy w porównaniu z cienkim jak igła rapierem Withela.

– Ale ja nie umiem walczyć na miecze – jęknął.

– Tym lepiej.

– Wiesz chyba, że nie można zabić maga białą bronią?

– Tak słyszałem. – Withel uśmiechnął się zimno. – Nie mogę się doczekać, żeby to sprawdzić.

Zaatakował.

Rincewind tylko dzięki szczęściu odbił pierwsze pchnięcie, przerażony cofnął dłoń, przypadkiem zablokował drugie, a trzecie przyjął na swój płaszcz na wysokości serca.

Coś brzęknęło.

Tryumfalny okrzyk zamarł Withelowi w gardle. Wyrwał miecz i jeszcze raz ukłuł maga, który zesztywniał cały ze zgrozy i wyrzutów sumienia. Znowu coś zabrzęczało, a spod płaszcza posypały się złote monety.

– Złotem krwawisz, tak? – syknął Withel. – Zobaczymy, czy złoto chowasz też w tej swojej rozczochranej brodzie, ty mały...

Miecz szykował się właśnie do śmiertelnego pchnięcia, gdy posępny blask sączący się przez otwór drzwi „Rozbitego Bębna" zamigotał, przygasł i wybuchł w ryczącą kulę ognia. Ściany runęły na zewnątrz, a płomień poniósł dach na sto stóp w górę, nim przebił go i spłynął potokiem rozpalonych do czerwoności dachówek.

Withel spokojnie patrzył na wrzące morze ognia. A Rincewind skoczył. Przemknął pod uniesioną klingą i uderzył mieczem – tak niefachowo, że trafił płazem i upuścił broń. Iskry i krople płonącej oliwy spadały jak deszcz, gdy Withel sięgnął dłońmi w rękawicach, chwycił maga za szyję i przygiął do ziemi.

– Ty to zrobiłeś! – wrzasnął. – Ty i ta twoja zdradziecka skrzynia!

Kciukiem odnalazł tchawicę.

To już koniec, pomyślał Rincewind. *Gdziekolwiek trafię, nie może być gorzej niż tutaj...*

– Przepraszam bardzo – odezwał się Dwukwiat.

Ucisk na szyi Rincewinda osłabł nagle. A Withel wstawał powoli, z wyrazem śmiertelnej nienawiści na twarzy.

Gorąca głownia spadła na maga. Strzepnął ją pospiesznie i niezgrabnie stanął na nogach.

Dwukwiat stał za Withelem z jego własnym, ostrym jak brzytwa mieczem w dłoni i dotykał ostrzem karku złodzieja. Rincewind zmrużył oczy. Sięgnął pod płaszcz, po czym wyjął dłoń zaciśniętą w pięść.

– Nie ruszaj się – powiedział.

– Dobrze to robię? – upewnił się Dwukwiat.

– Mówi, że jeśli się ruszysz, przekłuje ci wątrobę – przetłumaczył Rincewind dość swobodnie.

– Wątpię – burknął Withel.

– Założysz się?

– Nic.

A kiedy Withel napiął mięśnie, by skoczyć na turystę, Rincewind uderzył i trafił go w szczękę. Przez sekundę złodziej patrzył na niego w zdumieniu, po czym powoli zwalił się w błoto.

Mag rozprostował obolałe palce, wypuszczając rulonik złotych monet. Pochylił się nad Withelem.

– Dobrzy bogowie – westchnął.

Podniósł głowę i wrzasnął, gdy kolejna głownia wylądowała mu na szyi. Płomienie sunęły wzdłuż dachów po obu stronach ulicy. Wszędzie dookoła ludzie wyrzucali oknami swój dobytek i wyciągali konie z dymiących stajni. Kolejny wybuch rozżarzonego do białości wulkanu, który jeszcze niedawno był „Rozbitym Bębnem", posłał w powietrze cały marmurowy kominek.

– Opaczna Brama jest najbliżej! – zawołał Rincewind, przekrzykując trzask padających krokwi. – Idziemy!

Złapał opornego Dwukwiata za ramię i pociągnął ulicą.

– Mój Bagaż...

– Niech licho porwie twój Bagaż! Jeśli zostaniesz tu jeszcze chwilę, odejdziesz tam, gdzie bagaż nie będzie ci potrzebny. Chodź!

Pobiegli wśród przerażonego tłumu. Mag chciwie wciągał do płuc chłodne powietrze. Coś go niepokoiło.

– Jestem pewien, że wszystkie świece pogasły – stwierdził nagle. – Więc od czego zapalił się „Bęben"?

– Nie wiem – jęknął Dwukwiat. – To straszne, Rincewindzie. A tak nam się dobrze układało.

Rincewind przystanął zdumiony. Jakiś uciekinier wpadł na niego i odskoczył przeklinając.

– Układało?

– Tak. Wspaniali ludzie, pomyślałem sobie. Mieliśmy pewne problemy językowe, ale tak im zależało, bym się do nich przyłączył, że nie chcieli nawet słyszeć o odmowie. Naprawdę mili chłopcy...

Rincewind chciał mu wyjaśnić, kiedy zrozumiał nagle, że nie wie, od czego zacząć.

– To będzie straszny cios dla biednego Grubasa – ciągnął Dwukwiat. – Na szczęście, był rozsądny. Mam jeszcze tego rhinu, który mi wpłacił jako pierwszą ratę.

Rincewind nie wiedział, co oznacza słowo „rata", ale jego umysł pracował szybko.

– *Tu–bez–piekłeś* „Rozbity Bęben"? – zapytał z niedowierzaniem. – Założyłeś się z Grubasem, że nie wybuchnie pożar?

– Oczywiście. Standardowa wycena. Dwieście rhinu. Czemu pytasz?

Rincewind odwrócił się i zapatrzył w pędzące ku nim płomienie. Myślał, jaką część Ankh-Morpork można by kupić za dwieście rhinu. *Całkiem spory kawałek*, uznał. *Ale nie teraz, nie z tym ogniem...*

Spojrzał na turystę.

– Ty... – zaczął, szukając w pamięci najgorszego słowa w trob; szczęśliwi beTrobi nie umieli nawet porządnie przeklinać.

– Ty... – powtórzył. Kolejna osoba wpadła na niego, niemal zahaczając niesionym na ramieniu ostrzem. Umęczony temperament Rincewinda eksplodował.

– Ty mały (taki, który mając miedziane kółko w nosie staje po kostki w wodzie na szczycie góry Raruaruaha podczas straszliwej burzy z piorunami i krzyczy, że twarz Alohury, Bogini Gromu, przypomina wyglądem spróchniały korzeń uloruaha)!

WYKONUJĘ TYLKO SWOJE OBOWIĄZKI, odparła postać, nim zniknęła w tłumie.

Słowa padały ciężko jak marmurowe płyty. Co więcej, Rincewind był pewien, że tylko on jeden je słyszał.

Pochwycił Dwukwiata.

– Wynośmy się stąd! – zaproponował.

Ciekawy efekt uboczny pożaru w Ankh-Morpork wiąże się z polisą *tu-bez-pieczeni-ową*, która opuściła miasto poprzez zniszczony dach „Rozbitego Bębna", wzleciała wysoko w atmosferę Dysku na wynikłych z katastrofy prądach termicznych i powróciła na ziemię kilka dni później i kilka tysięcy mil dalej, w uloruahowym buszu na wyspach beTrobi. Prości, weseli wyspiarze czcili ją potem jako boga, ku rozbawieniu bardziej cywilizowanych sąsiadów. Co dziwne, przez kolejne lata opady deszczu i plony były niemal nadnaturalnie obfite. W związku z tym Wydział Pomniejszych Religii Niewidocznego Uniwersytetu wysłał na wyspy zespół badawczy. Naukowcy uznali, że to wszystko tylko na pokaz.

Pędzony wiatrem pożar przemieszczał się szybciej niż ludzie. Opaczna Brama stała w płomieniach, kiedy dotarł tam Rincewind z twarzą zaczerwienioną i pokrytą bąblami oparzeń. On i Dwukwiat jechali już konno – nietrudno było zdobyć wierzchowce. Podstępny kupiec zażądał pięćdziesięciokrotnej zapłaty i rozdziawił usta, kiedy wciśnięto mu w rękę kwotę tysiąckrotną.

Przejechali w chwili, gdy pierwsze wielkie belki bramy spadały na ziemię w deszczu iskier. Morpork był już ogromnym kotłem płomieni.

Kiedy galopowali zalaną krwawym blaskiem drogą, Rincewind kątem oka obserwował swego towarzysza. Dwukwiat usiłował właśnie nauczyć się konnej jazdy.

– Niech to piekło pochłonie! – pomyślał Rincewind. – On żyje! I ja też. Kto by przypuszczał? Może jest coś w tym *odbitym–głosie–podziemnych–duchów*?

Nie było to wygodne określenie. Rincewind usiłował dopasować język do trudnych zgłosek, jakie tworzyły słowo w mowie Dwukwiata.

– Ekolomia? – spróbował. – Ekro–gnozja? Echo–gnomia?

To wystarczy. Brzmiało zupełnie podobnie.

Kilkaset sążni w dół rzeki za ostatnimi dymiącymi przedmieściami Ankh-Morpork dziwnie kanciasty i wyraźnie nasiąknięty wodą przedmiot dotknął dennego mułu przy opacznym brzegu. Natychmiast wysunął liczne nóżki i wdrapał się na suchy ląd.

Na brzegu Bagaż – czarny od sadzy, mokry i bardzo, bardzo zły – otrząsnął się i ustalił położenie. Potem ruszył dziarskim truchtem. Mały i wyjątkowo szpetny chochlik siedział na wieku i z zainteresowaniem obserwował okolicę.

Bravd spojrzał na Łasicę i uniósł brwi.

– To już wszystko – zakończył Rincewind. – Bagaż dogonił nas jakoś, nie pytajcie mnie, jak. Zostało jeszcze trochę wina?

Łasica podniósł pusty bukłak.

– Chyba masz już dość na tę noc – oświadczył.

Bravd zmarszczył czoło.

– Złoto jest złotem – stwierdził wreszcie. – Jak człowiek mający dużo złota może się uważać za biedaka? Albo jesteś biedny, albo bogaty. To chyba rozsądne.

Rincewind czknął. W tej chwili Rozsądek był dla niego czymś wyjątkowo trudnym.

– No... – powiedział. – Myślę, wiesz, chodzi o to, jakby to ująć, no, słyszeliście o oktironie?

Obaj bohaterowie przytaknęli. Ten niezwykły, opalizujący metal był na wybrzeżach Okrągłego Morza ceniony niemal równie wysoko jak myśląca grusza i niemal równie rzadki. Człowiek posiadający igłę z oktironu nigdy nie gubił kierunku, ponieważ zawsze wskazywała ona Oś świata – była niezwykle czuła na magiczne pole dysku. A oprócz tego, w cudowny sposób cerowała skarpetki.

– No więc, widzicie, myślę sobie, że złoto też ma swoje pole magiczne. Taką finansową magię. Echo–gnomię – Rincewind zachichotał.

Łasica przeciągnął się. Słońce stało już wysoko, a miasto w dole spowijały mgły i wypełniały trujące opary. *I złoto*, pomyślał. Nawet obywatel Morpork wobec groźby śmierci porzuci swe skarby, by ocalić skórę. Czas ruszać.

Niski człowieczek o imieniu Dwukwiat zasnął chyba. Łasica przyjrzał mu się i pokręcił głową.

– Miasto czeka, jakiekolwiek by nie było – oznajmił. – Dzięki za piękną opowieść, magu. Co teraz zrobisz?

Rzucił okiem na Bagaż, który natychmiast odsunął się i kłapnął wiekiem.

– Statki chwilowo nie odpływają – zachichotał znowu Rincewind. – Ruszymy chyba nadbrzeżnym traktem do Chirm. Rozumiecie, muszę się nim opiekować. Ale słuchajcie, nie zmyśliłem tego wszystkiego...

– Pewnie, pewnie – odparł uspokajająco Łasica. Odwrócił się i wskoczył na grzbiet konia, którego trzymał Bravd. Po chwili obaj bohaterowie byli tylko punkcikami pod chmurą kurzu, pędzącymi ku czarnemu miastu.

Mag spoglądał sennie na leżącego turystę. Na dwóch leżących turystów. W tym stanie bezbronności zbłąkana myśl, wędrująca poprzez wymiary w poszukiwaniu umysłu, który by ją przyjął, wśliznęła mu się do mózgu.

– Oto kolejne kłopoty, w jakie mnie wpakowałeś – wymruczał Rincewind i wolno padł na wznak.

– Wariat – stwierdził Łasica.

Galopujący obok Bravd skinął głową.

– Wszyscy magowie są tacy – oświadczył. – To przez opary rtęci. Mózgi im gniją.

– Jednakże... – rzekł okryty brązem bohater. Sięgnął pod tunikę i wydobył złoty dysk na krótkim łańcuszku.

Bravd uniósł brwi.

– Mag opowiadał, że ten mały ma jakiś złoty dysk, na którym sprawdza czas – wyjaśnił Łasica.

– I pobudził twoją zachłanność, drogi przyjacielu? Zawsze byłeś doskonałym złodziejem.

– Owszem – przyznał skromnie Łasica. Dotknął przycisku na krawędzi dysku i otworzyła się klapka.

Uwięziony wewnątrz maleńki demon podniósł głowę znad liczydła i spojrzał gniewnie.

– Brakuje tylko dziesięciu minut do ósmej – warknął.

Klapka opadła, o mało co nie przycinając Łasicy palców.

Łasica zaklął i cisnął licznik czasu daleko we wrzosowisko, gdzie prawdopodobnie trafił w kamień. W każdym razie coś rozbiło powłokę; nastąpił jaskrawy oktarynowy rozbłysk i zapachniało siarką, a czasowa istota zniknęła w tym z demonicznych wymiarów, który uważała za ojczysty.

– Po co to zrobiłeś? – spytał Bravd, który nie usłyszał demona.

– Co zrobiłem? – zdziwił się Łasica. – Nic nie zrobiłem. W ogóle nic się nie stało. Jedźmy. Okazje uciekają.

Bravd kiwnął głową. Popędzili wierzchowce i razem pogalopowali ku starożytnemu Ankh i uczciwym czarom.

POSŁANIE OŚMIU

PROLOG

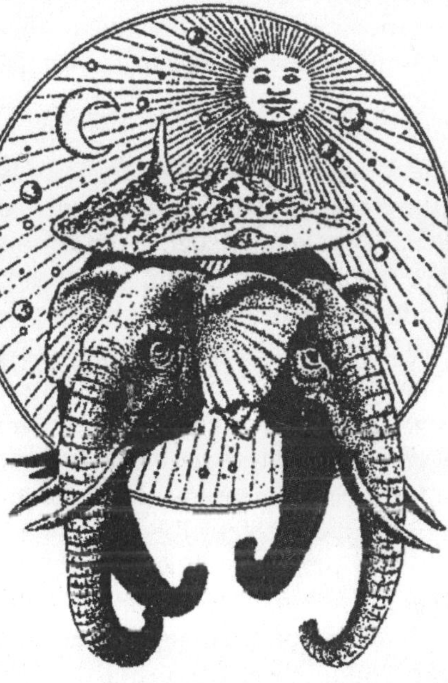

Płynący przez kosmos Świat Dysku jest widokiem imponującym – o wiele bardziej niż światy zbudowane przez Stwórców o mniejszej wyobraźni, a większym talencie mechanicznym.

Wprawdzie słońce Dysku jest zaledwie orbitującym księżycem, a jego proturberancje mają wymiar bramek do krykieta, jednak tę drobną wadę aż nadto wynagradza wspaniały obraz Wielkiego Żółwia A'Tuina, na którego starożytnej i pooranej meteorami skorupie spoczywa Dysk. W swej powolnej wędrówce po brzegach Nieskończoności A'Tuin obraca czasem swą głowę, by kłapnąć na przelatującą kometę.

Najpiękniejszym jednak widokiem – choćby dlatego, że większość umysłów, postawionych wobec galaktycznego ogromu A'Tuina, zwyczajnie nie potrafi weń uwierzyć – jest nieskończony Krańcowy Wodospad, gdzie morza Dysku, wrząc pianą, spadają przez Krawędź w kosmos. A może najpiękniejsza jest opasująca cały świat ośmiobarwna Krańcowa Tęcza, która unosi się wśród mgieł nad Wodospadem. Ósmy kolor to oktaryna, powstająca w wyniku rozproszenia silnego światła słonecznego w polu magicznym o wysokim natężeniu.

A może najcudowniejszym widokiem jest Oś. Tam iglica zielonkawego lodu wyrasta na dziesięć mil w górę, wznosi się ponad chmury i niesie na swym szczycie dziedzinę Dunmanifestin, siedzibę bogów Dysku. Sami bogowie, mimo splendoru świata w dole, rzadko bywają zadowoleni. To irytujące: być bogiem świata istniejącego wyłącznie dlatego, że każda krzywa nieprawdopodobieństwa musi mieć swój dalszy koniec. Zwłaszcza gdy można zajrzeć w inne wymiary i zobaczyć światy, których Stwórcy mieli więcej zdolności mechanicznych niż wyobraźni. Nic więc dziwnego, że bogowie Dysku więcej czasu poświęcają na zwady niż na wszechwiedzę.

Tego szczególnego dnia Ślepy Io, dzięki swej bezustannej czujności pełniący funkcję przywódcy bogów, siedział wspierając brodę na dłoni i spoglądał na planszę rozłożoną na stoliku z czerwonego marmuru. Ślepy Io otrzymał swe imię, ponieważ w miejscach, gdzie powinien mieć oczodoły, były tylko dwa obszary gładkiej skóry. Oczy, których posiadał niezwykłą liczbę, prowadziły własne, częściowo niezależne, życie. Kilka z nich unosiło się właśnie nad stołem.

Plansza do gry była starannie wyrzeźbioną, podzieloną na kwadraty mapą Świata Dysku. Kilka pól zajmowały w tej chwili pięknie wymodelowane figury. Obserwujący grę człowiek mógłby, na przykład, dostrzec u dwóch z nich uderzające podobieństwo do Bravda i Łasicy. Inne przedstawiały kolejnych herosów i bohaterów, których Świat Dysku posiadał w nadmiarze.

Wśród graczy pozostali jeszcze Io, Bóg-Krokodyl Offler, Zefir – bóg lekkich wietrzyków, Los i Pani. Słabsi uczestnicy zostali już odsunięci od planszy i przy stole panowała atmosfera skupienia. Szansa odpadła wcześnie, wprowadzając swego bohatera do domu pełnego uzbrojonych gnolli (rezultat szczęśliwego rzutu Offlera). Wkrótce potem Noc wymieniła swoje żetony i odeszła, tłumacząc się spotkaniem z Przeznaczeniem. Kilka pomniejszych bóstw zebrało się wokół stołu i kibicowało ponad ramionami grających.

Na boku robiono zakłady, że jako następna wypadnie z gry Pani. Jej ostatni wart uwagi bohater był teraz tylko szczyptą potażu w dymiących ruinach Ankh-Morpork, a nie miała już prawie figur, które mogłaby awansować do pierwszej kategorii.

Ślepy Io wziął kubek z kośćmi. Był on zrobiony z czaszki, której otwory zaczopowano rubinami. Nie spuszczając z Pani kilkorga oczu, wyrzucił trzy piątki.

Uśmiechnęła się. Natura jej spojrzenia była taka, że oczy jaśniały od wewnątrz, jaskrawozielone oraz pozbawione źrenic i tęczówek.

Gdy Pani sięgnęła do puzderka z figurami i z samego dna wyjęła dwie sztuki, zapadła kompletna cisza. Z dwoma zdecydowanymi stuknięciami postawiła je na planszy. Pozostali gracze jak jeden bóg wyciągnęli szyje, by się im przyjrzeć.

– Nieudany fag i chyfa jakif gryzifiófek – oznajmił Bóg-Krokodyl Offler. Jak zwykle przeszkadzały mu trochę kły. – Dofkonale!

Długim szponem przesunął na środek stołu kupkę białych jak kość sztonów.

Pani skinęła głową. Podniosła kubek i przytrzymała go nieruchomo niczym głaz. Wszyscy bogowie słyszeli, jak w środku grzechoczą trzy kostki. I nagle potoczyła je po stole.

Szóstka. Trójka. I piątka.

Z piątką jednak działo się coś dziwnego. Pchnięta przypadkowym zderzeniem z kilkoma miliardami molekuł, kostka stanęła na wierzchołku, zawirowała wolno i przewróciła się na siódemce.

Ślepy Io podniósł kostkę i starannie przeliczył ścianki.

– Daj spokój – mruknął zniechęcony. – Graj uczciwie.

POSŁANIE OŚMIU

Droga z Ankh-Morpork do Chirm jest szeroka, biała i kręta: trzydziestomilowa wstęga dziur i zagrzebanych częściowo kamieni. Wije się wokół gór, przecina chłodne, pełne drzew cytrusowych, zielone doliny, sznurowymi mostami przekracza oplątane lianami wąwozy i w ogóle jest bardziej malownicza niż użyteczna.

Malownicza. To było nowe słowo dla maga Rincewinda (Bak. N. Mag., Niewidoczny Uniwersytet [bez dyplomu]). Jedno z kilku, jakie poznał od opuszczenia zwęglonych ruin Ankh-Morpork. Malowniczość oznaczała – co stwierdził po dokładnym przestudiowaniu scenerii, jaka skłoniła Dwukwiata do użycia tego określenia –

że krajobraz był niezwykle urwisty. Słowo „ciekawa", użyte dla opisu mijanej wioski, oznaczało „waląca się i malaryczna".

Dwukwiat był turystą – pierwszym, jakiego widziano w świecie Dysku. *Turysta,* uznał Rincewind, *oznacza „idiotę".*

Jechali bez pośpiechu wśród zapachu tymianku i brzęczenia pszczół, a Rincewind dumał nad wydarzeniami ostatnich dni. Wprawdzie niski cudzoziemiec był w oczywisty sposób szalony, ale był także szczodry i zdecydowanie mniej niebezpieczny od połowy znajomych maga z Ankh-Morpork. Rincewind nawet go lubił. Nie lubić go byłoby czymś w rodzaju kopania małego szczeniaka.

W tej chwili Dwukwiat wykazywał niezwykłe zainteresowanie teorią i praktyką magii.

– Moim zdaniem jest zupełnie bezużyteczna – stwierdził. – Zawsze myślałem, że... no wiesz, czarownik wypowiada tylko magiczne słowa i wystarczy. Bez tego nudnego uczenia się na pamięć.

Rincewind zgodził się ponuro. Próbował wyjaśnić, że magia istotnie była kiedyś dzika i nieuporządkowana. Jednak za pradawnych czasów została ujarzmiona przez Starszych. Ci zmusili ją do przestrzegania, między innymi, Prawa Zachowania Rzeczywistości. Zasada ta wymagała, by wysiłek niezbędny dla osiągnięcia celu nie zmieniał się, niezależnie od użytych środków. W praktyce oznaczało to, że – dla przykładu – stworzenie iluzji szklanki wina jest dość proste, ponieważ wymaga zaledwie subtelnej gry światła. Z drugiej strony, podniesienie czystą energią umysłu prawdziwej szklanki z winem – choćby na kilka stóp – wymaga kilku godzin systematycznych przygotowań, jeżeli mag nie chce, by prosta zasada dźwigni wycisnęła mu mózg przez uszy.

Dodał jeszcze, że można czasem natrafić na resztki pradawnej magii w stanie pierwotnym. Poznaje się ją – to znaczy wtajemniczeni poznają – po ośmiokątnym odbiciu, jakie owa magia rzuca na krystaliczną strukturę czasoprzestrzeni. Istnieje na przykład metal oktiron i gaz oktogen, oba emitujące groźne ilości pierwotnych czarów.

– To wszystko raczej zniechęca – zakończył Rincewind.

– Zniechęca?

Rincewind odwrócił się w siodle i spojrzał na Bagaż Dwukwiata, kłusujący sobie spokojnie na krótkich nóżkach i od czasu do czasu kłapiący wiekiem na motyle. Westchnął.

– On uważa, że powinno się zaprząc błyskawicę – oznajmił obrazkowy chochlik, obserwujący wszystko z maleńkich drzwiczek w pudle wiszącym na szyi Dwukwiata. Cały ranek spędził uwieczniając dla swego pana malownicze widoki i ciekawe obiekty. Teraz zrobił sobie przerwę, żeby zapalić.

– Kiedy mówiłem „zaprząc", nie miałem na myśli zaprzęgu – warknął Rincewind. – Chodziło mi... chodziło... Sam nie wiem, jakoś nie mogę znaleźć właściwych słów. Myślę po prostu, że świat powinien być lepiej... może lepiej zorganizowany.

– To tylko fantazja – stwierdził Dwukwiat.

– Wiem. W tym cały kłopot. – Rincewind westchnął ponownie. Łatwo było mówić o czystej logice i o tym, jak cały Wszechświat podlega zasadom tej logiki oraz harmonii liczb. Fakty jednak były takie, że Dysk – co każdy widział – płynął w przestrzeni na grzbiecie Wielkiego Żółwia, a bogowie mieli w zwyczaju odwiedzać domy ateistów i wybijać im szyby.

Rozległ się cichy dźwięk, odrobinę tylko głośniejszy od brzęczenia pszczół w rozmarynie przy drodze. Miał dziwnie kościane brzmienie, jakby gdzieś toczyły się czaszki albo ktoś potrząsnął kubkiem z kośćmi. Rincewind rozejrzał się z uwagą. W pobliżu nie było nikogo.

Fakt ten z jakichś powodów go zmartwił.

Potem nadpłynął lekki wiatr, który wzmógł się i ustał w ciągu kilku uderzeń serca. Pozostawił świat niezmieniony... z wyjątkiem kilku interesujących szczegółów.

Na przykład: na drodze stał teraz pięciometrowy górski troll. Wyjątkowo rozzłoszczony górski troll. Częściowo dlatego, że trolle zwykle takie są, niezależnie od sytuacji. Jednak ten typowy nastrój został spotęgowany faktem, że nagła i błyskawiczna teleportacja trolla z leża w Górach Rammerrorck, oddalonych o trzy tysiące mil i położonych o tysiąc jardów bliżej Krawędzi, podniosła do niebezpiecznego poziomu wewnętrzną temperaturę jego ciała. Wszystko to zgodnie z zasadą zachowania energii.

W związku z tym, troll odsłonił kły i zaatakował.

– Cóż to za niezwykłe stworzenie – zauważył Dwukwiat. – Czy jest niebezpieczne?

– Tylko dla ludzi! – wrzasnął Rincewind. Wyrwał miecz i płynnym rzutem znad ramienia zupełnie nie zdołał trafić w trolla. Klinga zniknęła wśród rosnących przy trakcie wrzosów.

Zabrzmiał najdelikatniejszy z odgłosów, podobny do szczękania starych zębów.

Miecz trafił w kamień ukryty we wrzosach – ukryty, jak mógłby stwierdzić przypadkowy obserwator, tak przemyślnie, że jeszcze przed chwilą sprawiał wrażenie, jakby go tam wcale nie było. Miecz wyskoczył, niby łosoś, z wody i w środku toru lotu rykoszetem wbił się głęboko w szary kark trolla.

Potwór stęknął i jednym cięciem pazura rozerwał bok wierzchowca Dwukwiata. Zwierzę zarżało i pognało między drzewa przy drodze. Troll odwrócił się i sięgnął po Rincewinda.

Dopiero wtedy jego ślimaczy system nerwowy przekazał mu informację, że jest martwy. Przez moment troll sprawiał wrażenie zaskoczonego, potem przewrócił się i rozsypał w stos żwiru (jako formy życia oparte na krzemie, trolle w chwili śmierci powracają do postaci kamienia).

Aaargh, pomyślał Rincewind, gdy jego koń w przerażeniu stanął dęba. Mag rozpaczliwie trzymał się grzywy, a zwierzę na dwóch nogach przekroczyło trakt, potem z rżeniem opadło na cztery i pogalopowało w las.

Odgłos kopyt zamarł w dali, pozostawiając powietrze brzęczeniu pszczół i, z rzadka, trzepotowi skrzydełek motyla. Był także inny dźwięk, niezwykły jak na ten słoneczny dzień.

Przypominał grzechot kości.

– Rincewind?

Długie rzędy drzew odbijały wołanie Dwukwiata z jednej strony na drugą, by wreszcie odesłać je z powrotem, choć nie zwróciło niczyjej uwagi. Dwukwiat usiadł na skale i spróbował pomyśleć.

Po pierwsze, zgubił się. To było nieprzyjemne, ale nie martwiło go zanadto. Las wyglądał interesująco i pewnie żyły w nim elfy albo gnomy. Może nawet jedne i drugie. Szczerze mówiąc, kilkakrotnie miał wrażenie, że dostrzega dziwne, zielone twarze, spoglądające na niego spośród gałęzi. Dwukwiat zawsze chciał spotkać elfa. Właściwie najbardziej chciałby spotkać smoka, ale elf wystarczy. Albo prawdziwy goblin.

Bagaż gdzieś zginął i to naprawdę było irytujące. W dodatku zaczynało padać. Dwukwiat wiercił się na mokrym kamieniu próbując dostrzec jasne strony sytuacji. Na przykład: podczas szalonego galopu koń wdarł się w jakieś krzaki i zaniepokoił niedźwiedzicę z małymi, ale uciekł, zanim bestia zdążyła zareagować. A potem nagle znalazł się pomiędzy śpiącymi ciałami sporego wilczego stada; i znowu jego szalona prędkość sprawiła, że wściekłe ujadanie zostało daleko w tyle. Mimo wszystko dzień chylił się ku końcowi i lepiej było nie zostawać pod gołym niebem. Może znajdzie się niedaleko... Dwukwiat wytężał umysł, by sobie przypomnieć, jakiego rodzaju nocleg trafia się zwykle w lesie. Może znajdzie się chatka z piernika albo co?

Kamień naprawdę był niewygodny. Dwukwiat spojrzał w dół i po raz pierwszy zauważył niezwykłe, rzeźbione linie.

Stworzenie przypominało pająka. A może ośmiornicę? Mech i wilgoć zatarły nieco szczegóły. Nie zatarły jednak wyrytych poniżej run. Dwukwiat odczytał je bez trudu. Głosiły: „Wędrowcze, gościnna świątynia Bel-Shamharotha stoi o tysiąc kroków na Oś".

To dziwne, uświadomił sobie. Potrafił odczytać wiadomość, chociaż same litery były całkiem obce. Informacja zjawiała się jakoś w mózgu, pomijając żmudną drogę przez oczy.

Wstał i odwiązał od drzewka posłusznego teraz konia. Nie był pewien, w którym kierunku leży Oś, ale między drzewami dostrzegł coś w rodzaju zarośniętej ścieżki. Ten Bel-Shamharoth wyraźnie starał się pomagać zagubionym wędrowcom. W każdym razie, Dwukwiat mógł wybierać jedynie pomiędzy nim a wilkami.

Stanowczo kiwnął głową.

Warto tu zauważyć ciekawe zjawisko: kilka godzin później na polance zjawiły się podążające śladem Dwukwiata dwa wilki. Spojrzenie ich zielonych oczu padło na dziwną, ośmionożną rzeźbę – która w rzeczy samej mogła przedstawiać pająka albo ośmiornicę, ale mogła też być czymś całkiem innym, o wiele dziwniejszym – i natychmiast uznały, że właściwie nie są wcale takie głodne.

Mniej więcej trzy mile od tego miejsca, nieudany mag zwisał na rękach z gałęzi buka.

Był to końcowy rezultat pięciu minut wytężonej aktywności. Na początku wściekła niedźwiedzica wytoczyła się z krzaków i jednym ciosem łapy wyrwała jego koniowi gardło. Uciekający Rincewind wpadł na polankę, po której kręciło się kilka rozzłoszczonych czymś wilków. Wykładowcy z Niewidocznego Uniwersytetu, zawsze wytykający mu brak talentów do lewitacji, byliby zdumieni szybkością, z jaką Rincewind dopadł i wspiął się na najbliższe drzewo, na pozór wcale go nie dotykając.

A teraz doszedł jeszcze wąż.

Był wielki, zielony i z gadzią cierpliwością czekał owinięty wokół gałęzi. Rincewind zastanowił się, czy jest jadowity i natychmiast wyśmiał samego siebie za stawianie niemądrych pytań. Oczywiście, że wąż był jadowity.

– Co tak szczerzysz zęby? – zapytał postać usadowioną na sąsiedniej gałęzi.

NIC NA TO NIE PORADZĘ, odparł Śmierć. A TERAZ, CZY ZECHCESZ UPRZEJMIE PUŚCIĆ TEN KONAR? NIE MOGĘ TU TKWIĆ PRZEZ CAŁY DZIEŃ.

– A ja mogę – oznajmił wyzywająco Rincewind.

Wilki zebrały się wokół drzewa i z zaciekawieniem obserwowały, jak ich najbliższy posiłek rozmawia sam ze sobą.

TO NIE BĘDZIE BOLAŁO, zapewnił Śmierć. Gdyby słowa miały swoją wagę, to jedno zdanie mogłoby zakotwiczyć okręt.

Ramiona Rincewinda krzyczały głośno o swym cierpieniu. Spojrzał ponuro na sępią, lekko przezroczystą sylwetkę.

– Nie będzie bolało? – powtórzył. – Rozerwanie na strzępy przez wilki nie boli?

Kilka stóp dalej zauważył drugą gałąź, krzyżującą się z tą – niebezpiecznie cienką – na której wisiał. Gdyby tylko jej dosięgnął...

Zakołysał się i wyciągnął rękę.

Wygięta już gałąź nie pękła. Wydała tylko cichy, wilgotny mlask i skręciła się.

Rincewind zawisł na końcu jęzora kory i włókien, coraz dłuższego w miarę, jak odrywał się od pnia. Mag spojrzał w dół i z fatalistyczną satysfakcją stwierdził, że wyląduje dokładnie na największym wilku.

Tymczasem zjeżdżał powoli, a kora odrywała się coraz dłuższym i dłuższym pasem. Wąż obserwował go w zamyśleniu.

Pasmo kory zatrzymało się. Rincewind już sobie gratulował – do chwili, gdy podniósł głowę i dostrzegł coś, czego wcześniej nie zauważył: dokładnie na jego drodze wisiało największe, jakie w życiu widział, gniazdo szerszeni.

Mocno zacisnął powieki.

Skąd tamten troll? – zapytał sam siebie. *Wszystko inne to mój zwyczajny pech, ale dlaczego troll? Co tu się dzieje?*

Stuk. To mogła być łamana gałązka, ale dźwięk zdawał się rozlegać w głowie Rincewinda. Stuk stuk. I wietrzyk, który nie zdołał wprawić w drżenie nawet najmniejszego liścia.

Pas kory oderwał z gałęzi gniazdo szerszeni. Przemknęło obok głowy maga, który spoglądał, jak maleje w dole, spadając ku kręgowi zwróconych w górę pysków.

Krąg zacieśnił się nagle.

Krąg rozszerzył się nagle.

Chóralne skomlenie odbiło się echem wśród drzew. Stado rzuciło się do ucieczki przed chmurą rozwścieczonych owadów, a Rincewind uśmiechnął się idiotycznie.

I wtedy jego łokieć na coś trafił. To był pień drzewa. Pas kory doniósł go na sam koniec gałęzi. Lecz w pobliżu nie rosły żadne inne. Na gładkim pniu nie miał się czego chwycić.

Za to jego próbowało coś chwycić. Dwie dłonie sięgały ku niemu przez omszałą korę: szczupłe dłonie, zielone jak młode liście. Za nimi pojawiło się kształtne ramię, a potem wychyliła się hamadriada, chwyciła zdumionego maga i z roślinną siłą, która potrafi wbić korzenie w skałę, wciągnęła do drzewa. Twardy pień rozsunął się jak mgła i zamknął jak muszla.

Śmierć patrzył spokojnie.

Potem spojrzał na chmarę jętek, tańczących radośnie wokół jego czaszki. Pstryknął palcami i owady spadły na ziemię. Jednak to nie było to samo.

Ślepy Io pchnął przez blat stosik sztonów, spojrzał posępnie tymi ze swych oczu, które akurat znalazły się w sali, i wyszedł. Kilku półbogów zachichotało. Offler przynajmniej z godnością i nieco gadzim wdziękiem zniósł utratę doskonałego trolla.

Ostatni z przeciwników Pani przesunął krzesło, by siąść na wprost niej.

– Panie – rzekła uprzejmie.

– Pani... – odpowiedział. Spojrzeli sobie w oczy.

Był małomównym bogiem. Podobno zjawił się na dysku po jakimś strasznym i tajemniczym wypadku w innej Ewentualności. Oczywiście, przywilejem bogów jest władza nad własną pozorną formą zewnętrzną, nawet tą ukazywaną innym bogom. Los Świata Dysku był w tej chwili miłym, starszym mężczyzną z siwymi włosami zaczesanymi gładko wokół twarzy. Widząc taką twarz u kuchennych drzwi, służąca chętnie wyniosłaby małą szklankę piwa. Widząc taką twarz, każdy młodzian z pewnością pomógłby jej właścicielowi wspiąć się na schody.

Oczywiście, jeśli nie liczyć oczu.

Żadne bóstwo nie potrafi ukryć istoty ani natury swych oczu. A oczy Losu Świata Dysku były takie: z początku zdawały się zwyczajnie ciemne, lecz dokładniejsze spojrzenie ujawniało – za późno! – że są to szczeliny otwarte w czerń tak głęboką, aż patrzący czuł, jak niepowstrzymanie wciąga go w te dwa kręgi nieskończonej nocy i strasznych, wirujących gwiazd...

Pani odchrząknęła uprzejmie i położyła na stole dwadzieścia jeden białych sztonów. Potem z fałd sukni wydobyła jeszcze jeden, srebrzysty i przeświecający, dwukrotnie większy od pozostałych. Dusza Bohatera zawsze ma lepszy kurs wymiany i jest wysoko ceniona wśród bogów.

Los uniósł brew.

– I bez żadnych sztuczek, Pani.

– Któż zdoła oszukać Los? – zapytała.

– Nikt. – Wzruszył ramionami. – A mimo to wszyscy próbują.

– Odniosłam jednak wrażenie, że pomagałeś mi nieco przy grze z innymi.

– Ależ oczywiście. By tym słodsza była końcówka, Pani. A teraz...

Sięgnął do swego pudełka, wyjął pionek i z zadowoloną miną ustawił go na planszy. Obserwujące grę bóstwa westchnęły chórem. Nawet Pani zachwiała się lekko.

Postać była niewątpliwie brzydka. Wyrzeźbiona niezbyt wyraźnie, jakby dłonie twórcy drżały z lęku przed istotą nabierającą kształtu pod niepewnymi palcami. Zdawało się, że jest zbudowana z samych ssawek i macek. I szczęk, jak zauważyła Pani. I jednego oka.

– Sądziłam, że On zginął u początków Czasu – rzuciła.

– Może nasz nekrotyczny przyjaciel brzydził się nawet do niego zbliżyć – roześmiał się Los. Wyraźnie dobrze się bawił.

– Nigdy nie powinien zostać zrodzony.

– A jednak... – westchnął z filozoficzną zadumą Los. Zebrał kostki do niezwykłego kubka i uniósł wzrok. – Chyba że... – dodał – wolisz zrezygnować...? Potrząsnęła głową.

– Graj – poleciła.

– Zdołasz wyrównać moją stawkę?

– Graj!

Rincewind wiedział, co znajduje się w drzewach: drewno, soki, czasem wiewiórki. Nigdy pałace.

A jednak... poduszki, na których siedział, były zdecydowanie bardziej miękkie od drewna, wino w drewnianym kubku smaczniejsze niż sok. I trudno było nawet porównywać wiewiórkę z dziewczyną siedzącą tuż przy nim, obejmującą dłońmi kolana i obserwującą go w zamyśleniu. Chyba, żeby wspomnieć o pewnych śladach sierści.

Komnata była wysoka, rozległa i zalana przyćmionym żółtym blaskiem, nie pochodzącym z żadnego konkretnego źródła, jakie Rincewind zdołałby wypatrzyć. Przez sękate i nieregularne łuki dostrzegał inne sale i coś, co przypominało bardzo szerokie, spiralne schody. A przecież z zewnątrz drzewo wyglądało całkiem zwyczajnie.

Dziewczyna była zielona. Cała. Rincewind wiedział, że nie może się mylić, ponieważ nie miała na sobie nic prócz medalionu na szyi. Jej długie włosy przypominały nieco mech, oczy bez źrenic jarzyły się jaskrawą zielenią. Rincewind zaczynał coraz bardziej żałować, że na Uniwersytecie nie uważał podczas zajęć z antropologii.

Milczała. Poza wskazaniem mu sofy i podaniem wina nie zrobiła właściwie nic. Siedziała tylko i przyglądała się, od czasu do czasu rozcierając głębokie zadrapanie na ramieniu.

Rincewind przypomniał sobie natychmiast, że driady są tak mocno związane ze swymi drzewami, iż równocześnie z nimi odnoszą rany...

– Przepraszam za to – powiedział szybko. – To był wypadek. Wiesz, te wilki i...

– Musiałeś wejść na moje drzewo, a ja cię uratowałam – dokończyła gładko driada. – Miałeś szczęście. A co z twoim przyjacielem?

– Przyjacielem?

– Tym małym człowieczkiem z magiczną skrzynią.

– A tak, on – mruknął niewyraźnie Rincewind. – Mam nadzieję, że da sobie radę.

– Potrzebuje twojej pomocy.

– Jak zwykle. Czy też się dostał do drzewa?

– Dostał się do Świątyni Bel-Shamharotha.

Rincewind zakrztusił się winem. Jego uszy próbowały wcisnąć się pod czaszkę, przerażone wypowiedzianymi właśnie sylabami. Pożeracz Dusz! Wspomnienia powróciły galopem, nim zdążył je powstrzymać. Kiedyś, jeszcze jako student magii praktycznej na Niewidocznym Uniwersytecie, wślizgnął się do małego pokoiku obok głównej biblioteki... Do pokoiku o ścianach pokrytych ołowianymi, ochronnymi pentagramami, gdzie nikt nie mógł przebywać dłużej niż cztery minuty i trzydzieści dwie sekundy, który to wynik uzyskano po stu latach ostrożnych eksperymentów.

Szybko otworzył księgę, przykutą łańcuchem do oktironowego piedestału na samym środku – nie dlatego, by ktoś jej nie ukradł, ale by nie uciekła. Tą księgą było bowiem Octavo, tak pełne magii, że dysponującc własną, choć niezbyt wyraźną świadomością. A wtedy jedno z zaklęć wyskoczyło z zasuszonych stronic i zagnieździło się w mrocznych zakamarkach mózgu Rincewinda. Prócz tego, że jest to jedno z Ośmiu Wielkich Zaklęć, nikt nie mógł odkryć, czego dotyczy, póki Rincewind go nie wypowie. Nawet on sam nie wiedział. Czasem wyczuwał je jednak, kryjące się gdzieś w ciemności za Ego, czekające na swój czas.

Na pierwszej stronie Octava przedstawiono wizerunek Bel-Shamharotha. Nie był on Zły, gdyż nawet Zło wymaga pewnej energii życiowej... Bel-Shamharoth to rewers monety, której awers tworzą wspólnie Dobro ze Złem.

– Pożeracz Dusz. Liczba jego leży pomiędzy siedem a dziewięć; jest nią po dwakroć cztery – zacytował Rincewind. Umysł zamarł mu ze zgrozy. – Och, nie! Gdzie ta Świątynia?

– W stronę Osi, bliżej środka lasu – odparła driada. – Jest bardzo stara.

– Ale kto był tak głupi, żeby oddawać cześć Bel... właśnie jemu? To znaczy diabły, owszem, ale Pożeracz Dusz...

– Istniały... pewne przyczyny. A rasa, która zamieszkiwała kiedyś te okolice, miała dziwne zapatrywania.

– I co się z nimi stało?

– Powiedziałam, że kiedyś zamieszkiwali. – Driada powstała i wyciągnęła rękę. – Chodźmy. Jestem Druella. Pójdź za mną, by popatrzeć na los swego przyjaciela. Powinien być interesujący.

– Nie jestem pewien, czy... – zaczął Rincewind.

Driada zwróciła ku niemu swe zielone oczy.

– Czyżbyś wierzył, że masz jakiś wybór? – spytała.

Szerokie jak trakt stopnie obiegały drzewo dookoła, na każdym poziomie mijając rozległe sale. Wszystko oświetlał ten sam, nie mający źródła, żółty blask. Rozbrzmiewał też odgłos podobny do... Rincewind spróbował się skupić... podobny do dalekiego gromu czy wodospadu.

– To drzewo – wyjaśniła krótko driada.

– Co ono robi?

– Żyje.

– Zastanawiałem się nad tym. To znaczy, czy naprawdę jesteśmy w drzewie? Czy ja zmalałem? Z zewnątrz wydawało się tak wąskie, że mógłbym je objąć rękami.

– Jest takie.

– Uhm... a teraz jestem w jego wnętrzu?

– Jesteś.

– Uhm... – powtórzył Rincewind.

Druella roześmiała się.

– Potrafię czytać w twoich myślach, fałszywy magu! Czy nie jestem driadą? Nie wiesz, że to, co poniżasz imieniem drzewa, jest zaledwie czterowymiarowym odpowiednikiem całego multiwymiarowego uniwersum, które... Nie, widzę, że nie wiesz. Powinnam zgadnąć, że nie jesteś prawdziwym magiem, kiedy nie dostrzegłam u ciebie laski.

– Straciłem ją w pożarze – skłamał odruchowo Rincewind.

– Ani kapelusza z haftowanymi magicznymi symbolami.

– Wiatr go zdmuchnął.

– Ani zwierzęcia.

– Zdechło. Posłuchaj, jestem ci wdzięczny za ocalenie, ale chyba już pójdę, jeśli nie masz nic przeciw temu. Gdybyś zechciała wskazać mi wyjście...

Wyraz jej twarzy sprawił, że Rincewind spojrzał za siebie. Za jego plecami stało trzech driadów. Byli nadzy, tak samo jak kobieta, i nieuzbrojeni. Jednak ten ostatni fakt zupełnie nie miał znaczenia. Nie sprawiali wrażenia, by do walki z Rincewindem potrzebowali broni. Wyglądali, jakby potrafili przepchnąć się przez litą skałę, przy okazji rozbijając w puch regiment trolli. Trzech przystojnych olbrzymów przyglądało się człowiekowi z drewnianą groźbą. Ich skóra miała barwę laskowych orzechów, a pod nią, na podobieństwo worków wypełnionych melonami, wzbierały mięśnie.

Rincewind odwrócił się i uśmiechnął niepewnie. Życie znowu wracało na stare, znajome tory.

– Nie zostałem uratowany, prawda? – zapytał. – Zostałem uwięziony. Zgadza się?

– Naturalnie.

– I nie wypuścisz mnie? – To było raczej stwierdzenie.

Druella pokręciła głową.

– Zraniłeś drzewo! Ale masz szczęście. Twój przyjaciel spotka się z Bel Shamharothem. Ty tylko zginiesz.

Dwie dłonie sięgnęły od tyłu i chwyciły go za ramiona, prawie tak samo, jak korzenie drzewa, gdy nieustępliwie wiążą kamień.

– W ramach odpowiedniej ceremonii, oczywiście – mówiła dalej driada. – Kiedy Nadawca Ośmiu skończy z twoim przyjacielem.

Rincewind zdołał jedynie wykrztusić:

– Wiesz, nie przypuszczałem, że istnieją driady-mężczyźni. Nawet w dębach.

Jeden z olbrzymów uśmiechnął się.

– Dureń – parsknęła Druella. – A jak myślisz, skąd się biorą żołędzie?

Dotarli do ogromnej hali, której strop ginął w złocistej mgle. Niekończące się schody prowadziły wprost przez nią.

Po drugiej stronie czekało kilkaset driad. Kiedy podeszła Druella, rozstąpiły się z szacunkiem, a potem obojętnie obserwowały popychanego z tyłu Rincewinda. Większość była rodzaju żeńskiego, choć znajdowało się między nimi kilku ogromnych mężczyzn. Niby posągi bóstw stali wśród drobnych, inteligentych kobiet. *Owady*, pomyślał Rincewind. *Drzewo jest jak ul.*

Ale dlaczego w ogóle istnieją driady? Jak pamiętał, lud drzew wymarł całe wieki temu. Podobnie jak inne Ludy Zmierzchu, przegrał z człowiekiem wyścig ewolucji. Jedynie elfy i trolle przetrwały nadejście człowieka; elfy, ponieważ w ogóle były o połowę za mądre, a trolle, ponieważ były nie mniej od ludzi wredne, złośliwe i zachłanne. Natomiast driady podobno wymarły, razem z gnomami i skrzatami.

Głuchy grzmot był tutaj głośniejszy. Od czasu do czasu po półprzejrzystych ścianach przebiegał pulsujący złoty błysk i ginął we mgle pod sklepieniem. Jakaś energia wprawiała powietrze w rezonans.

– Patrz, niekompetentny magu – odezwała się Druella.

– Obejrzyj sobie czary. Nie twoją łasiczą, oswojoną magię, ale magię korzeni i konarów, pradawną magię. Dziką magię. Patrz.

Około pięćdziesięciu kobiet stanęło obok siebie. Chwyciły się za ręce i cofały, aż uformowały wielki krąg. Pozostałe zaintonowały jakąś cichą pieśń. Potem Druella skinęła głową i krąg zawirował w opaczną stronę.

Driady kręciły się coraz szybciej; coraz głośniej rozbrzmiewały złożone linie melodyczne pieśni. Rincewind obserwował wszystko zafascynowany. Na Uniwersytecie słyszał o Dawnej Magii, choć była czarownikom zakazana. Wiedział, że kiedy krąg dostatecznie szybko wiruje w stojącym polu magicznym obracającego się z wolna Świata Dysku, powstaje tarcie astralne. Buduje ono ogromną różnicę potencjału, która rozładowuje się w potężnym wybuchu Elementarnej Mocy Magicznej.

Krąg był teraz rozmazaną smugą, a ściany Drzewa rozbrzmiewały echami pieśni...

Rincewind poczuł znajome mrowienie skóry głowy, wskazujące narastanie silnego ładunku czystego czaru. Nie był więc szczególnie zaskoczony, gdy kilka sekund później z niewidocznego sklepienia wystrzeliła kolumna oktarynowego światła i z trzaskiem zogniskowała się pośrodku kręgu.

Utworzyła obraz wymiecionego burzami, porośniętego lasem wzgórza ze świątynią na szczycie. Kształt budowli wyczyniał nieprzyjemne rzeczy ze wzrokiem. Rincewind wiedział, że jeśli jest to świątynia Bel-Shamharotha, musi mieć osiem ścian. (Osiem było też Liczbą Bel-Shamharotha i właśnie dlatego żaden rozsądny czarownik nigdy jej nie wymawiał, jeśli tylko mógł tego uniknąć. Bo cię *d--osiem-gnie* i pożre żywcem, jak żartobliwie ostrzegano studentów. Bel-Shamharoth był szczególnie groźny dla terminatorów magii, ci bowiem, przeszukując wybrzeża Nadprzyrodzonego, byli już częściowo wplątani w jego sieci. Pokój Rincewinda w akademiku miał numer 7a. Rincewind nie był tym zdziwiony.)

Deszcz spływał po czarnych murach świątyni. Jedynym znakiem życia był przywiązany u bramy koń. A koń ten nie należał do Dwukwiata. Przede wszystkim był za duży: biały rumak z kopytami wielkimi jak półmiski, w uprzęży lśniącej od ostentacyjnie złotych ozdób. W tej chwili rozkoszował się paszą z worka na pysku.

Było w nim coś znajomego. Rincewind usiłował sobie przypomnieć, gdzie go wcześniej widział.

W każdym razie, koń sprawiał wrażenie, że potrafi szybko biegać i tę szybkość, raz osiągniętą, utrzymywać przez długi czas. Rincewind musiał tylko wyrwać się strażnikom, wywalczyć sobie drogę do wyjścia, znaleźć świątynię i ukraść wierzchowca spod tego, co Bel-Shamharothowi służyło jako nos.

– Jak się zdaje, Nadawca Ośmiu będzie miał dwóch na obiad. – Druella spojrzała groźnie. – Do kogo należy ten rumak, fałszywy magu?

– Nie mam pojęcia.

– Nie? Zresztą to bez znaczenia. Wkrótce sami zobaczymy.

Skinęła dłonią. Obraz przesunął się do wnętrza, przeskoczył ośmiokątny portal i pomknął korytarzem.

Kryła się tam jakaś postać. Sunęła ostrożnie naprzód, zwrócona plecami do ściany. Rincewind dostrzegł lśnienie złota i brązu.

Tego człowieka Rincewind nie mógł z nikim pomylić. Widział go już wiele razy. Szeroka pierś, szyja niczym pień drzewa, zaskakująco mała głowa pod dziką grzywą czarnych włosów, wyglądająca jak pomidor na trumnie... teraz potrafił już przypisać tej postaci imię. A brzmiało ono: Hrun Barbarzyńca.

Hrun był jednym z bardziej wytrwałych bohaterów znad Okrągłego Morza: pogromca smoków, profanator świątyń, miecz do wynajęcia, uczestnik każdej ulicznej burdy. Potrafił nawet – w przeciwieństwie do większości znanych Rincewindowi bohaterów –

używać słów dłuższych niż dwusylabowe... jeśli dało mu się dość czasu i podpowiedziało raz czy dwa.

Na samej granicy czułości słuchu Rincewinda rozległ się jakiś dźwięk. Brzmiał, jakby kilka czaszek toczyło się schodami w głąb odległego lochu. Mag obejrzał się, by sprawdzić, czy strażnicy także coś słyszą.

Całą swą niezbyt pojemną uwagę skupili na Hrunie, który istotnie miał podobną do nich budowę ciała. Ich dłonie spoczywały lekko na ramionach Rincewinda.

Mag skulił się, szarpnął, przetoczył w tył jak akrobata i pognał biegiem. Usłyszał za plecami krzyk Druelli i zwiększył prędkość.

Coś chwyciło go i urwało kaptur płaszcza. Driad czekający przy schodach rozłożył ręce i posłał pędzącemu w jego stronę uciekinierowi drewniany uśmiech. Nie zwalniając kroku, Rincewind pochylił się tak nisko, że jego broda znalazła się na poziomie kolan olbrzyma, a wielka jak belka pięść gwizdnęła w powietrzu obok ucha.

Przed nim czekał już spory tłumek drzewnych ludzi. Rincewind zawrócił, uniknął kolejnego ciosu zaskoczonego strażnika i pomknął z powrotem do kręgu. Po drodze minął ścigających go driadów. Zostali z tyłu, porozrzucani jak kręgle.

Z przodu jednak zbliżali się już następni. Brnęli przez tłum kobiet i złowróżbnie stukali pięściami w zrogowaciałe dłonie.

– Stój, fałszywy magu! – zawołała Druella, wysuwając się na czoło. Za jej plecami wirowały zaczarowane tancerki; ognisko kręgu sunęło wzdłuż zalanego fioletowym blaskiem korytarza.

Rincewind miał tego dość.

– Przestań już! – warknął. – Ustalmy jedno raz na zawsze: jestem prawdziwym magiem.

Wyzywająco tupnął nogą.

– Doprawdy? – zdziwiła się driada. – Może więc pokażesz, jak czarujesz.

– Ee... – zaczął Rincewind. Problem w tym, że od dnia, kiedy to pradawne i tajemne zaklęcie przyczaiło się w jego umyśle, nie potrafił zapamiętać choćby najprostszej inwokacji, służącej, powiedzmy, do zabijania karaluchów albo drapania się po plecach bez użycia rąk. Mędrcy z Niewidocznego Uniwersytetu próbowali wyjaśnić to zjawisko sugerując, że mimowolne opanowanie zaklęcia zablokowało wszystkie przeznaczone dla czarów komórki mózgu. W jednej z trudnych chwil życia Rincewind wymyślił własną teorię tłumaczącą, dlaczego nawet najbłahsze czary nie mogły przetrwać w jego głowie dłużej niż kilka sekund.

Bały się, uznał.

– Ee... – powtórzył.

– Wystarczy całkiem niewielkie – dodała Druella. Przyglądała się, jak gniewnie i z zakłopotaniem przygryza wargi. Skinęła na dwóch driadów.

Zaklęcie wybrało ten właśnie moment, by wskoczyć na opuszczone chwilowo siodło świadomości. Rincewind poczuł, że sadowi się tam i rechocze wyzywająco.

– Znam pewne zaklęcie – wyznał niechętnie.

– Doprawdy? Powiedz, proszę.

Rincewind nie był pewien, czy się ośmieli, choć Zaklęcie próbowało zapanować nad jego językiem. Bronił się.

– Mówilas, ze umies cytac w myslach – oświadczył niezbyt wyraźnie. – Otcytaj je.

Druella zbliżyła się, spoglądając na niego drwiąco.

I nagle uśmiech zamarł jej na wargach. Odskoczyła, zasłaniając rękoma twarz. Z jej krtani wyrwał się jęk czystej zgrozy.

Rincewind rozejrzał się. Pozostałe driady także się cofały. Co on takiego zrobił?

Najwyraźniej coś strasznego.

Doświadczenie jednak wskazywało, że jest tylko kwestią czasu, nim normalna równowaga wszechświata powróci i zacznie z nim wyczyniać straszne rzeczy. Odsunął się, wskoczył pomiędzy wirujące w magicznym kręgu driady i czekał, co teraz zrobi Druella.

– Łapcie go! – wrzasnęła. – Zabierzcie go jak najdalej od Drzewa i zabijcie!

Rincewind odwrócił się i skoczył.

Przez sam środek kręgu.

Coś błysnęło oślepiająco.

Zapadła ciemność.

Fioletowy cień, kształtu mniej więcej Rincewinda, skurczył się do rozmiarów punktu i zniknął.

Potem nie było już niczego.

Hrun Barbarzyńca skradał się bezszelestnie korytarzami zalanymi blaskiem tak fioletowym, że niemal czarnym. Niedawne zmieszanie opuściło go bez śladu. Najwyraźniej trafił do czarodziejskiej świątyni, a to wyjaśniało wszystko.

Wyjaśniało, dlaczego przed kilkoma godzinami, jadąc przez ten przeklęty las, dostrzegł stojący przy drodze kufer. Otwarte zachęcająco wieko odsłaniało sporo złota. Gdy jednak zeskoczył z siodła, kufer wypuścił nóżki i odbiegł między drzewa. Przystanął kilkaset jardów dalej.

Teraz, po kilku godzinach pościgu, Hrun zgubił drogę w tych piekielnych korytarzach. Ogólnie rzecz biorąc, nieprzyjemne płaskorzeźby i od czasu do czasu jakiś połamany szkielet nie budziły w nim lęku. Po części dlatego, że nie był szczególnie inteligentny, a przy tym zupełnie pozbawiony wyobraźni. Ale także dlatego, że dziwaczne rzeźby i niebezpieczne tunele należały do jego zawodu. Często znajdował się w podobnych sytuacjach, szukając złota, demonów czy nieszczęsnych dziewic, uwalniając je odpowiednio: od właścicieli, życia i przynajmniej jednej z przyczyn nieszczęścia.

Spójrzmy na Hruna, jak z kocią zwinnością skacze przez podejrzany wylot tunelu. Nawet w fioletowym świetle jego skóra lśni miedzianą barwą. Ma na sobie sporo złota w postaci bransolet i obręczy na kostkach nóg, ale poza tym jest nagi, jeśli nie liczyć przepaski biodrowej ze skóry leoparda. Zdobył ją w parujących dżunglach Howondalandu, zabijając zębami pierwszego właściciela.

W prawej dłoni dzierży magiczny czarny miecz Kring, wykuty z błyskawicy. Miecz ten posiada duszę, ale nie cierpi pochwy. Ledwie trzy dni temu Hrun wykradł go z niezdobytego pałacu Archimandryty z B'Ituni. Już tego żałował; miecz zaczynał działać mu na nerwy.

– Mówię ci, że pobiegł ostatnim korytarzem na prawo – syknął Kring, głosem przypominającym zgrzyt ostrza na kamieniu.

– Cicho bądź!

– Mówiłem tylko...

– Zamknij się!

A Dwukwiat...

Zgubił się. Wiedział to dobrze. Albo budowla była o wiele większa, niż na to wyglądała, albo – chociaż nie napotkał żadnych schodów – trafił do jakiegoś rozległego podziemia. Albo, co zaczynał teraz podejrzewać, wewnętrzne wymiary budynku zaprzeczały podstawowej zasadzie architektonicznej, przewyższając wymiary zewnętrzne. I skąd te dziwaczne lampy? Ośmiościenne kryształy, osadzone w równych odstępach na ścianach i suficie, sączyły nieprzyjemny blask i nie tyle rozświetlały, co podkreślały ciemność.

A ten, kto wykonał płaskorzeźby na ścianach, za dużo pił. *I to przez całe lata*, pomyślał ze współczuciem Dwukwiat.

Z drugiej jednak strony budynek był fascynującym obiektem. Jego budowniczy musiał cierpieć na obsesję liczby osiem. Podłogę pokrywała mozaika ośmiobocznych kafelków, ściany korytarza były pochylone i załamane tak, by było ich osiem, jeśli doliczyć strop i podłogę. W miejscach, gdzie odpadł tynk, Dwukwiat zauważył, że nawet kamienie murów miały po osiem boków.

– Nie podoba mi się to – oznajmił obrazkowy chochlik z pudełka na szyi Dwukwiata.

– Dlaczego nie? – zdziwił się Dwukwiat.

– To niesamowite.

– Przecież jesteś demonem. Demony nie mogą uważać czegoś za niesamowite. Co może być niesamowitego dla demona?

– No... – wyjaśnił ostrożnie demon. Rozglądał się niepewnie i przestępował ze szponu na szpon. – Różne rzeczy. To tutaj...

Dwukwiat spojrzał na niego surowo.

– Jakie rzeczy?

Demon odkaszlnął nerwowo (demony nie oddychają; jednakże dla każdej istoty inteligentnej, oddychającej czy nie, nadchodzą w życiu takie chwile, gdy odkasłuje nerwowo. Jedna z takich chwil nastała właśnie teraz, przynajmniej dla tego konkretnego demona).

– No... rzeczy – stwierdził niechętnie. – Złe rzeczy. Rzeczy, o których wolimy nie mówić. Mniej więcej to właśnie usiłuję ci wytłumaczyć, panie.

Dwukwiat ze znużeniem pokręcił głową.

– Szkoda, że nie ma tu Rincewinda – westchnął. – On by wiedział co robić.

– On? – parsknął demon. – Nie wierzę, żeby do tego budynku wszedł jakiś mag. Oni nie mogą mieć nic wspólnego z liczbą osiem.

Tu demon z lękiem zakrył usta dłonią.

Dwukwiat spojrzał na sufit.

– Co to było? – zapytał. – Słyszałeś coś?

– Ja? Słyszałem? Nie. Absolutnie nic – zapewnił demon. Wskoczył do pudełka i zatrzasnął za sobą drzwi.

Dwukwiat zastukał. Drzwi uchyliły się lekko.

– To brzmiało jak zgrzyt kamienia – wyjaśnił.

Drzwi zamknęły się. Dwukwiat wzruszył ramionami.

– Pewnie ściany się sypią – powiedział do siebie. Wstał. – Hej! – krzyknął. – Jest tu kto?

TO, To, to, odpowiedziały ciemne tunele.

– Hej, hej! – spróbował.

WIEJ, Wiej, wiej.

– Wiem, że ktoś tu jest. Słyszałem, jak gracie w kości!

OŚCI, Ości, ości.

– Słuchajcie...

Dwukwiat urwał. Powodem był jasny punkt światła, który zaistniał nagle kilka stóp przed nim. Rósł szybko i po kilku sekundach był już maleńką, jasną sylwetką człowieka. Na tym etapie zaczął wydawać dźwięk, czy raczej Dwukwiat zaczął słyszeć dźwięk wydawany od samego początku. Głos brzmiał jak odprysk krzyku, pochwycony w jednym, nieskończenie długim mgnieniu czasu.

Promienisty człowiek osiągnął już rozmiar lalki – umęczona postać wirująca powoli w powietrzu. Dwukwiat zaczął się zastanawiać, skąd przyszło mu do głowy określenie „odprysk krzyku"... i od razu tego pożałował.

Postać zaczynała wyglądać jak Rincewind. Mag miał otwarte usta i twarz oświetloną jasno przez... co? *Niezwykłe słońca,* pomyślał Dwukwiat. *Słońca, jakich ludzie zwykle nie oglądają.*

Zadrżał.

Wirujący mag urósł do połowy zwykłego wzrostu. Od tej chwili powiększał się szybciej. Coś dmuchnęło silnie, eksplodował dźwięk. Rincewind z krzykiem runął na podłogę, uderzył mocno, zakrztusił się i zwinął w kłębek, zasłaniając rękami głowę.

Kiedy opadł kurz, Dwukwiat ostrożnie wyciągnął rękę i postukał maga w ramię. Ludzka kula zwinęła się ciaśniej.

– To ja – wyjaśnił uprzejmie Dwukwiat.

Mag odwinął się odrobinę.

– Co? – zapytał.

– Ja.

Rincewind wyprostował się jednym ruchem i skoczył na nogi. Rozpaczliwie chwycił turystę za ramiona. Spojrzenie jego szeroko otwartych oczu było całkiem szalone.

– Nie wymawiaj jej! – syknął. – Nie mów, a może uda się nam stąd wyjść!

– Wyjść? A skąd się tu wziąłeś? Nie wiesz...

– Nie wymawiaj!

– Czego nie wymawiać?

– Liczby!

– Liczby? – zdziwił się Dwukwiat. – Słuchaj, Rincewindzie...

– Tak, liczby! Pomiędzy siedem a dziewięć! Cztery plus cztery!

– Co? Os...

Dłoń Rincewinda zasłoniła usta Dwukwiata.

– Wymów ją, a jesteśmy zgubieni. Po prostu nie myśl o niej. Dobrze? Zaufaj mi.

– Nie rozumiem – jęknął Dwukwiat.

Rincewind rozluźnił się nieco, co oznacza, że struna skrzypiec wciąż wyglądałaby przy nim jak miska galarety.

– Chodź – rzekł. – Spróbujemy się wydostać. A ja spróbuję ci wytłumaczyć.

Po pierwszym Wieku Magii pozbywanie się ksiąg magicznych urosło na Świecie Dysku do rangi bardzo poważnego problemu. Zaklęcie pozostaje zaklęciem, nawet uwięzione chwilowo w pergaminie i inkauście. Ma swoją moc. Nie sprawia to kłopotu, póki żyje właściciel księgi, lecz po jego śmierci staje się źródłem niekontrolowanej energii, którą niełatwo jest rozładować.

Najkrócej mówiąc, z magicznych ksiąg wycieka magia. Próbowano rozmaitych rozwiązań. W krainach leżących blisko Krańca zwyczajnie pakowano księgi zmarłych magów z ołowianymi ciężarami i wyrzucano je poza Krawędź. Bliżej Osi stosowano mniej skuteczne metody. Jedną z nich było umieszczanie groźnych ksiąg w pojemnikach z ujemnie polaryzowanego oktironu i zatapianie ich w bezdennych głębinach morza (zakopywanie w głębokich jaskiniach było zakazane w rezultacie licznych skarg dotyczących spacerujących drzew i pięciogłowych kotów). Po niedługim czasie magia przesiąkała jednak i rybacy protestowali przeciwko niewidzialnym rybom albo telepatycznym małżom.

W licznych centrach wiedzy magicznej stosowano rozwiązanie tymczasowe, polegające na budowaniu dużych pomieszczeń skonstruowanych z denaturowanego oktironu, odpornego na większość form czarów. W nich trzymano co groźniejsze księgi do czasu, aż ich moc ulegnie wygaszeniu.

W ten właśnie sposób znalazła się na Niewidocznym Uniwersytecie Octavo, największa ze wszystkich ksiąg magicznych, dawniej własność Stwórcy Wszechświata. Tę właśnie księgę Rincewind otworzył kiedyś dla zakładu. Miał zaledwie sekundę, by popatrzeć na stronicę, nim zadziałały liczne czary alarmowe, lecz ta sekunda wystarczyła, by jedno z zaklęć wyskoczyło z pergaminu i zagnieździło się w jego pamięci niby ropucha pod kamieniem.

– I co potem? – zapytał Dwukwiat.

– No wiesz, wyciągnęli mnie stamtąd. I wiesz, wyrzucili, naturalnie.

– Nikt nie wie, co to zaklęcie robi?

Rincewind pokręcił głową.

– Zniknęło ze stronicy – wyjaśnił. – Nikt się nie dowie, póki go nie wypowiem. Albo póki nie umrę, oczywiście. Wtedy tak jakby samo się wypowie. Z tego, co wiem, może zatrzymać wszechświat, zakończyć czas albo cokolwiek.

Dwukwiat poklepał go po ramieniu.

– Nie ma się czym martwić – stwierdził pocieszająco. – Poszukajmy lepiej wyjścia.

Rincewind pokręcił głową. Cała groza się wyczerpała. Przełamał barierę strachu i trwał w stanie lodowatego spokoju, jaki istnieje po drugiej stronie. A w każdym razie przestał się jąkać.

– Jesteśmy zgubieni – oznajmił. – Przez całą noc chodzimy w kółko. Mówię ci, to miejsce jest jak pajęczyna. Nieważne, w którą stronę pójdziemy, zawsze trafimy do środka.

– W każdym razie, to ładnie z twojej strony, że przyszedłeś mnie szukać. Jak właściwie to zrobiłeś? Miałeś bardzo efektowne wejście.

– Wiesz... – zaczął mag z zakłopotaniem. – Pomyślałem sobie: nie mogę przecież zostawić tak starego Dwukwiata, więc...

– Czyli teraz musimy tylko znaleźć tego Bel-Shamharotha i wytłumaczyć mu wszystko. Może nas wypuści – stwierdził Dwukwiat.

Rincewind przesunął palcem wokół ucha.

– Zabawne tu echo – rzekł. – Zdawało mi się, że słyszę takie słowa jak „znaleźć" i „wytłumaczyć".

– Zgadza się.

Rincewind spojrzał na Dwukwiata w piekielnym, purpurowym blasku.

– „Znaleźć" Bel-Shamharotha? – powtórzył.

– Tak. Przecież nie musimy się mieszać w jego sprawy.

– Znaleźć Mordercę Dusz i nie mieszać się? Tak po prostu, ukłonić się grzecznie i spytać o drogę do wyjścia, co? „Wytłumaczyć" cokolwiek Nadawcy Ośśźźghh... – Rincewind w ostatniej chwili ugryzł się w język. – Chyba zwariowałeś! Hej! Wracaj!

Popędził za Dwukwiatem, lecz po chwili zatrzymał się i głośno jęknął.

Fioletowe światło płonęło intensywnie, nadając wszystkiemu nową, nieprzyjemną barwę. To nie był tunel, to była rozległa hala, mająca ściany w liczbie, której Rincewind nie ośmielił się nawet oceniać. Wychodziło z niej os... 7a korytarzy.

Tuż przed sobą Rincewind dostrzegł niski ołtarz o liczbie krawędzi równej cztery razy dwa. Ołtarz nie stał jednak pośrodku. Pośrodku leżała potężna, kamienna płyta mająca dwa razy więcej boków niż kwadrat. Wyglądała na masywną. W tym dziwnym oświetleniu wydawała się lekko pochylona: jeden brzeg sterczał dumnie ponad otaczające płyty.

Na kamiennym bloku stał Dwukwiat.

– Rincewind! Patrz, co znalazłem!

Bagaż wyłonił się z któregoś z korytarzy.

– Doskonale. Świetnie. Może nas stąd wyprowadzić. Już.

Dwukwiat zaglądał do wnętrza kufra.

– Oczywiście – zgodził się. – Ale najpierw zrobię kilka obrazków. Tylko znajdę sprzęt...

– Powiedziałem: już!

Rincewind urwał. Hrun Barbarzyńca stał w otworze tunelu naprzeciwko. W wielkiej jak bochen pięści ściskał czarny miecz.

– To ty? – zapytał niepewnie.

– Ahaha. Tak – odparł Rincewind. – Hrun, nieprawdaż? Dawnośmy się nie widzieli. Co cię sprowadza?

Hrun wskazał Bagaż.

– To – oznajmił. Tak długa rozmowa musiała go zmęczyć. Po chwili dodał tonem, który sugerował stwierdzenie faktu, żądanie, groźbę i ultimatum: – Mój.

– Należy do tego oto Dwukwiata – wyjaśnił Rincewind. – I jeszcze dobra rada: nie dotykaj go.

Przyszło mu do głowy, że tego właśnie nie powinien mówić. Lecz Hrun odepchnął już Dwukwiata i sięgał po Bagaż...

...który wypuścił nóżki, cofnął się i groźnie uniósł wieko. W niepewnym świetle, Rincewind miał wrażenie, że widzi rzędy ogromnych zębów, białych jak bukowe drewno.

– Hrun – zawołał pospiesznie. – Muszę ci coś powiedzieć.

Hrun zwrócił ku niemu zdumioną twarz.

– Co? – zapytał.

– Chodzi o liczby. Wiesz chyba, że jeśli dodasz siedem i jeden albo trzy i pięć, albo odejmiesz dwa od dziesięciu, otrzymasz pewną liczbę. Nie wymawiaj jej w tym miejscu, a może uda się nam ujść z życiem. Czy też po prostu zginąć.

– Kim on jest? – spytał Dwukwiat.

Trzymał w ręku klatkę wydobytą z najgłębszych zakamarków Bagażu. Na pierwszy rzut oka wydawała się pełna smętnych, różowych jaszczurek.

– Jestem Hrun – oświadczył z dumą Hrun. Potem spojrzał na Rincewinda. – Co? – powtórzył.

– Po prostu nie wymawiaj jej, dobrze?

Przyjrzał się broni Hruna. Miecz był czarny tym rodzajem czerni, która jest nie tyle kolorem, co raczej cmentarzem wszystkich kolorów. Wzdłuż klingi biegły niezwykle ozdobne, runiczne inskrypcje. Jeszcze bardziej rzucała się w oczy delikatna oktarynowa poświata wokół ostrza. Miecz także musiał zauważyć maga, gdyż przemówił nagle, głosem przypominającym drapanie pazurów po szkle.

– Dziwne – stwierdził. – Dlaczego ma nie mówić: osiem? OSZEM, znoszę, koszę, odpowiedziały niezbyt wyraźnie echa. Z głębi ziemi dobiegł delikatny zgrzyt.

Za to echa, chociaż coraz cichsze, nie chciały umilknąć. Odbijały się od ściany do ściany, przebiegały tam i z powrotem, a fioletowe światło migotało w rytm dźwięku.

– Zrobiłeś to! – wrzasnął Rincewind. – Mówiłem przecież, że masz nie mówić: osiem!

Urwał, przerażony własną lekkomyślnością. Ale słowo już wybiegło i dołączyło do swych kolegów w ogólnym szumie.

Rincewind odwrócił się i chciał uciekać, ale powietrze nagle stało się gęste jak syrop. Powstawał ładunek magii, potężniejszy od wszystkich, jakie widział w życiu. Kiedy ruszył z miejsca, jego nogi zostawiały za sobą smugi złocistych iskier, znaczące w powietrzu kształt stóp.

Z tyłu rozległ się huk, gdy wielki ośmiokątny blok uniósł się w górę, na moment stanął na krawędzi i runął na posadzkę.

Coś wąskiego i czarnego wysunęło się z otworu i pochwyciło maga za kostkę. Wrzasnął, padając ciężko na wibrujące płyty. Macka pociągnęła go po podłodze.

Nagle tuż przed nim znalazł się Dwukwiat. Sięgał ku niemu. Rincewind rozpaczliwie pochwycił ręce turysty i przez chwilę patrzyli sobie prosto w oczy. Mimo to Rincewind ześlizgiwał się dalej.

– Czego się trzymasz? – wysapał.

– N... niczego – odparł Dwukwiat. – Co się dzieje?

– A jak myślisz? Wciąga mnie do tej dziury.

– Rincewindzie, tak mi przykro...

– Tobie jest przykro?

Rozległ się odgłos jakby ktoś próbował grać na pile i nagle nogi Rincewinda były wolne. Mag odwrócił głowę; Hrun stanął nad otworem, a jego miecz stał się niewyraźną smugą, rąbiąc sięgające ku niemu macki.

Dwukwiat pomógł magowi wstać i obaj przykucnęli przy kamiennym ołtarzu. Obserwowali szaleńczą walkę człowieka przeciwko zachłannym odnóżom.

– To na nic – stwierdził Rincewind. – Nadawca potrafi materializować macki. Co ty wyprawiasz?

Dwukwiat gorączkowo mocował klatkę ze smętnymi jaszczurkami do obrazkowego pudełka, które ustawił na trójnogu.

– Muszę mieć obraz tego – mruczał. – To niesamowite! Słyszysz mnie, chochliku!?

Obrazkowy demon otworzył maleńką klapkę, rzucił okiem na scenę wokół otworu i zniknął w pudełku. Rincewind podskoczył, gdy coś dotknęło jego nogi; nadepnął na wyciągniętą mackę.

– Chodźmy – powiedział. – Pora się wynosić.

Chwycił Dwukwiata za ramię, lecz turysta stawiał opór.

– Uciec i zostawić Hruna z tym potworem? – zaprotestował.

Rincewind nie zrozumiał.

– Dlaczego nie? – zdziwił się. – To jego zawód.

– Ale to go zabije!

– Mogło być gorzej.

– Co?

– To mogliśmy być my – przypomniał logicznie Rincewind. – Chodź.

Dwukwiat wyciągnął rękę.

– Patrz! – zawołał. – To złapało mój Bagaż!

Nim Rincewind zdążył go zatrzymać, Dwukwiat okrążył otwór i pobiegł w stronę wleczonego po podłodze kufra. Wieko kłapało bezskutecznie, usiłując pochwycić oplatającą mackę. Turysta zaczął okładać ją wściekłymi kopniakami.

Kolejna macka wyrwała się z chaosu wokół Hruna i pochwyciła Dwukwiata w pasie. Sam Hrun był już tylko niewyraźnym kształtem wśród zaciśniętych zwojów. Rincewind patrzył ze zgrozą, jak wyrwany z dłoni bohatera miecz uderza o ścianę.

– Twoje Zaklęcie! – krzyknął Dwukwiat.

Rincewind nie drgnął nawet. Spoglądał na wynurzającą się z otworu Istotę. Było to jedno ogromne oko i to oko patrzyło wprost na niego. Jęknął, gdy macka owinęła go w talii.

Słowa zaklęcia nieproszone spłynęły mu do krtani. Jak przez sen, otworzył usta i uformował wargi w pierwszą barbarzyńską sylabę.

Następna macka wystrzeliła jak pejcz i oplotła mu szyję, tłumiąc oddech. Obie wlokły duszącego się i zataczającego Rincewinda do otworu.

Mag pochwycił wyciągniętą ręką przebiegające na swym trójnogu obrazkowe pudełko. Złapał je tak, jak jego przodkowie stając twarzą w twarz z głodnym tygrysem chwytali za kamień. Gdyby tylko miał dość miejsca, by zamachnąć się na Oko...

...Oko wypełniało cały wszechświat. Rincewind czuł, że jego wola wypływa jak woda z sita.

Apatyczne jaszczurki poruszyły się w klatce. Irracjonalnie, jak człowiek, który tuż przed egzekucją dostrzega każdą rysę i plamkę na szafocie, Rincewind zauważył, że mają wyjątkowo duże, błękitnobiałe ogony i że w tej chwili ogony te pulsują alarmująco.

Sunąc w stronę Oka, porażony grozą Rincewind uniósł pudełko, by się nim osłonić. I usłyszał głos obrazkowego chochlika.

– Są prawie dojrzałe. Dłużej ich nie utrzymam. Uśmiech, proszę!

Nastąpił...

...błysk światła tak białego i jaskrawego...

...że wcale nie wydawało się światłem.

Bel-Shamharoth wrzasnął; głos zaczynał się wysoko w ultradźwiękach i kończył gdzieś we wnętrznościach Rincewinda. Macki zesztywniały na moment jak pręty, rozrzucając wokół swe ofiary, po czym zwinęły się i osłoniły Oko. Całe ciało potwora opadło w głąb, a po chwili parę tuzinów macek pochwyciło i rzuciło na miejsce kamienny blok. Kilka wijących się odnóży pozostało, przyciętych krawędzią.

Hrun przetoczył się, odbił od ściany i poderwał na nogi. Odnalazł miecz i zaczął metodycznie rąbać skazane na zagładę macki. Rincewind leżał na podłodze i skupiał się na tym, by nie zwariować. Głuchy, drewniany stuk kazał mu odwrócić głowę.

Bagaż wylądował na wypukłym wieku. Teraz kołysał się gniewnie i wymachiwał nóżkami w powietrzu.

Rincewind ostrożnie rozejrzał się za Dwukwiatem. Niski człowieczek leżał pod ścianą jak bezwładny kawał mięsa, ale przynajmniej pojękiwał.

Mag przeczołgał się po podłodze.

– Co to było, do diabła? – szepnął boleśnie.

– Czemu tak jasno – mruczał Dwukwiat. – Bogowie, moja głowa...

– Jasno? – powtórzył Rincewind. Poszukał wzrokiem klatki na obrazkowym pudełku. Jaszczurki, wyraźnie chudsze niż przed chwilą, przyglądały mu się ciekawie.

– Salamandry – jęknął Dwukwiat. – Obraz będzie prześwietlony, to pewne...

– To są salamandry? – zdumiał się mag.

– Oczywiście. Standardowe wyposażenie.

Zataczając się, Rincewind podszedł do pudełka i podniósł je z podłogi. Naturalnie, widział już kiedyś salamandry, ale były to małe okazy. W dodatku pływały w słoju konserwantu na półce muzeum ciekawostek biologicznych w podziemiach Niewidocznego Uniwersytetu, jako że wokół Okrągłego Morza żywe salamandry dawno wymarły.

Spróbował przypomnieć sobie te skromne informacje, jakie posiadał na ich temat. Były stworzeniami magicznymi. Nie miały paszcz, gdyż odżywiały się wyłącznie energią, pochłanianej przez skórę, oktarynowej części widma światła słońca Dysku. Oczywiście, pochłaniały także pozostałą część światła. Gromadziły je w specjalnym zbiorniku i wydalały naturalnym sposobem. Pustynia, zamieszkana przez dyskowe salamandry, nocą zmieniała się w istną orgię świateł.

Rincewind odłożył klatkę i smętnie pokiwał głową. W magicznej świątyni stworzenia napasły się oktarynowym blaskiem, a potem zadziałał zew natury.

Obrazkowe pudełko wycofywało się na trójnogu. Rincewind próbował je kopnąć i chybił. Zaczynał mieć już dość myślącej gruszy.

Coś ukłuło go w szyję. Strzepnął to gniewnym gestem.

Obejrzał się, słysząc jakiś zgrzyt i głos, który brzmiał jak rzeźnicki nóż rozcinający jedwab.

– To bardzo nieeleganckie.

– Zamknij się – burknął Hrun. Przy pomocy Kringa, podważał płytę ołtarza. Spojrzał na Rincewinda i uśmiechnął się... a przynajmniej Rincewind miał nadzieję, że ten wykrzywiony grymas oznacza uśmiech.

– Wielka magia – zauważył barbarzyńca, naciskając protestującą klingę dłonią rozmiarów bochna chleba. – Teraz dzielimy się skarbem, co?

Rincewind stęknął, gdy coś małego i twardego uderzyło go w ucho. Dmuchnął wiatr, prawie niewyczuwalny.

– Skąd wiesz, że są tam jakieś skarby? – zapytał.

Hrun pchnął i zdołał wsunąć palce pod krawędź płyty.

– Dusijabłek szuka się pod dusijabłonią – wyjaśnił. – Skarbów szuka się pod ołtarzem. Logika.

Zacisnął zęby. Kamienna płyta podskoczyła w górę i z hukiem wylądowała na posadzce.

Tym razem coś trafiło Rincewinda w dłoń. Mocno. Machnął ręką w powietrzu i spojrzał na to, co złapał. Był to niewielki kamyk o trzech-plus-pięciu bokach. Mag uniósł głowę. Strop nie powinien chyba tak osiadać... Hrun pogwizdywał cicho, wyciągając spod sprofanowanego ołtarza trzeszczącą skórę.

Powietrze zaiskrzyło się, rozbłysło i zabrzęczało. Niematerialne podmuchy pochwyciły płaszcz maga, zatrzepotały nim w deszczu błękitnych i zielonych iskier. Wokół głowy Rincewinda przemykały zasysane duchy, półuformowane, szalone, wyjące i bełkocące bezładnie.

Spróbował unieść rękę i natychmiast otoczyła ją rozjarzona oktarynowa korona. Magiczny wiatr wzmagał się. Wiał z mocą huraganu, a choć nie poruszył nawet najmniejszej cząstki kurzu, to jednak wywracał powieki Rincewinda na drugą stronę. Jęczał w tunelach, a upiorne wycie odbijało się obłąkańczo od ścian.

Dwukwiat wstał niepewnie, zgięty w pół w uchwycie astralnej wichury.

– Co to jest, do diabła? – zawołał.

Rincewind odwrócił się nieco. Wicher porwał go natychmiast i niemal przewrócił. Wirujące, upiorne kłęby czepiały się nóg.

Dłoń Hruna wystrzeliła nagle i złapała go. Po chwili on sam i Dwukwiat leżeli, dysząc, na podłodze pod osłoną rozbitego ołtarza. Obok płonął blaskiem czarodziejski miecz Kring; burza stokrotnie wzmocniła jego pole magiczne.

– Trzymaj się! – wrzasnął Rincewind.

– Ten wiatr! – zawołał Dwukwiat. – Skąd nadciąga? Dokąd wieje?

Spojrzał w twarz Rincewinda i zobaczył maskę czystej grozy. Mocniej pochwycił kamienie.

– Jesteśmy zgubieni – szepnął Rincewind. Sklepienie trzeszczało i opadało. – A skąd przychodzą cienie? Tam właśnie wieje ten wiatr.

Mag wiedział, oczywiście, co się dzieje. Gdy Bel-Shamharoth zapadał się w głębokie płaszczyzny chtoniczne, jego duch był wysysany z surowych głazów do regionu położonego – według najbardziej godnych zaufania kapłanów Świata Dysku – równocześnie pod ziemią i Gdzie Indziej. W rezultacie, świątynia padała ofiarą Czasu, który przez tysiące wstydliwych lat wolał omijać tę okolicę. A teraz, gwałtownie uwolniony, skumulowany ciężar wszystkich spętanych sekund opadał na nie znające zaprawy kamienie.

Hrun rzucił okiem na coraz szersze szczeliny i westchnął. Po czym wsunął do ust dwa palce i zagwizdał.

Rzeczywisty dźwięk zabrzmiał głośno wśród niby-dźwięku poszerzającego się astralnego wiru, który wyrastał pośrodku ośmiokątnej płyty. Odpowiedziało mu echo, dziwnie podobne do grzechotu niesamowitych kości. A zaraz potem odgłos, w którym nie było już nic niezwykłego: głuchy stukot kopyt.

Bojowy rumak Hruna wbiegł przez pękający łuk wejścia i stanął dęba przed swym panem. Wicher rozwiewał wspaniałą grzywę. Barbarzyńca powstał, wrzucił do juków worki ze skarbami i wskoczył na grzbiet zwierzęcia. Schylił się, chwycił Dwukwiata za kark i przerzucił przez łęk siodła. Wierzchowiec zawracał już, gdy Rincewind skoczył desperacko, lądując za plecami Hruna. Ten nie zgłaszał sprzeciwu.

Koń pewnym krokiem pędził przez tunele, przeskakiwał niespodziewane lawiny gruzu i zręcznie wymijał głazy, spadające z hukiem ze stropu. Rincewind, trzymając się mocno, spojrzał za siebie.

Nic dziwnego, że koń pędził tak szybko. Tuż za nim, wśród migotliwego, fioletowego blasku, gnał groźnie wyglądający kufer, a obrazkowe pudełko kuśtykało niepewnie na swych trzech nogach. Tak wielka jest zdolność myślącej gruszy do podążania za swym panem, że z niej właśnie wytwarzane są dary cmentarne zmarłych cesarzy...

Wypadli na zewnątrz i niemal natychmiast ośmiokątny łuk bramy pękł i runął w gruzy.

Wschodziło słońce. Za nimi wyrastała w niebo kolumna pyłu – to zapadała się świątynia. Oni jednak woleli tego nie oglądać. I szkoda, gdyż Dwukwiat mógłby zdobyć obrazy niezwykłe, nawet według norm Świata Dysku.

W dymiących ruinach zaczął się ruch, jakby wyrastał na nich zielony dywan. Potem wystrzelił w górę dąb, niby eksplodująca zielona rakieta wypuścił gałęzie, a nim wiekowe konary przestały wibrować, stał już pośrodku przyzwoitego zagajnika. Buk wyrósł jak grzyb, dojrzał, spróchniał i padł, wśród chmury drzewnego pyłu, pomiędzy młode pędy. Świątynia była już tylko na wpół zagrzebanym w ziemi stosem omszałych głazów.

Lecz Czas, po pierwszym skoku do gardła, teraz metodycznie kończył swe dzieło. Wrząca granica między gnijącą magią a zwycięską entropią z rykiem przetoczyła się po zboczu i wyprzedziła galopującego konia. Jeźdźcy, jako istoty Czasu, niczego nie zauważyli. Lecz sztorm biczem stuleci uderzył w zaczarowany las.

– Robi wrażenie, nieprawdaż? – zauważył jakiś głos przy kolanie Rincewinda, gdy koń kłusował wśród chmur próchniejącego drewna i opadających liści.

Głos miał nieprzyjemne, metaliczne brzmienie. Rincewind spojrzał w dół na miecz Kring. W rękojeści tkwiły dwa rubiny i mag miał uczucie, że wpatrują się w niego.

Z wrzosowiska po krawędziowej stronie lasu obserwowali bitwę między drzewami a Czasem; mogła mieć tylko jeden rezultat. Była rodzajem kabaretu umilającego główny cel biwaku, czyli konsumpcję sporych części niedźwiedzia. Zwierzę to nieostrożnie zbliżyło się do Hruna na odległość strzału z łuku.

Rincewind obserwował Hruna ponad płatem ociekającego tłuszczem mięsa. Uświadomił sobie, że Hrun zajęty obowiązkami bohatera jest kimś zupełnie innym od zapijaczonego, hulaszczego Hruna, jaki zjawiał się czasem w Ankh-Morpork. Tutaj był czujny jak kot, zwinny niczym pantera i wyraźnie czuł się jak w domu.

A na dodatek przeżyłem spotkanie z Bel-Shamharothem, przypomniał sobie Rincewind. *Fantastyczne.*

Dwukwiat pomagał bohaterowi sortować wykradzione ze świątyni skarby. Było to głównie srebro zdobione nieprzyjemnymi, czerwonymi klejnotami. W stosie biżuterii najczęściej powtarzały się wizerunki pająków, ośmiornic i żyjących na drzewach oktarsjerów z osiowych pustkowi.

Rincewind usiłował nie słyszeć zgrzytliwego głosu miecza. Bezskutecznie.

– ...od tego czasu należałem do Paszy Re'Duratu. Odegrałem kluczową rolę w bitwie pod Wielkim Nef, gdzie otrzymałem tę małą szczerbę, którą zauważysz mniej więcej w dwóch trzecich długości ostrza – opowiadał Kring ze swego tymczasowego schronienia w kępie trawy. – Jakiś niewierny nosił oktironowy kołnierz. Bardzo niesportowe podejście. Oczywiście, byłem wtedy o wiele ostrzejszy, a mój pan rozcinał mną w powietrzu jedwabne chusty i... Czy ja cię nie nudzę?

– Co? Nie, skądże znowu. To bardzo ciekawe – zapewnił Rincewind, nie spuszczając wzroku z Hruna. Jak dalece można mu zaufać? Byli przecież na pustkowiu, wokół grasowały trolle...

– Od razu zgadłem, że jesteś osobą kulturalną – mówił dalej Kring. – Tak rzadko spotykam naprawdę ciekawych ludzi, w każdym razie na dłużej. Właściwie to marzę o jakimś przyjemnym kominku, żeby sobie nad nim zawisnąć, w miłym i spokojnym miejscu. Kiedyś spędziłem kilkaset lat na samym dnie jeziora.

– Musiałeś się nieźle bawić – wtrącił z roztargnieniem Rincewind.

– Nieszczególnie – powiedział z ociąganiem Kring. – Nie, właściwie nie. Ale tak naprawdę – dodał – to chciałbym zostać lemieszem. Nie wiem, co to jest, ale mam wrażenie, że taka egzystencja ma głębszy sens.

Dwukwiat podbiegł do maga.

– Mam świetny pomysł – wyrzucił.

– Tak – odparł znudzony Rincewind. – Namówić Hruna, żeby pojechał z nami do Chirm.

Dwukwiat był zdumiony.

– Skąd wiedziałeś?

– Tak sobie pomyślałem, że na to wpadniesz.

Hrun zakończył wypychanie srebrem toreb przy siodle i uśmiechnął się do nich zachęcająco. A potem jego spojrzenie powędrowało w stronę Bagażu.

– Kto śmiałby nas napaść, gdyby on był z nami? – zapytał retorycznie Dwukwiat.

Rincewind podrapał się po policzku.

– Hrun? – zasugerował.

– Przecież ocaliliśmy mu życie w Świątyni!

– Jeżeli przez „napadł" rozumiesz „zabił" – wyjaśnił Rincewind – to chyba nie posunąłby się do tego. Nie ten charakter. Sądzę, że okradnie nas tylko, zwiąże i zostawi wilkom.

– Och, przestań.

– To jest prawdziwe życie – burknął Rincewind. – Pomyśl tylko: wędrujesz ciągnąc za sobą skrzynię pełną złota. I co? Sądzisz, że człowiek przy zdrowych zmysłach nie skorzysta z szansy, żeby je zdobyć?

Sam bym to zrobił, dodał w myślach. *Gdybym nie widział, co Bagaż robi z lepkimi palcami.*

I wtedy znalazł rozwiązanie. Spojrzał na Hruna, potem na obrazkowe pudełko. Chochlik robił właśnie pranie w maleńkiej balii, a salamandry drzemały w klatce.

– Mam pewien pomysł – oświadczył. – Zastanów się: czego naprawdę pragną bohaterowie?

– Złota?

– Nie. Tak naprawdę.

Dwukwiat zmarszczył czoło.

– Nie całkiem rozumiem – wyznał.

Rincewind sięgnął po obrazkowe pudełko.

– Hrun – zawołał. – Możesz tu podejść na chwilę?

Dni mijały spokojnie. Owszem, mały oddział trolli próbował raz schwytać ich w zasadzkę, a którejś nocy banda zbójców prawie ich zaskoczyła (jednak nierozsądnie próbowali zbadać Bagaż przed wymordowaniem śpiących). Hrun zażądał i otrzymał podwójną zapłatę za obie te okazje.

– Jeśli stanie się nam coś złego – ostrzegł go Rincewind – wtedy nikt już nie potrafi obsługiwać magicznej skrzynki. Nie będzie więcej obrazków Hruna. Zrozumiałeś?

Hrun kiwnął głową, nie spuszczając wzroku z ostatniego obrazka. Przedstawiał Hruna w bohaterskiej pozie, ze stopą wspartą o stos martwych trolli.

– Ja, ty i mały przyjaciel Dwa Kwiaty, nam idzie dobrze – oznajmił. – Jutro też. Może zrobimy lepszy profil, dobrze?

Starannie zawinął obrazek w trollową skórę i wsunął go w juki, obok innych.

– To chyba działa – stwierdził z podziwem Dwukwiat, gdy Hrun pojechał naprzód, by zbadać drogę.

– Pewnie – odparł Rincewind. – Bohaterowie najbardziej lubią samych siebie.

– Wiesz, coraz lepiej sobie radzisz z tym pudełkiem.

– Aha.

– Może więc zechcesz zachować to... – Dwukwiat podał mu obrazek.

– Co to jest? – zdziwił się Rincewind.

– To ten, który zrobiłeś w świątyni.

Rincewind spojrzał ze zgrozą. Na płytce, otoczony kilkoma skrawkami macki, widniał ogromny, zrogowaciały, poplamiony wywarami i rozmazany kciuk.

– Oto symbol mojego życia – stwierdził zniechęcony Rincewind.

– Wygrałaś – stwierdził Los, przesuwając po planszy stosik dusz. Bogowie wokół rozchodzili się. – Zagramy jeszcze kiedyś – dodał.

Pani uśmiechnęła się do oczu, które były niby dziury we wszechświecie.

A potem nie było już nic, jedynie ruiny lasu i dryfująca wolno z wiatrem chmura kurzu na horyzoncie. I siedząca na nierównym, omszałym kamieniu milowym czarna i obszarpana postać. Był to ten, którego niesłusznie się przeklina, który budzi lęk i trwogę, ale który jest jedynym przyjacielem nędzarza i najlepszym lekarzem śmiertelnie rannego.

Śmierć, chociaż nie miał oczu, obserwował oddalającego się Rincewinda. Gdyby jego twarz była zdolna do wyrażania czegokolwiek, spoglądałby głęboko marszcząc czoło. Śmierć, chociaż zawsze bardzo zapracowany, uznał, że ma teraz hobby. Coś w tym magu irytowało go wręcz nie do zniesienia. Na przykład fakt, że nie dotrzymywał terminów.

JESZCZE CIĘ DORWĘ, SPRYCIARZU, oświadczył Śmierć głosem podobnym do huku zatrzaskiwanych wiek ołowianych trumien. ZOBACZYSZ.

PRZYNĘTA SMOKA

Nazywano ją Zmokbergiem i wyrastała niemal pół mili ponad zieloną doliną: góra ogromna, szara i odwrócona wierzchołkiem w dół. U podstawy miała ledwie dwadzieścia jardów średnicy. Potem wznosiła się poprzez wiszące chmury, wyginała z gracją na zewnątrz niby odwrócona trąbka i urywała gładkim płaskowyżem o średnicy pełnej ćwierci mili. Na szczycie rósł niewielki lasek, a pędy zieleni spływały poza krawędź. Stały tam też budynki. Płynęła nawet rzeczka, spadająca z brzegu wodospadem tak szarpanym przez wiatry, że na ziemię docierał jako deszcz.

Kilka jardów poniżej brzegów płaskowyżu otwierały się wyloty kilku jaskiń o prostym, lecz dość regularnym obrysie. Sprawiały one, że wyrastająca ponad obłoki góra Zmokbergu tego rześkiego, jesiennego ranka przypominała gigantyczny gołębnik.

Co by znaczyło, że „gołębie" miały skrzydła o rozpiętości nieco powyżej czterdziestu jardów.

– Wiedziałem – oznajmił Rincewind. – Jesteśmy w zasięgu silnego pola magicznego.

Dwukwiat i Hrun rozejrzeli się po niewielkim zagłębieniu, gdzie przystanęli na południowy wypoczynek. A potem popatrzyli na siebie.

Konie spokojnie skubały trawę nad strumykiem. Żółte motyle fruwały wśród krzewów. Wokół unosił się zapach tymianku i brzęczenie pszczół. Dzikie świnie na rożnie skwierczały z cicha.

Hrun wzruszył ramionami i wrócił do smarowania olejkiem swoich bicepsów. Lśniły jak złoto.

– Dla mnie wszystko wygląda normalnie – stwierdził.

– Spróbuj rzucić monetę – zaproponował Rincewind.

– Co?

– No już. Rzuć monetę.

– Dobra – zgodził się Hrun. – Jeśli ma ci to sprawić przyjemność.

Sięgnął do sakiewki i wyjął garść drobnych, zrabowanych w dziesiątkach krain. Z pewną starannością wybrał zchlotański ołowiany ćwierć jotum i ułożył go na fioletowym paznokciu.

– Ty wybierasz – rzekł. – Reszka czy... – W głębokim skupieniu przestudiował rewers... czy coś w rodzaju ryby z nogami?

– Kiedy już będzie w powietrzu – odparł Rincewind.

Hrun wyszczerzył zęby i podrzucił monetę.

Jotum pofrunął wirując.

– Krawędź – orzekł Rincewind, nawet nie patrząc.

Magia nigdy nie umiera. Ona po prostu zanika.

Nigdzie nie jest to bardziej widoczne niż na szerokich, błękitnych przestrzeniach Świata Dysku. Szczególnie w okolicach, które były sceną wielkich Wojen Magów, jakie wybuchły wkrótce po Stworzeniu. W owych czasach pierwotna magia była powszechnie dostępna i ochoczo wykorzystywana przez Pierwszych Ludzi w wojnie przeciwko Bogom.

Początki Wojen Magów giną gdzieś w pomroce dziejów, lecz filozofowie zgadzają się na ogół, iż Pierwsi Ludzie wkrótce po swym stworzeniu dali się – co zrozumiałe – ponieść nerwom. Bitwy, jakie w rezultacie wybuchły, były wielkie i głośne: słońce toczyło się po niebie, wrzały oceany, wściekłe sztormy pustoszyły ląd, a małe, białe gołąbki w tajemniczy sposób pojawiały się w fałdach ubrań. Zagrożona była stabilność samego Dysku (spoczywającego, jak wiadomo, na grzbietach czterech słoni stojących na żółwiu). W związku z tym Pradawni Najwyżsi, przed którymi nawet Bogowie muszą się ukorzyć, podjęli zdecydowane działania. Bogowie zostali zesłani na wysokości, ludzie odtworzeni w znacznie mniejszych rozmiarach, a większa część dzikiej magii wyssana ze świata.

Nie rozwiązało to problemu tych miejsc na Dysku, które podczas działań wojennych doznały bezpośredniego trafienia zaklęciem. Magia zanikała – wolno, przez tysiąclecia, uwalniając w procesie rozkładu miriady subastralnych cząsteczek, mocno zniekształcających rzeczywistość wokół siebie.

Rincewind, Dwukwiat i Hrun przyglądali się monecie.

– Jest krawędź – oznajmił Hrun. – No tak, przecież jesteś magiem. Co z tego?

– Nie rzucam... takich czarów.

– Chcesz powiedzieć, że nie potrafisz.

Rincewind zignorował tę uwagę, ponieważ była prawdziwa.

– Spróbuj jeszcze raz – zaproponował.

Hrun wyjął garść monet.

Pierwsze dwie wylądowały w zwykły sposób. Podobnie czwarta. Trzecia upadła na krawędź i tak stanęła. Piąta zmieniła się w małą żółtą gąsienicę i odpełzła na bok. Szósta, gdy tylko osiągnęła wierzchołek toru lotu, zniknęła z ostrym „ping!” Po chwili dał się słyszeć niezbyt głośny huk.

– Zaraz, ta była srebrna! – zawołał Hrun. Powstał i spojrzał w górę. – Ściągnij ją z powrotem.

– Nie wiem, gdzie poleciała – wyjaśnił znużonym głosem Rincewind. – Pewnie nadal przyspiesza. W każdym razie te, z którymi próbowałem rano, jeszcze nie spadły.

Hrun wpatrywał się w niebo.

– Co? – spytał Dwukwiat.

Rincewind westchnął. Tego się właśnie obawiał.

– Zabłądziliśmy do strefy o wysokim indeksie magicznym. Nie pytaj, w jaki sposób. Dawno temu ktoś musiał tu generować naprawdę silne pole magiczne, a teraz odczuwamy efekty wtórne.

– Właśnie – zgodził się przechodzący obok krzaczek. Hrun gwałtownie pochylił głowę.

– Chcesz powiedzieć, że to jedno z tych miejsc? – zapytał. – Uciekajmy stąd!

– Słusznie – odparł Rincewind. – Jeśli wrócimy po własnych śladach, może nam się udać. Będziemy przystawać co milę i rzucać monetę.

Wstał i zaczął pospiesznie upychać w jukach bagaże.

– Co? – powtórzył Dwukwiat.

Rincewind znieruchomiał.

– Posłuchaj – warknął. – Tylko się nie kłóć. Chodźmy!

– Okolica wygląda normalnie – stwierdził Dwukwiat. – Może jest trochę wyludniona...

– Tak – przyznał Rincewind. – Dziwne, prawda? Chodźmy!

Wysoko w górze rozległ się trzask, jakby ktoś uderzył pasem mokrej skóry o skałę. Coś szklistego i niewyraźnego przepłynęło im nad głowami, wyrzucając w powietrze chmurę popiołu z ogniska. Świnia zerwała się z rożna i wystrzeliła w niebo. Weszła w skręt, by ominąć kępę drzew, wyrównała kurs, zatoczyła ciasny krąg i odleciała w stronę Osi, zostawiając za sobą smugę kropel rozgrzanego smalcu.

– Co teraz robią? – zapytał starzec.

Młoda kobieta spojrzała w szklaną kulę.

– Pędzą w stronę Krawędzi – odparła. – Przy okazji: wciąż mają tę skrzynię na nogach.

Starzec wydał z siebie chichot, dziwnie złowieszczy w tej ciemnej i zakurzonej krypcie.

– Myśląca grusza – stwierdził. – Interesujące. Tak, sądzę, że nam się przyda. Dopilnuj tego, moja droga... może zanim wyjdą poza granice twej mocy.

– Cisza! Albo...

– Albo co, Liesso? – zapytał z półmroku starzec (było coś dziwnego w tym, jak siedział zgarbiony na kamiennym tronie). – Już raz mnie zabiłaś, pamiętasz?

Parsknęła wstając i ze wzgardą potrząsnęła włosami. Były rude z iskierkami złota. Wyprostowana Liessa Zmokodzierżca prezentowała się wspaniale. Była prawie całkiem naga, jeśli nie liczyć paru strzępków najlżejszej kolczugi i jeździeckich butów z opalizującej smoczej skóry. Za cholewą tkwił harap, o tyle niezwykły, że długi jak włócznia i zakończony drobnymi stalowymi kolcami.

– Moja moc wystarczy w zupełności – oznajmiła zimno.

Niewyraźna postać jakby skinęła głową, a przynajmniej kiwnęła się.

– Wciąż mnie o tym zapewniasz.

Liessa parsknęła znowu i wyszła z sali.

Ojciec nie patrzył, jak odchodzi. Przede wszystkim dlatego, że nie żył od trzech miesięcy i jego oczy nie były już w najlepszym stanie. Po drugie, jako mag piętnastej rangi – nawet martwy mag – miał nerwy wzrokowe od dawna już dostosowane do widzenia w poziomach i wymiarach mocno odległych od zwykłej realności i, w związku z tym, niezbyt sprawne w obserwacji spraw przyziemnych (za życia jego oczy sprawiały wrażenie ośmiościennych i nieprzyjemnie podobnych do oczu owada). Poza tym, jako zawieszony w wąskim paśmie pomiędzy światem żywych a mrocznym światem cieni, mógł teraz studiować całą Przyczynowość. Miał wprawdzie nieśmiałą nadzieję, że jego wyrodna córka tym razem zginie, ale poza tym nie poświęcał swej, wcale niemałej, mocy, by dowiedzieć się czegoś więcej o trzech wędrowcach, którzy w tej chwili galopowali desperacko, byle dalej od jego dziedziny.

Pełna nadziei, Liessa spieszyła wytartymi stopniami, prowadzącymi do wydrążonego serca Zmokbergu. Czyżby właśnie nadarzyła się okazja? Może znalazła klucz, by przełamać impas... klucz do tronu Zmokbergu? Słusznie się jej należał, to oczywiste; tradycja jednak pozwalała rządzić wyłącznie mężczyznom. Irytowało to Liessę, a kiedy wpadała w gniew, Moc płynęła silniej i smoki były wyjątkowo wielkie i złośliwe.

Gdyby miała mężczyznę, wszystko wyglądałoby inaczej. Najlepiej wielkiego i muskularnego, ale o niezbyt głębokim umyśle. Kogoś, kto będzie robił to, co mu każą...

Największy z trójki, uciekającej w tej chwili ze smoczej krainy, mógłby się nadać. A jeśli się okaże, że jednak nie, to w końcu smoki zawsze są głodne i trzeba je regularnie karmić. A już ona dopilnuje, żeby były należycie złośliwe.

W każdym razie badziej złośliwe niż zwykle.

Stopnie prowadziły pod kamiennym łukiem i kończyły się wąskim podestem pod sklepieniem ogromnej jaskini, gdzie przebywały smoki.

Smugi słońca z licznych otworów wokół ścian przebijały mrok niby bursztynowe pręty z uwięzionymi wewnątrz milionami złocistych owadów. W dole oświetlały tylko przejrzystą mgiełkę. W górze...

Marszowe pierścienie zaczynały się tak blisko głowy Liessy, że mogłaby ich dotknąć wyciągniętą ręką. Tysiącami pokrywały całe akry stropu jaskini. Dziesiątki murarzy pracowały przez dziesiątki lat, by wbić w skałę wszystkie nity. Pracowali, zwisając głowami w dół z zamocowanych już pierścieni. Te jednak były niczym w porównaniu z osiemdziesięcioma ośmioma głównymi obręczami, skupionymi wokół wierzchołka kopuły sklepienia. Dalsze pięćdziesiąt zaginęło za dawnych dni, gdy zaprzęgi spoconych niewolników wciągały je na miejsce (za początków Mocy niewolników nigdy nie brakowało), a ogromne pierścienie runęły w głąb, ciągnąc za sobą swych nieszczęsnych operatorów.

Mimo to zamocowano ich osiemdziesiąt osiem, wielkich jak tęcza i pordzewiałych jak krew. Z nich...

Smoki wyczuwają obecność Liessy. Powietrze świszcze wokół jaskini, gdy osiemdziesiąt osiem par wielkich skrzydeł rozwija się niczym skomplikowana łamigłówka. Z wielkich głów spoglądają na kobietę ogromne, zielone, fasetowe oczy.

Bestie wciąż są nieco przejrzyste. Mężczyźni zdejmują z wieszaka hakbuty, a Liessa wytęża umysł ku pełnej wizualizacji. Nad nią, w stęchłym powietrzu, smoki stają się całkowicie widzialne; spiżowe łuski mętnie odbi-

jają sztychy słonecznych promieni. Umysł jej pulsuje, ale teraz, gdy Moc płynie szeroką strugą, nie zmniejszając niemal koncentracji, potrafi myśleć także o innych sprawach.

Ona również zapina hakbuty, po czym z gracją staje na rękach, a haki z cichym brzękiem zaczepiają o marszowe pierścienie w stropie.

Tyle że teraz jest on podłogą. Świat się zmienił. Liessa stoi na dnie głębokiej kotliny czy krateru, o podłożu wykładanym niewielkimi pierścieniami. Jeźdźcy smoków maszerują już rozkołysanym krokiem. Pośrodku kotliny czeka na nich stado potężnych wierzchowców. Daleko w górze widać skały dna jaskini, odbarwione przez wiekowe pokłady smoczych odchodów.

Posuwistym krokiem, który z czasem staje się drugą naturą, Liessa podchodzi do swego smoka, Laolitha. Zwierzę odwraca ku niej końską głowę. Skóra błyszczy mu od smalcu.

To było przyjemne, *odzywa się w jej myślach.*

– Mówiłam ci chyba, że nie życzę sobie lotów bez nadzoru! – rzuca gniewnie Liessa.

Byłem głodny, Liesso.

– Opanuj swój głód. Wkrótce będziesz mógł jeść konie.

Uprząż wchodzi nam w zęby. Nie będzie wojowników? Lubimy wojowników.

Liessa schodzi po drabince siodłowej i splata nogi wokół skórzastej szyi Laolitha.

– Wojownik należy do mnie. Jest z nim jeszcze dwóch innych i tych możecie zjeść. Jeden to chyba jakiś mag – dodaje dla zachęty.

Wiesz przecież, jak to jest z magami, *burczy smok.* Pół godziny po jedzeniu ma się apetyt na następnego.

Rozkłada skrzydła i opada.

– Doganiają nas! – wrzasnął Rincewind. Pochylił się nisko nad końską grzywą i jęknął. Dwukwiat próbował nie zostawać w tyle, ale jednocześnie wykręcał głowę, by popatrzeć na latające bestie.

– Nie rozumiesz? – Turysta starał się przekrzyczeć głośny szum skrzydeł. – Przez całe życie chciałem zobaczyć smoki!

– Od środka? – zapytał Rincewind. – Zamknij się i jedź!

Potrząsnął uzdą i spojrzał przed siebie, na pobliski las. Próbował samą siłą woli przyciągnąć go bliżej. Pod drzewami będą bezpieczni. Żaden smok nie potrafi latać pod drzewami...

Usłyszał trzask skrzydeł, a potem objął go cień. Pochylił się instynktownie i poczuł szarpnięcie bólu, gdy coś ostrego wykreśliło mu linię w poprzek ramion.

Z tyłu krzyknął Hrun, lecz był to raczej ryk wściekłości niż jęk bólu. Barbarzyńca zeskoczył we wrzosy i wyrwał czarny miecz Kring. Uniósł broń, a jeden ze smoków wykręcił do kolejnego niskiego przelotu.

– Żadna wredna jaszczura mnie nie dostanie! – zagrzmiał barbarzyńca.

Rincewind wyciągnął ramię i pochwycił cugle Dwukwiata.

– Chodź! – syknął.

– Ale smoki... – westchnął z zachwytem Dwukwiat.

– Niech licho porwie... – zaczął mag i zamarł. Jeszcze jeden smok oderwał się od krążących w górze punktów i szybował ku nim. Rincewind puścił konia Dwukwiata, zaklął z goryczą, spiął ostrogami wierzchowca i samotnie popędził w stronę drzew. Nie obejrzał się słysząc hałas za plecami, a kiedy przemknął cień nad nim, tylko jęknął słabo i próbował skryć się w końskiej grzywie.

I wtedy, zamiast przeszywającego, straszliwego bólu, jakiego oczekiwał, poczuł liczne drobne ukłucia – to przerażony rumak wpadł pod pierwsze gałęzie lasu. Mag starał się utrzymać w siodle, lecz jakaś sztywniejsza od innych gałąź zrzuciła go na ziemię. Ostatnim dźwiękiem, jaki usłyszał, był piskliwy, gadzi wrzask zawodu i drapanie szponów rozczesujących liście na czubkach drzew. Potem pochłonęły go błyskające, niebieskie światła nieświadomości.

Kiedy się ocknął, obserwował go smok. A przynajmniej patrzył mniej więcej w jego stronę. Rincewind stęknął i próbował łopatkami zagrzebać się w mchu. Ostry ból odebrał mu oddech.

Spojrzał na smoka poprzez mgłę cierpienia i strachu.

Potwór zwisał z gałęzi wielkiego, uschniętego dębu, kilkaset stóp od maga. Brązowozłote skrzydła owinął ściśle wokół tułowia, ale podłużny koński łeb przytwierdzony do długiej, przedziwnie giętkiej szyi obracał na wszystkie strony. Obserwował las.

Był też półprzezroczysty. Chociaż słońce odbijało się od jego łusek, Rincewind wyraźnie dostrzegał za smokiem gałęzie.

Na jednej z nich siedział człowiek, przy wiszącym gadzie przypominający raczej karła. Wydawał się nagi, jeśli nie liczyć długich butów, małego, skórzanego woreczka w okolicach lędźwi i hełmu z wysokim grzebieniem. Od niechcenia wymachiwał mieczem i spoglądał w górę, ponad korony drzew, z miną kogoś, komu powierzono nudne i niewdzięczne zadanie.

Jakiś chrząszcz podjął pracowitą wspinaczkę po nodze Rincewinda.

Mag zastanawiał się, na ile groźny jest połowicznie materialny smok. Czy zabija tylko połowicznie? Postanowił nie czekać na wyjaśnienie tej kwestii.

Sunąc na piętach, czubkach palców i mięśniach ramion, Rincewind przemieszczał się aż do chwili, gdy listowie skryło dąb i jego lokatorów. Potem zerwał się na nogi i jak zając pognał między drzewa.

Nie miał żadnych planów, żadych zapasów ani nawet konia. Póki jednak miał nogi, mógł biec. Nie czuł, że chłoszczą go paprocie i jeżyny.

Kiedy pokonał już co najmniej milę, zdyszany oparł się o drzewo. A drzewo przemówiło.

– Psst – powiedziało.

Bojąc się tego, co może zobaczyć, Rincewind pozwolił spojrzeniu sięgnąć w górę. Próbowało zatrzymać się na nieszkodliwych liściach i kawałkach kory, lecz bicz ciekawości zmusił je do porzucenia tych obiektów. Wreszcie dotarło do czarnego miecza, przebijającego na wylot konar nad głową maga.

– Nie stój tak – rzekł miecz (głosem podobnym do dźwięku palca przesuwanego po brzegu dużego i pustego kielicha). – Wyciągnij mnie stąd.

– Co? – spytał Rincewind. Wciąż dyszał ciężko.

– Wyciągnij mnie – powtórzył Kring. – Inaczej spędzę najbliższy milion lat w osadowej warstwie karbońskicj. Opowiadałem ci może, jak kiedyś wrzucono mnie do jeziora w...

– Co z resztą? – przerwał mu Rincewind, nadal desperacko obejmując pień.

– Och, smoki ich porwały. Razem z końmi. I tym kufrem. I ze mną, tyle że Hrun mnie upuścił. Szczęście ci sprzyjało.

– No... – zaczął Rincewind.

Kring nie zwracał na niego uwagi.

– Pewnie śpieszno ci, żeby ich ratować – dodał.

– Właściwie...

– Więc jak tylko mnie wyciągniesz, możemy ruszać.

Rincewind spojrzał z ukosa na miecz. Aż do tej chwili myśl o ratunku kryła się tak głęboko w tyle jego umysłu, że jeśli pewne zaawansowane spekulacje dotyczące natury i kształtu wielowymiarowej krotności wszechświata były słuszne, znajdowała się całkiem z przodu. Jednak magiczny miecz ma sporą wartość...

A droga do domu daleka, gdziekolwiek był ów dom...

Wspiął się na drzewo i ostrożnie przeszedł wzdłuż konaru. Kring tkwił solidnie wbity w drewno. Rincewind chwycił rękojeść i pociągnął, aż przed oczami zabłysły mu gwiazdy.

– Spróbuj jeszcze raz – zachęcił go Kring.

Rincewind stęknął i zacisnął zęby.

– Mogło być gorzej – stwierdził Kring. – Ciesz się, że to nie kowadło.

– Yaargh – syknął mag, pełen obawy o przyszłość swoich pachwin.

– Kiedyś istniałem w sposób wielowymiarowy – zauważył miecz.

– Ughh?

– I miałem wiele imion, wiesz?

– Zadziwiające – przyznał Rincewind.

Gdy wreszcie wyrwał klingę, impet rzucił go do tyłu. Miecz wydawał się dziwnie lekki.

Gdy Rincewind stanął z powrotem na ziemi, postanowił od razu wyjaśnić wszelkie możliwe wątpliwości.

– Właściwie nie uważam próby ratunku za dobry pomysł – oświadczył. – Lepiej wracajmy do miasta. Zbiorę ekipę poszukiwawczą.

– Smoki odleciały na Oś – odparł Kring. – Sądzę jednak, że lepiej zacząć od tego na drzewie. O tam.

– Przepraszam, ale...

– Nie możesz ich porzucić na pastwę losu!

Rincewind był zaskoczony.

– Nie mogę?

– Nie. Nie możesz. Będę z tobą szczery. Pracowałem już z gorszym od ciebie materiałem; masz do wyboru to albo... spędziłeś kiedy milion lat w warstwie karbońskiej?

– Słuchaj, ja...

– Więc jeśli nie przestaniesz się kłócić, odrąbię ci głowę.

Rincewind zobaczył, jak jego własne ramię wznosi się w górę, a lśniące ostrze zawisa ledwie o cal od jego własnej krtani. Próbował siłą rozprostować palce. Bezskutecznie.

– Nie potrafię być bohaterem! – zawołał.

– Właśnie zaproponowałem, że cię tego nauczę.

Spiżowy Psepha zawarczał gardłowo.

K!sdra, smoczy jeździec, pochylił się i spojrzał na kraniec polany.

– Widzę go – oznajmił.

Przeskakując lekko z gałęzi na gałąź, zsunął się w dół i wylądował zręcznie na kępie trawy. Wydobył miecz.

Z uwagą przyjrzał się nadchodzącemu człowiekowi, który, najwyraźniej bez entuzjazmu, opuszczał kryjówkę wśród drzew. Obcy był uzbrojony, lecz smoczy jeździec z pewnym zdziwieniem obserwował dziwny sposób trzymania przez niego broni – z przodu, w wyciągniętej ręce, jakby przybysz był zakłopotany, że w ogóle znalazł się w towarzystwie miecza.

K!sdra mocniej ujął rękojeść i uśmiechnął się do maga szeroko. A następnie zaatakował.

Później z całej walki mógł sobie przypomnieć tylko dwie rzeczy. Pamiętał, że miecz obcego wygiął się niesamowicie do góry i odbił jego własną klingę tak mocno, że wyrwał mu ją z ręki. Drugą rzeczą – i ta właśnie, jak przyznawał, doprowadziła do przegranej – był fakt, że przeciwnik zasłaniał sobie dłonią oczy.

K!sdra odskoczył, by uniknąć pchnięcia, i padł na ziemię jak długi. Psepha warknął, rozwinął swe wielkie skrzydła i wzleciał z gałęzi drzewa.

A w następnej chwili mag stał nad K!sdrą i krzyczał:

– Powiedz mu, że jeśli mnie przypali, puszczę miecz! Puszczę! Niech robi, co chce! Więc mu powiedz!

Czarne ostrze unosiło się tuż nad krtanią K!sdry. Co dziwne, mag wyraźnie zmagał się z mieczem, a ten jakby śpiewał do siebie.

– Psepha! – krzyknął K!sdra.

Smok zaryczał wyzywająco, ale wyrównał lot nurkujący, który zdjąłby Rincewindowi głowę. Potem niechętnie odfrunął na drzewo.

– Gadaj! – wrzasnął Rincewind.

K!sdra spojrzał na niego wzdłuż ostrza miecza.

– A co chciałbyś usłyszeć? – zapytał.

– Co?

– Powiedziałem: co chciałbyś usłyszeć?

– Gdzie są moi przyjaciele? Mam na myśli barbarzyńcę i tego małego.

– Przypuszczam, że zabrano ich do Zmokbergu.

Rincewind rozpaczliwie powstrzymywał szarpania miecza i próbował nie słuchać jego żądnej krwi pieśni.

– Co to za Zmokberg?

– Jest tylko jeden Zmokberg. To ojczyzna smoków.

– A ty pewnie czekałeś, żeby mnie tam zabrać, co?

K!sdra zaskomlał mimowolnie, gdy czubek ostrza wyrysował czerwoną linię na jego jabłku Adama.

– Nie chcecie, żeby ludzie się dowiedzieli o waszych smokach, co? – warknął Rincewind.

Jeździec zapomniał się trochę i kiwnął głową. Tylko ćwierć cala dzieliło go od poderżnięcia sobie gardła.

Rincewind rozejrzał się rozpaczliwie i zrozumiał, że nie ma wyjścia. Będzie musiał przez to przejść.

– No dobrze – rzekł tonem tak pewnym, na jaki tylko było go stać. – Chyba najlepiej będzie, jeśli zabierzesz mnie do tego Zmokbergu.

– Miałem cię zawieźć martwego – mruknął ponuro K!sdra.

Rincewind spojrzał i na jego wargi powoli wypełzł uśmiech. Był to szeroki, maniakalny, całkowicie pozbawiony humoru uśmiech. Uśmiech tego rodzaju, jakiemu zwykle towarzyszą małe, wodne ptaszki, wyciągające spomiędzy zębów resztki jedzenia.

– Zadowolisz się żywym – stwierdził Rincewind. – Jeśli już rozmawiamy o kimś, kto ma być martwy, to lepiej nie zapominaj, czyj miecz jest w czyjej ręce.

– Jeśli mnie zabijesz, nic nie powstrzyma Psephy przed zabiciem ciebie! – krzyknął z ziemi smoczy jeździec.

– Dlatego będę raczej odcinał małe kawałeczki – zgodził się mag. Znowu wypróbował działanie uśmiechu.

– Dobrze, niech będzie – burknął niechętnie K!sdra. – Myślisz, że jestem pozbawiony wyobraźni?

Wyczołgał się spod ostrza i skinął na smoka, który wzleciał i poszybował w ich stronę. Rincewind przełknął ślinę.

– To znaczy, że mamy na tym lecieć? – zapytał.

K!sdra spojrzał na niego z pogardą. Ostrze Kringa wciąż mierzyło mu w kark.

– A jak inaczej można się dostać do Zmokbergu?

– Nie wiem – odparł Rincewind. – A jak można?

– Chciałem powiedzieć, że nie ma innego sposobu. Lot albo nic.

Rincewind raz jeszcze przyjrzał się smokowi. Widział przez niego wyraźnie, dostrzegał przygniecioną trawę, na której leżał potwór. Gdy jednak ostrożnie dotknął łuski, będącej ledwie złocistym błyskiem w powietrzu, wydała mu się dostatecznie materialna. Jego zdaniem, smoki powinny albo istnieć w sposób zupełny, albo nie istnieć w ogóle. Smok istniejący tylko częściowo był gorszy od przypadków skrajnych.

– Nie wiedziałem, że smoki są przezroczyste – oświadczył.

– Naprawdę nie wiedziałeś? – K!sdra wzruszył ramionami.

Wskoczył na grzbiet smoka, niezbyt zręcznie, bo Rincewind uczepił się jego pasa. Gdy tylko mag znalazł się w siodle, przeniósł pobielałą z wysiłku dłoń na jakiś wygodny element uprzęży i lekko ukłuł K!sdrę mieczem.

– Latałeś już kiedyś? – spytał smoczy jeździec, nie oglądając się.

– Nie, właściwie nie.

– Chcesz coś do possania?

Podsunął Rincewindowi torbę czerwonych i żółtych cukierków.

– Czy to konieczne?

– Taka tradycja – wyjaśnił K!sdra. – Częstuj się.

Od czasu do czasu Rincewinda dręczył koszmar. Widział siebie zawieszonego w jakimś nieznanym, ale straszliwie wysoko położonym miejscu. Patrzył, jak daleko w dole sunie przesłonięty niebieskawą mgiełką, nakrapiany obłokami pejzaż (zwykle budził się wtedy z mokrymi od potu kostkami nóg; byłby jeszcze bardziej zalęknionу, gdyby wiedział, że koszmar nie jest zwykłym zawrotem głowy, typowym dla Świata Dysku, lecz wsteczną pamięcią wydarzenia z przyszłości, wydarzenia tak przerażającego, że wygenerowało drgania strachu wzdłuż całej linii życia).

Lot smokiem nie był tym wydarzeniem, ale na ćwiczenie nadawał się.

Psepha nabrał prędkości serią gwałtownych, zgniatających kręgi podskoków. Przy ostatnim, z trzaskiem rozłożył swe szerokie skrzydła i machnął nimi, aż zadrżały drzewa.

A potem ziemia uciekła wolno. Psepha wznosił się płynnie, a popołudniowe słońce lśniło na skrzydłach, które wciąż były tylko złocistą błoną. Rincewind popełnił błąd: spojrzał w dół i przekonał się, że poprzez smocze cielsko widzi z wysoka korony drzew. Z bardzo wysoka. Żołądek podszedł mu do gardła.

Zamknięcie oczu niewiele pomagało, gdyż zwalniało cugle wyobraźni. W końcu mag zdecydował się na kompromis: wpatrywał się nieruchomo przed siebie, ale niezbyt daleko. Wrzosowiska i las przepływały z wolna, i mógł na nie patrzeć z pewną obojętnością.

Poczuł szarpnięcie wiatru. K!sdra odwrócił głowę i wrzasnął mu prosto w ucho:

– Patrz! Oto Zmokberg!

Rincewind obejrzał się powoli, uważając, by Kring spoczywał bezpiecznie na smoczym grzbiecie. Załzawionymi oczyma, spostrzegł niesamowitą odwróconą górę, wyrastającą z zalesionej kotliny niby trąba z wanny pełnej mchu. Nawet z tej odległości zauważył lekkie oktarynowe lśnienie, wskazujące na stabilną aurę magiczną mocy co najmniej... Wstrzymał oddech. Mocy kilku mili-Primów. Co najmniej!

– O nie – jęknął.

Nawet widok ziemi był lepszy od czegoś takiego. Szybko odwrócił wzrok i uświadomił sobie, że przez smoka nie widzi już gruntu. W czasie, gdy zataczali szerokie kręgi coraz bliżej Zmokbergu, bestia materializowała się coraz bardziej, jakby jej cielsko wypełniała złota mgła. Kiedy rozkołysana dziko góra znalazła się wprost przed nimi, smok był już równie realny jak skała.

Rincewind miał wrażenie, że dostrzega niewyraźne pasmo w powietrzu, jakby coś sięgnęło z wnętrza góry i dotknęło potwora. Odniósł dziwne wrażenie, że smok stał się przez to bardziej autentyczny.

Na kursie lotu Zmokberg zmienił się z dalekiej zabawki w parę milionów ton skały zawieszonej między niebem a ziemią. Rincewind widział już na szczycie niewielkie poletka, zagajniki i jezioro. Wypływała z niego rzeczka i przelewała się przez krawędź.

Znowu popełnił błąd, tym razem podążając wzrokiem za nitką spienionej wody. W ostatniej chwili zdążył się wyprostować.

Rozkloszowany płaskowyż na odwróconej górze zbliżał się ciągle. A smok nawet nie zwolnił.

Góra rosła nad Rincewindem niby największa packa na muchy w całym Wszechświecie. I wtedy dostrzegł wylot jaskini. Psepha skręcił w jej stronę; mięśnie grzbietu pracowały mu w równym rytmie.

Mag wrzasnął, gdy ogarnęła go ciemność. Przez moment widział pędzącą ze wszystkich stron, zamgloną od szybkości skałę. A potem smok znowu frunął w otwartej przestrzeni.

Znajdowali się w jaskini, ale o rozmiarach przekraczających wszelkie rozsądne dla jaskiń granice. Szybujący smok przypominał tu złocistą muchę w sali bankietowej.

Były tu także inne smoki – złote, srebrne, czarne i białe. Machając skrzydłami, płynęły w rozcinanym słonecznym blaskiem powietrzu lub odpoczywały na skalnych występach. A wysoko, pod kopułą sklepienia, z ogromnych pierścieni zwisały dziesiątki innych smoków, owiniętych skrzydłami jak nietoperze. Byli tam również ludzie. Na ich widok Rincewind nerwowo przełknął ślinę, ponieważ chodzili jak muchy po rozległej powierzchni stropu.

Dopiero po chwili rozróżnił tysiące umocowanych do skały drobnych pierścieni. Kilku stojących głową w dół z zaciekawieniem obserwowało lot Psephy. Rincewind przełknął ślinę po raz drugi. Nie miał żadnego pomysłu na to, co powinien teraz zrobić.

– I co? – zapytał szeptem. – Masz jakieś propozycje?

– Musisz zaatakować, oczywiście – odparł wzgardliwym tonem Kring.

– Dlaczego sam na to nie wpadłem? – mruknął Rincewind. – Może dlatego, że oni wszyscy mają kusze?

– Jesteś defetystą.

– Defetystą! To dlatego, że zaraz poniosę klęskę.

– Sam jesteś swym najgroźniejszym wrogiem, Rincewindzie – oświadczył miecz.

Rincewind spojrzał na pełne wyczekiwania uśmiechy mężczyzn.

– Może się założymy? – zaproponował.

Zanim Kring zdążył odpowiedzieć, Psepha podciągnął ostro w górę i wylądował na jednej z wielkich obręczy; zakołysała się niebezpiecznie.

– Wolisz zginąć od razu czy najpierw się poddać? – zapytał spokojnie K!sdra.

Do obręczy ze wszystkich stron zbliżali się ludzie. Kołysali się, gdy haki na ich butach zaczepiały o pierścienie w stropie. Na stojaku zawieszonym przy obręczy leżało więcej takich butów. Nim Rincewind zdążył zareagować, smoczy jeździec zeskoczył z grzbietu bestii i wylądował na platformie, skąd uśmiechnął się złośliwie, szydząc z położenia maga.

Rozległ się cichy, ale bardzo wymowny dźwięk naciąganych cięciw. Rincewind rozejrzał się. Otaczały go chłodne, odwrócone twarze. Gusta smoczego ludu, jeśli idzie o modę, były dość proste; stroje tych ludzi składały się tylko ze skórzanych uprzęży nabijanych mosiężnymi ozdobami. Noże i pochwy mieczy nosili na odwrót. Ci bez hełmów mieli rozpuszczone włosy, pływające jak wodorosty w lekkim podmuchu pod sklepieniem. Rincewind dostrzegł też kilka kobiet. Odwrotna pozycja wywierała niezwykły wpływ na ich anatomię. Rincewind wytrzeszczył oczy.

– Poddaj się – powtórzył K!sdra.

Rincewind otworzył usta, by to właśnie uczynić, ale Kring zabrzęczał ostrzegawczo i mag poczuł w ramieniu falę straszliwego bólu.

– Nigdy – wystękał.

Ból ustał.

– Oczywiście, że się nie podda! – zagrzmiał nagle z tyłu potężny głos. – Jest przecież Bohaterem.

Rincewind obejrzał się i spojrzał wprost w parę owłosionych nozdrzy. Należały do potężnie zbudowanego młodego człowieka, nonszalancko zwisającego ze sklepienia.

– Zdradź nam swe imię, Bohaterze – powiedział mężczyzna. – Abyśmy wiedzieli, kim byłeś.

Ból sparaliżował Rincewindowi ramię.

– Jestem... Jestem Rincewind z Ankh – wykrztusił.

– A ja jestem Lio!rt, Mistrz Smoków – odparł wiszący głową w dół człowiek. Wymawiał to imię z głośnym cmoknięciem z głębi krtani, będącym chyba rodzajem wewnętrznej interpunkcji. – Przybyłeś, by wyzwać mnie do walki na śmierć i życie.

– No nie, właściwie...

– Mylisz się. K!sdro, pomóż naszemu Bohaterowi włożyć buty. Jestem pewien, że nie może doczekać się pojedynku.

– Nie. Przybyłem tu, żeby odszukać moich przyjaciół. Nie ma potrzeby... – zaczął Rincewind, gdy smoczy jeździec stanowczymi ruchami sprowadził go na platformę, usadził na stołku i zaczął sznurować buty na nogach.

– Spiesz się, K!sdro. Nie możemy stawać na drodze przeznaczenia Bohatera – przerwał Lio!rt.

– Przypuszczam, że moi przyjaciele są zadowoleni z pobytu tutaj, więc gdybyś tylko, no wiesz, podwiózł mnie gdzieś na dół...

– Swoich przyjaciół spotkasz już wkrótce – odparł beztrosko mistrz smoków. – To znaczy, jeśli jesteś człowiekiem religijnym. Z tych, którzy przybywają do Zmokbergu, nikt nie powraca. Chyba że w sensie metaforycznym. Pokaż mu, K!sdro, jak sięgnąć pierścieni.

– Popatrz tylko, w co mnie wpakowałeś – syknął Rincewind.

Kring zawibrował mu w dłoni.

– Pamiętaj, że jestem mieczem magicznym – zadźwięczał.

– Jak mógłbym zapomnieć?

– Wejdź na drabinkę i chwyć pierścień – podpowiedział smoczy jeździec. – Potem zadzieraj nogi, aż złapią haki.

Pomógł mu wejść i, mimo oporu, już po chwili mag wisiał głową w dół, z togą wciśniętą za pasek i dyndającym w dłoni Kringiem. Z tego punktu widzenia, smoczy lud wyglądał możliwie, ale same smoki wiszące na swych grzędach przypominały ogromne maszkarony. Oczy błyszczały im ciekawością.

– Proszę o uwagę – zawołał Lio!rt. Odebrał od któregoś z jeźdźców coś długiego i owiniętego czerwonym jedwabiem. – Walczymy do ostatniej krwi – dodał. – Twojej.

– I pewnie będę wolny, jeśli zwyciężę? – upewnił się Rincewind, choć bez wielkich nadziei.

Lio!rt skinieniem głowy wskazał stojących dookoła jeźdźców.

– Nie bądź naiwny – mruknął.

Rincewind nabrał tchu.

– Powinienem cię chyba uprzedzić – oświadczył. Głos nie drżał mu prawie wcale. – To jest magiczny miecz.

Lio!rt odrzucił jedwabną materię, która odpłynęła w mrok, i odsłonił lśniącą czarną klingę. Na jej powierzchni płonęły runy.

– Cóż za zbieg okoliczności – powiedział i zaatakował.

Rincewind zesztywniał z trwogi, ale prawe ramię samo wyciągnęło się w przód, gdy Kring skoczył do walki. Miecze zetknęły się w eksplozji oktarynowych iskier.

Lio!rt odchylił się, mrużąc oczy. Kring minął jego gardę i choć miecz mistrza smoków podskoczył i sparował cięcie, rezultatem była cienka, czerwona linia na torsie jego pana.

Ten warknął gniewnie i ruszył na maga. Buty brzęczały głośno, gdy przechodził z pierścienia na pierścień. Miecze zderzyły się znowu, gwałtownie trysnęła magia, a równocześnie Lio!rt wolną ręką sięgnął głowy Rincewinda i uderzył tak mocno, że noga maga zeskoczyła z pierścienia i zawisła bezradnie.

Rincewind wiedział, że prawie na pewno jest najgorszym magiem w Świecie Dysku, ponieważ znał tylko jedno zaklęcie. Mimo to był jednak magiem, a jak stanowiły nieugięte prawa magii, w chwili zgonu sam Śmierć musi po niego przybyć (zamiast, jak zwykle, wysyłać któregoś ze swych sług).

Dlatego, kiedy uśmiechnięty szyderczo Lio!rt zamachnął się i ciął szerokim, leniwym ruchem, czas zaczął płynąć niby gęsty syrop.

Świat przed oczami Rincewinda zalał nagle migotliwy, oktarynowy blask z lekkim odcieniem fioletu, emitowany przez fotony uderzające o silną aurę magiczną. Mistrz smoków był w tej poświacie upiorną statuą, a jego miecz sunął w ślimaczym tempie.

Obok Lio!rta stała inna postać, widoczna tylko dla tych, którzy potrafią dostrzec dodatkowe cztery wymiary magii. Była wysoka i chuda na tle zapadłej nagle, oszronionej gwiazdami nocy. Zamachnęła się oburącz kosą o przysłowiowej ostrości...

Rincewind uchylił się. Klinga z lodowatym sykiem przecięła powietrze nad jego głową i, nie zwalniając, wbiła się w strop jaskini. Śmierć zaklął głośno, głosem dochodzącym jakby z głębi krypty. Cała scena zniknęła. To, co w Świecie Dysku uchodziło za rzeczywistość, powróciło z trzaskiem. Lio!rt wstrzymał oddech, zdumiony nagłą szybkością, z jaką mag uniknął śmiertelnego cięcia. Rincewind, z desperacją dostępną jedynie naprawdę przerażonym, wyprostował się jak wąż i skoczył na przeciwnika. Obiema rękami pochwycił i wykręcił prawicę Mistrza Smoków.

W tej właśnie chwili, jedyny utrzymujący Rincewinda pierścień, i tak już przeciążony, wysunął się ze skały z nieprzyjemnym, metalicznym zgrzytem.

Rincewind runął w dół, zakołysał się i zawisł ponad otchłanią. Z całej siły ściskał ramię przeciwnika, tak mocno, że Mistrz Smoków wrzasnął.

Lio!rt spojrzał na swoje stopy. Maleńkie okruchy odpadały od skały wokół nitów pierścienia.

– Puszczaj, przeklęty! – krzyknął. – Bo zginiemy obaj!

Rincewind nie odpowiedział. Koncentrował się na uchwycie i zamknięciu umysłu przed wizjami swego losu na skałach w dole.

– Zastrzelcie go! – wołał Lio!rt.

Rincewind dostrzegł kątem oka kilka mierzących w niego kusz. Lio!rt wybrał ten właśnie moment, by uderzyć go wolną ręką.

Mag puścił przeciwnika.

Dwukwiat złapał pręty i podciągnął się w górę.

– Widać coś? – zapytał Hrun z okolic jego stóp.

– Tylko chmury.

Hrun opuścił go na podłogę i przysiadł na brzegu jednej z drewnianych prycz stanowiących jedyne umeblowanie celi.

– Do diabła – mruknął.

– Nie wpadaj w rozpacz – pocieszył go Dwukwiat.

– Nie wpadam.

– Przypuszczam, że to jakieś nieporozumienie. Pewnie wkrótce nas uwolnią. Wyglądali na cywilizowanych.

Hrun przyjrzał mu się spod krzaczastych brwi. Zaczął coś mówić, a potem jakby się zastanowił i tylko westchnął.

– A kiedy już wrócimy, będziemy mogli opowiadać, że widzieliśmy smoki – mówił dalej Dwukwiat. – Nieźle, co?

– Smoków nie ma – odparł stanowczo Hrun. – Ostatniego zabił dwieście lat temu Codice z Chimerii. Nie wiem, co widzieliśmy, ale to nie smoki.

– Przecież leciały z nami! A w tej hali były ich setki...

– To pewnie zwykłe czary – stwierdził lekceważąco barbarzyńca.

– W każdym razie wyglądały jak smoki – nie ustępował Dwukwiat. – Zawsze chciałem zobaczyć smoki. Jeszcze kiedy byłem mały... Smoki fruwające po niebie, ziejące ogniem...

– One tylko pełzały w bagnach i różnym błocku, a ziały wyłącznie smrodem. – Hrun ułożył się na pryczy. – I nie były znowu takie wielkie. Zbierały drewno.

– A ja słyszałem, że zbierały skarby – zaprotestował Dwukwiat.

– I drewno. Słuchaj... – Hrun poweselał. – Widziałeś te komnaty, przez które nas prowadzili? Robiły wrażenie. Dużo całkiem niezłego towaru, a te arrasy muszą być warte majątek.

Pogładził się po brodzie, co zabrzmiało tak, jakby jeżozwierz torował sobie drogę przez ciernisty gąszcz.

– Co teraz będzie? – zapytał Dwukwiat.

Hrun podłubał w uchu i z roztargnieniem obejrzał palec.

– No... – stwierdził. – Pewnie za chwilę otworzą się drzwi i strażnicy zaciągną mnie na jakąś arenę w świątyni. Pokonam tam parę gigantycznych pająków albo niewolnika z dżungli Klatchu mającego z osiem stóp wzrostu. Potem ocalę jakąś księżniczkę, przeznaczoną na ofiarę, zabiję kilku strażników albo co, a ta dziewczyna pokaże mi tajemne wyjście. Zdobędziemy parę koni i uciekniemy ze skarbem.

Hrun wsparł głowę na splecionych dłoniach i zapatrzył się w sufit, pogwizdując fałszywie.

– Wszystko na raz? – zdziwił się Dwukwiat.

– Zwykle tak.

Dwukwiat usiadł na swoim posłaniu i spróbował się zastanowić. Co było dość trudne, gdyż potrafił myśleć jedynie o smokach.

Smoki!

Jako dwuletni chłopiec zachwycał się obrazkami tych ognistych bestii w „Księdze oktarynowych baśni". Siostra stwierdziła, że smoki naprawdę nie istnieją i do dziś zapamiętał tamto uczucie gorzkiego rozczarowania. Uznał, że jeśli świat nie mieści w sobie tych cudownych istot, to nawet w połowie nie jest takim światem, jakim być powinien. Ale potem Dwukwiat został uczniem Dziewięciu Trzcin Głównyksięgowego, który w swej pospolitości był tym wszystkim, czym nie były smoki. Wtedy nie miał już czasu na marzenia.

Chociaż w tych smokach coś mu nie pasowało. Były zbyt małe i zbyt smukłe w porównaniu z powstającymi w jego wyobraźni. Smoki powinny być wielkie, zielone, szponiaste, egzotyczne i ziejące ogniem... wielkie, zielone, z długimi, ostrymi...

Coś poruszyło się na skraju pola widzenia, w najdalszym i najciemniejszym kącie lochu. Kiedy odwrócił głowę, zniknęło, choć miał wrażenie, że dosłyszał jeszcze cichutki zgrzyt... jakby szponów drapiących kamień.

– Hrun? – zawołał.

Z drugiego łóżka dobiegło chrapanie.

Dwukwiat na palcach przeszedł do kąta i ostrożnie opukał kamienie na wypadek, gdyby któryś skrywał tajemne przejście. W tej właśnie chwili drzwi celi odskoczyły, uderzając z hukiem o ścianę. Strażnicy – było ich pół tuzina – wbiegli do środka, rozstawili się półkręgiem i natychmiast opadli jak jeden mąż na kolano. Ich broń wymierzona była wyłącznie w Hruna. Kiedy potem Dwukwiat o tym myślał, czuł się nieco urażony.

Hrun chrapał.

Do celi wkroczyła kobieta. Niewiele kobiet potrafi przekonująco kroczyć, ale ta radziła sobie znakomicie. Przelotnie rzuciła okiem na Dwukwiata, jakby turysta stanowił część umeblowania, po czym przyjrzała się mężczyźnie na łóżku.

Nosiła taką samą skórzaną uprząż jak jeźdźcy smoków. Tyle że jej była znacznie bardziej skąpa. Ta uprząż i wspaniała, opadająca aż do pasa grzywa kasztanoworudych włosów stanowiły jedyne ustępstwa wobec tego, co, nawet w Świecie Dysku, uchodziło za przyzwoitość. Kobietę zdobił także zamyślony wyraz twarzy.

Hrun wybełkotał coś, odwrócił się na bok i spał dalej.

Ostrożnie, jakby trzymała jakiś wyjątkowo delikatny instrument, kobieta wyjęła zza pasa wąski, czarny sztylet i pchnęła w dół.

Zanim ostrze przebyło połowę drogi, prawa dłoń Hruna poruszyła się tak szybko, jakby przeskoczyła między dwoma punktami przestrzeni, ani przez moment nie znajdując się między nimi. Palce, z cichym mlaśnięciem, pochwyciły nadgarstek kobiety. Druga ręka gorączkowo szukała miecza, którego nie było...

Hrun zbudził się.

– Gngh? – zapytał, ze zmarszczonymi brwiami obserwując kobietę. Po chwili dostrzegł łuczników.

– Puść – nakazała głosem, który był spokojny, cichy i twardy jakby wyciosany z diamentu.

Hrun wolno cofnął rękę.

Odstąpiła, masując nadgarstek i spoglądając na Hruna tak, jak kot patrzy na mysią dziurę.

– Dobrze – odezwała się w końcu. – Przeszedłeś pierwszą próbę. Jak ci na imię, barbarzyńco?

– Kto tu jest barbarzyńcą? – burknął Hrun.

– Tego właśnie chcę się dowiedzieć.

Hrun wolno porachował łuczników i przeprowadził szybkie obliczenia. Rozluźnił mięśnie.

– Jestem Hrun z Chimerii. A ty?

– Liessa, Pani Smoków.

– Ty tu rządzisz?

– To się jeszcze zobaczy. Wyglądasz na najemnika, Hrunie z Chimerii. Mógłbyś mi się przydać... jeśli przejdziesz próby, naturalnie. Są trzy. Pierwszą masz już za sobą.

– A tamte... – Hrun przerwał. Bezgłośnie poruszył ustami i wreszcie zaryzykował: – ... dwie?

– Niebezpieczne.

– A zapłata?

– Cenna.

– Przepraszam – wtrącił Dwukwiat.

– A jeśli mi się nie uda? – spytał Hrun, nie zwracając na niego uwagi. Powietrze między nim a Liessą zaiskrzyło od mikroskopijnych rozbłysków charyzmy, gdy ich spojrzenia szukały się nawzajem.

– Gdybyś zawiódł w pierwszej próbie, byłbyś teraz martwy. Możesz uznać, że to typowa kara.

– Ehm... Proszę posłuchać... – zaczął Dwukwiat.

Liessa poświęciła mu krótkie spojrzenie i zdawało się, że dopiero teraz go zauważyła.

– Zabierzcie to stąd – rozkazała chłodno i znów odwróciła się do Hruna.

Dwaj strażnicy zarzucili łuki na ramiona, chwycili Dwukwiata pod pachy i podnieśli. Po czym zręcznie wyprowadzili z celi.

– Hej! – zawołał Dwukwiat, gdy biegli korytarzem. – Gdzie... – (gdy zatrzymali się przed sąsiednimi drzwiami) – ...jest mój... – (gdy otworzyli drzwi) – ...Bagaż?

Wylądował na kupie czegoś, co kiedyś mogło być sianem. Drzwi zatrzasnęły się z hukiem, którego echa zakłócał tylko trzask zasuwanych rygli.

W sąsiedniej celi Hrun ledwie mrugnął.

– Dobrze – stwierdził. – Jaka jest druga próba?

– Musisz zabić dwóch moich braci.

Hrun zastanowił się.

– Obu naraz czy jednego po drugim?

– W dowolnym porządku bądź symultanicznie – zapewniła go.

– Co?

– Po prostu zabij ich – rzuciła ostro.

– Dobrzy wojownicy?

– Znani.

– A w zamian za to...?

– Poślubisz mnie i zostaniesz panem Zmokbergu.

Zaległa długa cisza. Hrun zmarszczył brwi, z trudem licząc coś w pamięci.

– Dostanę ciebie i tę górę? – spytał w końcu.

– Tak. – Popatrzyła mu prosto w oczy i jej wargi drgnęły lekko. – Nagroda warta jest wysiłku, mogę cię zapewnić.

Hrun przyjrzał się pierścieniom na jej dłoni. Duże kamienie były niesłychanie rzadkimi, mlecznobłękitnymi diamentami z glinianych niecek Mithos. Kiedy zdołał oderwać od nich wzrok, zauważył, że Liessa przygląda mu się z wściekłością.

– Tak wyrachowany? – warknęła. – Hrun Barbarzyńca, który bez lęku wszedłby w paszczę samego Śmierci?

– Pewnie. – Hrun wzruszył ramionami. – Istnieje tylko jeden rozsądny powód, by wejść w paszczę Śmierci: żeby mu ukraść złote zęby.

Szeroko machnął ramieniem, na którego końcu znalazła się drewniana prycza. Trafiła w łuczników, a Hrun ochoczo podążył za nią. Potężnym ciosem powalił jednego strażnika, a innemu wyrwał broń. W chwilę później było już po wszystkim.

Liessa nie drgnęła nawet.

– I co? – zapytała.

– Co z czym? – nie zrozumiał stojący wśród krwawych szczątków Hrun.

– Czy zamierzasz mnie zabić?

– Co? Nie, nie. To było tylko tak, rozumiesz, z przyzwyczajenia. Żeby nie wyjść z wprawy. Więc gdzie są ci bracia? – Uśmiechnął się do niej szeroko.

Dwukwiat usiadł na słomie i zapatrzył się w ciemność. Nie był pewien, jak długo już przebywa w tej celi. Przynajmniej kilka godzin. Prawdopodobnie dni. Możliwe, że minęły już całe lata, a on po prostu zapomniał.

Nie, takie myśli do niczego nie prowadzą. Spróbował pomyśleć o czymś innym: o trawie, drzewach, świeżym powietrzu, smokach. Smoki...

W mroku rozległo się najcichsze drapanie. Dwukwiat poczuł, że krople potu występują mu na czoło.

Coś było w celi. Coś, co wydawało ciche dźwięki, ale nawet w najgłębszej ciemności sprawiało wrażenie ogromu. Wyczuwał ruch powietrza.

Kiedy podniósł rękę, uczucie śliskości i niewielka fontanna iskier świadczyły o lokalnym polu magicznym. Dwukwiat rozpaczliwie zapragnął światła.

Strumień ognia wytrysnął mu nad głową i trafił w ścianę. A kiedy skała rozgrzała się do czerwoności, Dwukwiat zobaczył smoka. Zajmował ponad połowę celi.

Jestem posłuszny, panie, odezwał się głos w umyśle turysty.

W blasku trzeszczących, pękających kamieni Dwukwiat spojrzał na swe odbicie w parze olbrzymich zielonych oczu. Za nimi trwał wielobarwny, rogaty smok, kolczasty i giętki jak te we wspomnieniach. Prawdziwy smok. Skrzydła, choć złożone, były tak szerokie, że drapały o ściany po obu stronach celi. Smok leżał, trzymając go między szponami.

– Posłuszny? – Głos Dwukwiata drżał ze zgrozy i zachwytu.

Oczywiście, panie.

Blask przygasł. Dwukwiat wyciągnął drżący palec w kierunku, gdzie – jak zapamiętał – powinny znajdować się drzwi.

– Otwórz! – polecił.

Smok uniósł olbrzymią głowę. Raz jeszcze przetoczyła się kula ognia, lecz tym razem, gdy potwór napinał mięśnie szyi, kolor płomienia bladł z pomarańczowego przez żółty do białego, a wreszcie do najbledszego z błękitów. Płomień stał się też bardzo wąski, a gdzie dotykał ścian, tam pryskała i ciekła roztopiona lawa. Gdy sięgnął drzwi, metal eksplodował deszczem gorących kropelek.

Czarne cienie zatańczyły i zamigotały na ścianach. Metal zabulgotał przez jedną bolesną dla oczu chwilę, a potem drzwi w dwóch częściach wypadły na zewnątrz. Płomień zgasł niespodziewanie, niemal równie nagle, jak się pojawił.

Dwukwiat ostrożnie przekroczył stygnące resztki i rozejrzał się czujnie. Korytarz był pusty.

Smok ruszył za nim. Ciężka futryna sprawiła mu niejakie trudności, które pokonał, jednym szarpnięciem barków wyrywając z muru drewno i ciskając je na bok. Potem spojrzał wyczekująco na Dwukwiata. Skóra marszczyła mu się i drgała, gdy próbował rozłożyć skrzydła w wąskim przejściu.

– Skąd się tu wziąłeś? – zapytał Dwukwiat.

Wezwałeś mnie, panie.

– Nie przypominam sobie.

W swych myślach. Przywołałeś mnie myślami, tłumaczył cierpliwie smok.

– To znaczy, że pomyślałem o tobie, a ty przybyłeś?

Tak.

– To magia?

Tak.

– Ale przecież całe życie myślałem o smokach!

Zapewne w tym miejscu granica pomiędzy myślą a rzeczywistością jest nieco rozmyta. Wiem tylko, że kiedyś mnie nie było, a potem pomyślałeś mnie i już byłem. Zatem, naturalnie, jestem na twoje rozkazy.

– Coś podobnego!

Sześciu strażników wybrało akurat tę chwilę, by wyjść zza zakrętu. Przystanęli z otwartymi ustami, wreszcie jeden z nich opamiętał się na tyle, by unieść kuszę i wystrzelić.

Pierś smoka zafalowała, a strzała rozpadła się w powietrzu na płonące drzazgi. Strażnicy zniknęli natychmiast. Ułamek sekundy później strumień ognia wymiótł posadzkę, na której stali.

Dwukwiat spojrzał z podziwem.

– Czy umiesz także latać?

Oczywiście.

Dwukwiat rozejrzał się po korytarzu i postanowił nie iść za strażnikami. Ponieważ wiedział, że i tak zgubił się już zupełnie, wybór dowolnego z dwóch kierunków powinien trochę poprawić jego sytuację. Przecisnął się obok smoka i pomaszerował przed siebie. Słyszał, jak bestia odwraca się z trudem, by ruszyć za nim.

Szli tunelami, które krzyżowały się jak w labiryncie. W pewnej chwili Dwukwiat miał wrażenie, że słyszy jakieś krzyki, które jednak szybko ucichły. Czasami wyrastał nad nimi w ciemności czarny łuk zrujnowanej bramy. Światło sączyło się mgliście z rozmaitych otworów, a tu i tam odbijało od wielkich zwierciadeł, ukośnie wmurowanych w ściany. Czasem widział jaśniejszy blask z odległej sztolni.

To dziwne, myślał, schodząc po szerokich stopniach i wzbijając kłęby srebrzystych drobinek kurzu. *Tunele są tutaj o wiele szersze. I porządniej zbudowane.* W ściennych niszach stały posągi, tu i tam wisiały wyblakłe, ale interesujące gobeliny. Przedstawiały głównie smoki – całe ich setki, w locie albo zwisające z olbrzymich pierścieni, z ludźmi na grzbietach, polujące na jelenie, a czasem na innych ludzi. Dwukwiat ostrożnie dotknął jednego z gobelinów. Materiał rozsypał się natychmiast, pozostawiając jedynie luźną siatkę w miejscach, gdzie niektóre wątki wyhaftowano cieniutkim złotym drutem.

– Ciekawe, dlaczego wszystko to zostawili? – powiedział głośno.

Nie wiem, odparł uprzejmy głos w jego głowie.

Odwrócił się i spojrzał na pokrytą łuską końską mordę.
– Jak ci na imię, smoku? – zapytał.
Nie wiem.
– Nazwę cię chyba Dziewięć Trzcin.
Takie jest zatem moje imię.

Brnęli przez zasypane wszechobecnym kurzem, pełne ciemnych filarów komnaty, wykute w litej skale. I to wykute bardzo kunsztownie: od podłogi po sufit ściany pokrywały posągi, maszkarony, płaskorzeźby i żłobkowane kolumienki. Rzucały dziwnie falujące cienie, gdy na prośbę Dwukwiata smok posłusznie zapewniał oświetlenie. Szli przez długie galerie i olbrzymie, rzeźbione amfiteatry, wszystkie przysypane głębokim, miękkim pyłem i zupełnie opuszczone. Od wieków nikt nie chodził po tych mrocznych jaskiniach.

Wreszcie Dwukwiat zauważył wydeptaną ścieżkę wiodącą do jeszcze jednego czarnego wylotu tunelu. To miejsce ktoś odwiedzał często i to całkiem niedawno. Ścieżka przypominała głęboki, wąski kanion w szarym dywanie.

Dwukwiat podążył nią. Prowadziła przez kolejne wysokie hale i kręte korytarze, dostatecznie rozległe, by przeszedł nimi smok. I smoki zapewne bywały tu kiedyś; minął komnatę pełną butwiejących uprzęży smoczych rozmiarów i drugą, gdzie znalazł pancerz i kolczugę wielkie jak dla słonia.

Wreszcie stanęli przed spiżowymi wrotami, tak wysokimi, że niknęły w mroku pod sklepieniem. Przed Dwukwiatem, na poziomie piersi, tkwiła niewielka klamka w kształcie mosiężnego smoka.

Kiedy jej dotknął, wrota otworzyły się lekko i niepokojąco bezszelestnie.

We włosach Dwukwiata trzasnęły iskry. Dmuchnął gorący, suchy wicher, który nie wznosił kurzu tak, jak powinien zwykły wiatr, ale nim ucichł, uformował jego kłęby w nieprzyjemnie półżywe kształty. W uszach Dwukwiata rozległ się dziwaczny, ostry świergot Stworów zamkniętych w lochach odległych wymiarów, poza kruchą siatką czasu i przestrzeni. Cienie pojawiały się tam, gdzie nie było niczego, co mogłoby je rzucać, a powietrze brzęczało jak ul.

Krótko mówiąc, dookoła trwało potężne wyładowanie magii.

Komnatę za wrotami oświetlała bladozielona poświata. Wokół, wzdłuż ścian, na marmurowych występach leżały niezliczone rzędy trumien. Pośrodku, na podwyższeniu, stało kamienne krzesło, a w nim siedziała skurczona postać. Nie poruszyła się, ale odezwała słabym głosem:

– Wejdź, młodzieńcze.

Dwukwiat podszedł bliżej. To była ludzka postać, przynajmniej tak wydawało się w mętnym blasku. Jednak w jej sposobie zajmowania krzesła było coś dziwnego, co budziło w nim zadowolenie, że nie widzi zbyt wyraźnie.

– Wiesz, jestem martwy – nadpłynął uprzejmy głos z tego, co, przynajmniej Dwukwiat miał taką nadzieję, było głową. – Pewnie zauważyłeś.

– Ehm – odparł Dwukwiat. – Tak.

Zaczął się wycofywać.

– To oczywiste, prawda? – zauważył głos. – Jesteś pewnie Dwukwiatem, zgadza się? A może to już później?

– Później? – powtórzył Dwukwiat. – Później niż co?

Przystanął.

– No cóż – wyjaśnił głos. – Rozumiesz, jednym z problemów bycia martwym jest uwolnienie z więzów czasu. Tym samym, potrafię równocześnie dostrzec wszystko, co się wydarzyło bądź wydarzy. Chociaż wiem, oczywiście, że z praktycznego punktu widzenia Czas nie istnieje.

– To chyba niezbyt wielki problem.

– Tak sądzisz? Wyobraź sobie, że każda chwila jest równocześnie odległym wspomnieniem i paskudną niespodzianką, a zrozumiesz, o co mi chodzi. Ale do rzeczy. Przypominam sobie, co za chwilę ci powiem. Czy może już powiedziałem? Nawiasem mówiąc, wspaniały smok. Czy raczej jeszcze tego nie mówić?

– Całkiem niezły. Dopiero co się pojawił – wyjaśnił Dwukwiat.

– Pojawił się? – powtórzył głos. – Ty go przywołałeś!

– Właściwie ja tylko...

– Masz Moc!

– Ja tylko o nim pomyślałem.

– Na tym polega Moc. Mówiłem ci już, że jestem Greicha Pierwszy? Czy dopiero mam ci powiedzieć? Przepraszam cię bardzo, ale nie jestem przyzwyczajony do transcendencji. W każdym razie... Tak. Moc. Przyzywa smoki.

– Chyba już o tym mówiłeś – zauważył Dwukwiat.

– Naprawdę? Z pewnością zamierzałem.

– Ale jak Moc to robi? Przez całe życie myślałem o smokach, ale dopiero teraz jakiś się zjawił.

– Widzisz, prawda jest taka, że smoki nigdy nie istniały w takim sensie, w jakim ty (i ja także, póki nie zostałem otruty jakieś trzy miesiące temu) rozumiesz istnienie. Mówię tu o prawdziwych smokach, *draconis nobilis*; bowiem smok bagienny, *draconis vulgaris*, jest prymitywnym stworzeniem niegodnym naszej uwagi. W przeciwieństwie do niego, prawdziwy smok jest istotą o duchu tak wysublimowanym, że w tym świecie może się zmaterializować jedynie poczęty przez najbardziej kunsztowną wyobraźnię. A wyżej wzmiankowana wyobraźnia musi się znaleźć w okolicy głęboko przesyconej magią, co pozwala zmiękczyć przegrodę między światem widzialnym i niewidzialnym. Smoki przeskakują wtedy i wyciskają swoją formę na matrycy prawdopodobieństwa naszego świata. Kiedy jeszcze żyłem, byłem w tym świetny. Umiałem sobie wyobrazić, pomyśl tylko, do pięciuset smoków naraz. A teraz Liessa, najzdolniejsza z moich dzieci, z trudem wyobraża sobie pięćdziesiąt niezbyt imponujących stworzeń. To tyle, jeśli chodzi o postępową edukację. Tak naprawdę, to ona w nie nie wierzy. Dlatego jej smoki są raczej nieciekawe. Ale twój... – pochwalił głos Greichy – jest prawie tak dobry, jak dawniej niektóre z moich. Wspaniały widok dla zmęczonych oczu, chociaż teraz nie mam już żadnych, o których warto by wspominać.

– Ciągle powtarzasz, że jesteś martwy – wtrącił szybko Dwukwiat.

– I co?

– To, że martwi... no wiesz... raczej nie mówią. W zasadzie.

– Byłem kiedyś wyjątkowo potężnym magiem. Oczywiście, córka mnie otruła. W naszej rodzinie to powszechnie uznana metoda przejęcia władzy. Ale... – Zwłoki westchnęły, a przynajmniej westchnienie rozległo się w powietrzu kilka stóp nad nimi. – Wkrótce stało się jasne, że żadne z trójki moich dzieci nie jest dostatecznie silne, by zwyciężyć pozostałych dwoje i zapanować w Zmokbergu. Nieprzyjemna sytuacja. Takie królestwo jak nasze musi mieć jednego władcę. Postanowiłem więc pozostać przy życiu, nieoficjalnie, ma się rozumieć. Niezwykle ich to irytuje. Nie dam moim dzieciom satysfakcji pochowania mnie, póki do spełnienia tej ceremonii nie zostanie tylko jedno.

Zabrzmiał nieprzyjemny, chrypiący dźwięk. Dwukwiat uznał, że miało to być parsknięcie.

– Czyli to jedno z nich nas porwało? – upewnił się Dwukwiat.

– Liessa – potwierdził głos zmarłego maga. – Moja córka. Jej moc jest najpotężniejsza. Smoki moich synów potrafią przelecieć najwyżej kilka mil, nim znikną.

– Znikną? Zauważyłem, że mogliśmy patrzeć przez tego, który nas tutaj przyniósł. Pomyślałem wtedy, że to trochę dziwne.

– To naturalne – oświadczył Greicha. – Moc działa tylko w pobliżu Zmokbergu. Wiesz, prawo odwrotności kwadratu. Tak mi się przynajmniej wydaje. Kiedy smoki odlatują dalej, zaczynają zanikać. W przeciwnym razie moja mała Liessa, na ile ją znam, władałaby już całym światem. Ale nie mogę cię dłużej zatrzymywać. Zechcesz pewnie uratować swojego przyjaciela.

Dwukwiat otworzył szeroko usta.

– Hruna? – zapytał.

– Nie. Tego chudego maga. Mój syn Lio!rt właśnie usiłuje posiekać go na kawałki. Podobało mi się, jak go uratowałeś. To znaczy, spodoba.

Dwukwiat wyprostował się na pełną wysokość, co nie było trudne.

– Gdzie on jest? – zapytał, ruszając do drzwi bohaterskim, miał nadzieję, krokiem.

– Idź ścieżką w kurzu – doradził głos. – Liessa bywa tu od czasu do czasu. Moja maleńka, nadal odwiedza starego ojczulka. Tylko ona miała dość charakteru, żeby mnie zamordować. Moja krew. Nawiasem mówiąc, powodzenia. Pamiętam, że chyba to powiedziałem. To znaczy, teraz powiem.

Dudniący głos pogubił się zupełnie w plątaninie czasów, ale Dwukwiat biegł już martwymi tunelami. Smok bez wysiłku podążał za nim. Wkrótce jednak turysta bez tchu oparł się o filar. Minęły chyba wieki, odkąd ostatnio miał coś w ustach.

Dlaczego nie polecisz? – odezwał się w jego głowie Dziewięć Trzcin. Rozłożył skrzydła, machnął nimi na próbę i na moment wzleciał w powietrze. Dwukwiat przyjrzał mu się, po czym szybko wdrapał na jego grzbiet. Po chwili lecieli już kilka stóp nad posadzką, pozostawiając za sobą skłębioną chmurę kurzu.

Dwukwiat trzymał się z całych sił. Dziewięć Trzcin szybował przez ciąg jaskiń, potem pomknął w górę spiralnych schodów, które mogłyby pomieścić armię w odwrocie. Na szczycie przelecieli do częściej odwiedzanych regionów. Zwierciadła na każdym zakręcie korytarza były wypolerowane i odbijały blade światło.

Wyczuwam inne smoki.

Teraz skrzydła poruszały się szybciej. Przyśpieszenie cisnęło Dwukwiata do tyłu, a smok skręcił nagle i pomknął bocznym korytarzem niby polująca na muchy jaskółka. Za kolejnym ostrym zakrętem był już wylot tunelu, a dalej olbrzymia grota. W dole sterczały skały, a w górze, z otworów pod sklepieniem, wpadały szerokie smugi światła. Sporo się tam działo... Dziewięć Trzcin zawisł w powietrzu, a Dwukwiat spoglądał na sylwetki zawieszonych na pierścieniach potworów i malutkie człekokształtne kropki w jakiś sposób chodzące głowami w dół.

To hala grzęd, pomyślał z satysfakcją smok.

Nagle jeden z punktów oderwał się od sklepienia i zaczął rosnąć...

Blada twarz Lio!rta oddalała się szybko. *To zabawne*, bełkotała jakaś część umysłu Rincewinda. *Dlaczego wzlatuję w górę?*

A potem zaczął wirować w powietrzu i powróciła rzeczywistość: opadał ku odległym skałom, nakrapianym smoczym guanem.

Jego umysł zdał sobie z tego sprawę i zadrżał. Słowa Zaklęcia wybrały właśnie ten moment, by z głębin świadomości wynurzyć się na powierzchnię, jak czyniły zawsze w chwilach zagrożenia. *Dlaczego nas nie wypowiesz*, zdawały się pytać. *Co masz do stracenia?*

Rincewind wyciągnął rękę w coraz silniejszym wichrze.

– Ashonai! – zawołał. Słowo uformowało się przed nim w zimnobłękitny, rozciągnięty wichurą płomień.

Machnął drugą ręką, pijany przerażeniem i magią.

– Ebiris – zaintonował. Dźwięk zamarzł w migoczące pomarańczem słowo, które zawisło obok swego poprzednika.

– Urshoring! Kvanti. Pythan. N'gurad. Feringomalee.

Słowa płonęły wokół kolorami tęczy, a Rincewind rozłożył ramiona i przygotował się do wymówienia ósmego i ostatniego z nich, które miało rozbłysnąć skrzącą oktaryną i przypieczętować Zaklęcie. Coraz bliższe skały uległy zapomnieniu.

– ... – zaczął.

I nagle stracił oddech, a zaklęcie rozwiało się i zgasło. Para rąk pochwyciła go w pasie, a cały świat z szarpnięciem odskoczył w bok, gdy smok wyrównał lot po długim nurkowaniu i wzleciał w górę. Przez sekundę drapał pazurami najwyższą ze skał na dnie groty Zmokbergu.

Dwukwiat zaśmiał się tryumfalnie.

– Mamy go!

A smok zakręcił z gracją w szczytowym punkcie lotu, leniwie machnął skrzydłami i przez otwór jaskini poszybował w światło poranka.

W samo południe smoki i ich jeźdźcy stanęli kręgiem wokół rozległej, zielonej łąki na płaskim szczycie niewiarygodnie wyważonej góry Zmokbergu. Za nimi znalazło się dość miejsca dla gromady sług i niewolników, a także innych, którzy jakoś potrafili zdobyć środki utrzymania na dachu świata. Wszyscy obserwowali postacie zebrane pośrodku trawiastej areny.

Byli tu jeźdźcy smoków, wśród nich Lio!rt i jego brat Liartes. Ten pierwszy wciąż rozcierał nogi, krzywiąc się lekko z bólu. Trochę z boku stała Liessa z Hrunem i kilkoma osobistymi służącymi. Pomiędzy grupami zajął miejsce dziedziczny Mistrz Wiedzy Zmokbergu.

– Jak wszyscy wiecie – zaczął niepewnie – nasz nie-całkiem-zmarły Władca Zmokbergu, Greicha Pierwszy, postawił warunek, że nikt nie odziedziczy tronu, póki jedno z jego dzieci nie poczuje się dostatecznie silnym... czy też silną, co przecież być może... by wyzwać i pokonać swe rodzeństwo w walce na śmierć i życie.

– Tak, tak, przecież wszyscy o tym wiedzą. Kończ szybciej – rozległ się z pustki obok niego cienki, rozdrażniony głos.

Mistrz Wiedzy przełknął ślinę. Nie mógł się pogodzić, że jego pan nie zechciał skonać, jak należy. Czy ten staruch jest w końcu martwy, czy nie?

– Nie jestem pewien... – wymamrotał. – Czy to dozwolone, by przekazać wyzwanie przez zastępcę...

– Dozwolone, dozwolone – warknął bezcielesny głos Greichy. – To dowodzi inteligencji. Szybciej, bo zmarnujemy cały dzień.

– Wyzywam was! – Hrun spojrzał na braci. – Obu naraz.

Lio!rt i Liartes wymienili spojrzenia.

– Będziesz z nami walczył równocześnie? – zapytał Liartes, wysoki i chudy, z długimi czarnymi włosami.

– Tak.

– To dość nierówna walka.

– Tak. Mam przewagę liczebną: jeden do dwóch. Lio!rt zmarszczył czoło.

– Ty bezczelny barba...

– Tego już za wiele! – warknął Hrun. – Ja...

Mistrz Wiedzy uniósł dłoń, by go powstrzymać.

– Zabroniona jest walka na Polu Śmierci – oznajmił i urwał, rozważając sens własnych słów. – Wiecie, o co mi chodzi – spróbował zrezygnowany. – Jako osoby wyzwane, książęta Lio!rt i Liartes mają prawo wyboru broni – dodał.

– Smoki – odparli zgodnie.

Liessa prychnęła.

– Smoki można wykorzystywać ofensywnie, są zatem bronią – stwierdził stanowczo Lio!rt. – Jeśli się nie zgadzasz, możemy rozstrzygnąć to walką.

– Tak jest – potwierdził jego brat i skinął na Hruna.

Mistrz Wiedzy poczuł, jak widmowy palec stuka go w pierś.

– Nie stój tak z rozdziawioną gębą – odezwał się cmentarny głos Greichy. – Pośpiesz się, co?

Hrun odstąpił kręcąc głową.

– Raz mi wystarczy. Wolę raczej zginąć niż walczyć na którymś z tych zwierzaków.

– Giń zatem – rzekł jak najuprzejmiej Mistrz Wiedzy.

Lio!rt i Liartes szli już przez murawę do miejsca, gdzie czekali słudzy z ich wierzchowcami. Hrun obejrzał się na Liessę. Ta wzruszyła ramionami.

– Nie dostanę nawet miecza? – poprosił. – Albo chociaż noża?

– Nie – odparła. – Nie spodziewałam się tego. – Nagle wydała się niższa; cała duma odpłynęła. – Przykro mi.

– Tobie jest przykro?

– Tak. Przykro mi.

– Właśnie mi się zdawało, że powiedziałaś, że ci przykro.

– Nie patrz tak na mnie! Mogę ci wyobrazić najwspanialszego smoka...

– Nie!

Mistrz Wiedzy wytarł nos w jedwabną chustkę, przez chwilę trzymał ją w dłoni, po czym upuścił.

Hrun odwrócił się, słysząc huk bijących powietrze skrzydeł. Smok Lio!rta był już w powietrzu i leciał ku nim. Sunąc tuż nad murawą, wystrzelił z paszczy kulę ognia; wypaliła na trawie czarną smugę, pędzącą z sykiem w stronę Hruna.

Barbarzyńca w ostatniej chwili odepchnął Liessę i poczuł ból oparzenia na ramieniu. Odskoczył, padł na ziemię, przetoczył się i znów stanął na nogach. Gorączkowo rozglądał się za drugim smokiem. Ten nadleciał z boku i, by uniknąć płomienia, Hrun został zmuszony do źle zaplanowanego skoku z miejsca. Smoczy ogon trafił go mocno w czoło. Hrun podniósł się i potrząsnął głową, by przegnać wirujące gwiazdy. Poparzony grzbiet piekł potwornie.

Lio!rt nadlatywał do kolejnego ataku, tym razem wolniej, by reagować na nieoczekiwaną zwinność wielkiego barbarzyńcy. Gdy zbliżyła się ziemia, zobaczył go, stojącego nieruchomo, z rękami zwieszonymi po bokach. Łatwy cel.

Kiedy smok przeleciał, Lio!rt odwrócił głowę, oczekując widoku bardzo wielkiej kupy popiołu.

Nie dostrzegł niczego. Zdziwiony, spojrzał przed siebie.

I wtedy zobaczył Hruna. Barbarzyńca trzymał się jedną ręką łusek na łopatce smoka, a drugą próbował stłumić płomień we włosach. Dłoń Lio!rta sięgnęła po sztylet, lecz ból wyostrzył jak igłę, i tak już błyskawiczne, reakcje Hruna. Cios na odlew trafił w nadgarstek Mistrza Smoków i szerokim łukiem posłał broń w stronę ziemi. Kolejne uderzenie sięgnęło podbródka.

Niosący podwójny ciężar smok leciał zaledwie kilka jardów nad ziemią. Co okazało się szczęśliwym zbiegiem okoliczności, ponieważ, gdy tylko Lio!rt stracił przytomność, smok w mgnieniu oka przestał istnieć.

Liessa podbiegła, by pomóc Hrunowi wstać na nogi. Mrugał niepewnie.

– Co się stało? Co się stało? – zapytał chrapliwie.

– To było fantastyczne! – zawołała. – To, jak wykręciłeś salto w powietrzu i w ogóle!

– Tak, ale co się stało?

– Dość trudno to wytłumaczyć...

Hrun rzucił okiem na niebo. Wysoko w górze krążył Liartes, zdecydowanie ostrożniejszy z dwóch braci.

– Masz jakieś dziesięć sekund, żeby spróbować – rzekł Hrun.

– Smoki...

– Tak?

– One są urojone.

– Znaczy tak, jak te urojone oparzenia na mojej ręce?

– Tak. Nie! – Gwałtownie pokręciła głową. – Będę musiała później ci o tym opowiedzieć.

– Dobrze. Jak tylko znajdziesz naprawdę dobre medium – warknął Hrun.

Liartes zniżał się szerokimi kręgami.

– Słuchaj, nie przerywaj! Gdyby mój brat był nieprzytomny, jego smok by nie istniał, nie znalazłby przejścia do...

– Uciekaj! – wrzasnął Hrun. Odepchnął ją, a sam padł płasko na ziemię. Smok Liartesa przeleciał nad nimi, pozostawiając kolejną dymiącą szramę na murawie.

Kiedy nabierał wysokości do następnego ataku, Hrun poderwał się i pognał między drzewa rosnące na skraju areny. Były dość rzadkie i bardziej przypominały przerośnięty, szeroki żywopłot, ale przynajmniej smok nie zdoła tamtędy przelecieć.

Nie próbował. Liartes sprowadził bestię do lądowania kilka jardów od linii drzew i zeskoczył na trawę. Smok złożył skrzydła i wsunął głowę w listowie, a jego pan oparł się o pień i pogwizdywał obojętnie.

– Mogę cię spalić – oznajmił po chwili.

Krzaki nie drgnęły.

– Czy siedzisz w tamtym ostrokrzewie?

Ostrokrzew zmienił się w kulę ognia.

– Jestem pewien, że widziałem jakiś ruch w tych paprociach.

Paprocie stały się szkieletami białego popiołu.

– Przedłużasz tylko walkę, barbarzyńco. Dlaczego się nie poddasz? Spaliłem już mnóstwo ludzi; zapewniam cię, że to wcale nie boli – zawołał Liartes, spoglądając kątem oka na krzewy.

Smok nadal eliminował zagajnik, spopielając każdy nadający się na kryjówkę krzak czy kępę paproci. Liartes dobył miecza i czekał.

Hrun zeskoczył z drzewa i ruszył biegiem. Smok ryknął za jego plecami i, łamiąc gałęzie, próbował się odwrócić, lecz Hrun biegł, biegł ze wzrokiem utkwionym w Liartesa i suchym konarem w dłoni.

Na krótkich dystansach stworzenie dwunogie zwykle potrafi wyprzedzić stworzenie czworonogie, a to z powodu czasu, jaki zajmuje czworonogowi zorientowanie się w tych wszystkich nogach. Jest to fakt bez wątpienia prawdziwy, choć niezbyt powszechnie znany. Hrun słyszał za sobą drapanie pazurów i groźne dudnienie. Smok próbował rozwinąć skrzydła i wzlecieć.

Gdy przeciwnik był już blisko, mistrz smoków zadał złośliwe cięcie od dołu. Klinga uwięzła w gałęzi, Hrun zderzył się z nim i obaj upadli na ziemię.

Smok zaryczał.

Liartes wrzasnął, gdy Hrun z anatomiczną precyzją kopnął kolanem w górę, zdołał jednak na ślepo zadać cios, który złamał nos barbarzyńcy.

Hrun odepchnął przeciwnika, podniósł się i spojrzał prosto w dziki, koński pysk smoka o rozszerzonych nozdrzach. I kopnął z całej siły, trafiając w skroń wstającego Liartesa. Mistrz Smoków upadł.

Smok zniknął. Płynąca w stronę Hruna kula ognia rozpraszała się, a kiedy go dosięgła, była już tylko podmuchem ciepłego powietrza. Zapadła cisza, zakłócana jedynie trzaskiem płonących krzewów.

Hrun podniósł nieprzytomnego przeciwnika i truchtem ruszył z powrotem na arenę. W połowie drogi znalazł rozciągniętego na ziemi Lio!rta. Pochylił się i, stęknąwszy lekko, zarzucił go sobie na wolne ramię.

Liessa i Mistrz Wiedzy czekali na podwyższeniu na skraju łąki. Kobieta uspokoiła się już i spoglądała chłodno, jak Hrun rzuca jej do stóp obu pokonanych. Ludzie wokół stali w pozach pełnych szacunku, jak dworzanie.

– Zabij ich – poleciła.

– Zabijam, kiedy mam ochotę – odparł. – Zresztą, nie wypada zabijać nieprzytomnych.

– Trudno sobie wyobrazić bardziej sprzyjający moment – zauważył Mistrz Wiedzy.

Liessa parsknęła.

– W takim razie, wypędzę ich – stwierdziła. – Utracą moc, gdy tylko znajdą się poza zasięgiem magii Zmokbergu. Będą zwykłymi zbójami. Czy to cię zadowala?

– Tak.

– Jestem zaskoczona twoją łaskawością, bar... Hrunie.

Hrun wzruszył ramionami.

– Człowiek na moim stanowisku nie może inaczej. Musi dbać o swój wizerunek. – Rozejrzał się. – Zatem, jaka jest następna próba?

– Ostrzegam cię, że jest niebezpieczna. Jeśli zechcesz, możesz teraz odejść. Jeśli jednak przejdziesz tę próbę, zostaniesz władcą Zmokbergu i, naturalnie, moim ślubnym małżonkiem.

Hrun patrzył jej w oczy i myślał o swym dotychczasowym życiu. Nagle odniósł wrażenie, że pełne było długich nocy przesypianych pod gołym niebem, zaciętych walk z trollami, strażą miejską, niezliczonymi bandytami i złymi kapłanami, a także, przynajmniej trzykrotnie, z prawdziwymi półbogami. I po co to wszystko? Trzeba przyznać, że zdobył całkiem spore skarby... ale co się z nimi stało? Ratowanie uwięzionych dziewic dawało przelotne korzyści, ale na ogół kończyło się tym, że lokował je w jakimś mieście z niezłym posagiem. Głównie dlatego, że po pewnym czasie nawet wyjątkowo zgodna eks-dziewica stawała się zaborcza i nie wykazywała zrozumienia dla jego wysiłków, by ocalić jej siostry w nieszczęściu. Krótko mówiąc, życie dało mu niewiele ponad reputację i pajęczynę blizn. A stanowisko władcy może być całkiem dobrą zabawą. Hrun uśmiechnął się szeroko. Z taką bazą, tymi smokami i niezłym oddziałem zbrojnych można się pokusić o wiele.

Poza tym, dziewka nie była brzydka.

– Trzecia próba? – spytała.

– Czy znowu będę bezbronny? – chciał wiedzieć Hrun.

Liessa wolno zdjęła hełm, uwalniając sploty rudych włosów. Następnie odpięła broszę płaszcza. Pod spodem była naga.

Hrun zmierzył ją wzrokiem, a jego mózg działał jak dwie myślowe maszyny liczące. Jedna wyceniała złoto bransolet, tygrysie rubiny w pierścionkach na palcach u nóg, diament zdobiący pępek i dwie siateczki srebrnego filigranu. Druga maszyna była podłączona bezpośrednio do jego libido. I obie podały rezultaty, które zadowoliły go w najwyższym stopniu.

Liessa podała mu puchar wina.

– Nie sądzę – rzekła.

– Ale on nie próbował cię ratować – przypomniał Rincewind, wytaczając ostatni argument.

Z całej siły obejmował Dwukwiata w pasie. Smok wolno zataczał krąg, a świat pochylał się pod niebezpiecznym kątem. Nowa wiedza maga, że łuskowaty grzbiet, na którym siedzi, istnieje tylko jako rodzaj trójwymiarowego marzenia, wcale nie pomagała w walce ze skręcającym aż do pięt zawrotem głowy. Myśli wciąż zahaczały o możliwe rezultaty nagłej utraty koncentracji przez Dwukwiata.

– Nawet Hrun nic by nie poradził przeciwko tym kuszom – odparł z uporem Dwukwiat.

Gdy smok wzniósł się wyżej nad lasem, gdzie ich trójka spędziła wilgotną i niespokojną noc, słońce wzeszło ponad krawędzią Dysku. I natychmiast mroczne błękity i szarości przedświtu uległy przemianie w jasną rzekę spiżu, która płynęła przez świat, rozbłyskując złotem tam, gdzie dotknęła lodu, wody albo świetlnej tamy. (Ze względu na wysokie natężenie otaczającego Dysk pola magicznego, samo światło porusza się tam z prędkością poddźwiękową. Ta interesująca właściwość została pożytecznie wykorzystana, na przykład przez lud Sorca z Wielkiego Nefu. Przez stulecia konstruowali oni delikatne i skomplikowane tamy, a doliny wykładali polerowaną miką, by schwytać powolne słoneczne światło i jakby zmagazynować je. Migotliwe rezerwuary Nefu, przelewające się po kilku tygodniach słonecznej pogody, stanowią z powietrza widok doprawdy wspaniały. Pechowo się zatem złożyło, że Dwukwiat i Rincewind jakoś nie spojrzeli w tamtą stronę.)

Przed nimi sterczał w niebo Zmokberg, niemożliwość o wadze miliarda ton. Nie wyglądał tak źle, póki Rincewind nie odwrócił głowy i nie zobaczył, jak po pejzażu chmur rozwija się z wolna cień góry.

– Co widzisz? – zapytał smoka Dwukwiat.

Widzę walkę na szczycie, nadpłynęła łagodna odpowiedź.

– A nie mówiłem? – zawołał Dwukwiat. – Pewnie w tej chwili Hrun walczy o życie.

Rincewind milczał. Dwukwiat spojrzał za siebie.

Mag wpatrywał się pilnie w absolutną pustkę i bezgłośnie poruszał wargami.

– Rincewind?

Mag jęknął cicho.

– Słucham? – zapytał Dwukwiat. – Co powiedziałeś?

– ...całą drogę... upadek... – wymruczał Rincewind. Na chwilę zogniskował spojrzenie, zrobił zdziwioną minę i ze zgrozą otworzył szeroko oczy. Popełnił błąd i spojrzał w dół.

– Aargh – zaopiniował i zaczął się zsuwać. Dwukwiat przytrzymał go.

– Co się dzieje?

Rincewind spróbował zamknąć oczy, lecz jego wyobraźnia nie miała powiek i gapiła się ciągle.

– Nie boisz się wysokości? – zdołał wykrztusić.

Dwukwiat popatrzył uważnie w dół, na maleńki świat nakrapiany cieniami obłoków. Myśl o strachu nie przyszła mu wcale do głowy.

– Nie – odrzekł. – Niby dlaczego? Po upadku z czterdziestu stóp człowiek jest tak samo martwy jak po upadku z tysiąca sążni. Tak uważam.

Rincewind usiłował rozważyć to na chłodno, ale jakoś nie pojmował logiki wywodu. Nie spadania się obawiał, a raczej uderzenia o ziemię...

Dwukwiat chwycił go szybko.

– Spokojnie – rzucił pocieszająco. – Jesteśmy prawie na miejscu.

– Chciałbym znowu być w mieście – jęknął Rincewind. – Chciałbym znowu być na ziemi!

– Zastanawiam się, czy smok mógłby polecieć aż do gwiazd? – dumał na głos Dwukwiat. – To by było coś...

– Jesteś obłąkany – stwierdził rzeczowo Rincewind.

Turysta nie odpowiadał. Rincewind wychylił się zza jego pleców i z przerażeniem stwierdził, że Dwukwiat z dziwnym uśmiechem spogląda na blednące gwiazdy.

– Nawet o tym nie myśl – dodał groźnie mag.

Człowiek, którego szukasz, rozmawia ze smoczą księżniczką, poinformował smok.

– Hmm? – odpowiedział Dwukwiat, wciąż zapatrzony w gwiazdy.

– Co?! – zawołał niespokojnie Rincewind.

– A tak, Hrun – przypomniał sobie Dwukwiat. – Mam nadzieję, że zdążymy. Nurkuj teraz. Zejdź nisko.

Rincewind otworzył oczy, kiedy wicher nabrał mocy huraganu. Może to pęd powietrza rozdmuchał mu powieki; w każdym razie nie pozwalał ich zamknąć.

Płaski wierzchołek Zmokbergu wzniósł się ku nim, podskoczył groźnie, wykręcił i zmienił w pędzące z obu stron zielone, rozmazane plamy. Zamigotały maleńkie lasy i pola. Krótki, srebrzysty rozbłysk mógł być tą rzeczką, która spływała w powietrze z krawędzi płaskowyżu. Rincewind próbował wypchnąć z umysłu to wspomnienie, ale ono najwyraźniej świetnie się tam czuło, terroryzowało innych mieszkańców i kopało meble.

– Nie sądzę – rzekła Liessa.

Hrun wziął od niej puchar. Uśmiechał się jak błazen.

Smoki wokół polany zaczęły szczekać. Ich jeźdźcy spojrzeli w górę. Coś jakby zielona smuga przemknęło przez arenę i Hrun zniknął.

Puchar wisiał przez moment w powietrzu, po czym upadł na stopnie platformy. Dopiero wtedy wylała się jedna kropla wina.

Działo się tak dlatego, że w momencie chwytania Hruna w szpony smok Dziewięć Trzcin błyskawicznie zsynchronizował rytmy ich organizmów. Ponieważ wymiar wyobraźni jest o wiele bardziej złożony od wymiarów czasu i przestrzeni – doprawdy bardzo prostych wymiarów – rezultatem była natychmiastowa transformacja stacjonarnego, nieruchomego Hruna w Hruna pędzącego w bok z szybkością osiemdziesięciu mil na godzinę i to bez żadnych szkodliwych skutków, z wyjątkiem zmarnowania kilku łyków wina. Innym rezultatem było to, że Liessa wrzasnęła ze złości i przywołała swego smoka. Gdy złocisty potwór zmaterializował się na polanie, Liessa wyrwała strażnikowi kuszę i, wciąż naga, wskoczyła na grzbiet bestii. Po chwili była już w powietrzu, a pozostali jeźdźcy biegli ku wierzchowcom.

Mistrz Wiedzy, obserwujący to wszystko zza kolumny, gdzie ukrył się przezornie w ogólnym zamieszaniu, pochwycił międzywymiarowe echo teorii, jaka w tej właśnie chwili zalęgła się w umyśle pioniera psychiatrii z przyległego wszechświata. Być może dlatego, że przeciek między wymiarami dopuszczał przepływ w obie strony, dokładnie w tym samym momencie psychiatra zobaczył dziewczynę na smoku. Mistrz Wiedzy uśmiechnął się.

– Założysz się, że go nie złapie? – usłyszał tuż koło ucha głos Greichy, brzmiący echem robaków i mogił.

Mistrz Wiedzy zamknął oczy i głośno przełknął ślinę.

– Sądziłem, że pan mój w pełni już przeniósł się do Krainy Zmarłych – wykrztusił.

– Jestem magiem – wyjaśnił Greicha. – Sam Śmierć musi przybyć po maga. A jakoś nie widać go w okolicy...

PÓJDZIEMY JUŻ? – zapytał Śmierć.

Siedział na białym koniu, rumaku z krwi i kości, lecz o krwawych oczach i ognistych chrapach. Wyciągnął kościstą dłoń, pochwycił w powietrzu duszę Greichy i ugniatał ją, aż stała się tylko punktem bolesnego blasku. A potem ją połknął.

Następnie spiął rumaka ostrogami, a ten skoczył w powietrze, aż iskry sypnęły spod kopyt.

– Lordzie Greicho! – szepnął stary Mistrz Wiedzy, gdy wszechświat zamigotał dookoła.

– Wredny numer – nadpłynął głos maga, zaledwie drobina dźwięku znikająca w nieskończenie czarnych wymiarach.

– Panie mój... jaki jest Śmierć? – zawołał lękliwie starzec.

– Kiedy przebadam go w całości, dam ci znać – odpowiedziało mu niesione bryzą najdelikatniejsze drżenie.

– Dobrze – mruknął Mistrz Wiedzy. Pewna myśl przyszła mu do głowy. – Ale za dnia, proszę – dodał.

– Wy błazny! – wrzeszczał Hrun ze swego siedzenia na pazurach przednich łap smoka.

– Co on mówi? – ryknął Rincewind. Smok rozcinał powietrze w pogoni za wysokością.

– Nie słyszałem! – krzyknął Dwukwiat. Wicher porywał jego słowa. Smok pochylił się w skręcie, a turysta spojrzał w dół na małego, dziecięcego bąka, w jaki zmienił się potężny Zmokberg. Rój latających istot startował do pościgu. Skrzydła Dziewięciu Trzcin uderzały powietrze i z lekceważeniem odrzucały je do tyłu. W dodatku rozrzedzone powietrze. Dwukwiatowi już trzeci raz coś stuknęło w uchu.

Przed rojem pędził złocisty smok. Ktoś na nim siedział.

– Dobrze się czujesz? – zapytał niespokojnie Rincewind. By wydobyć z krtani te słowa, musiał kilkakrotnie nabrać w płuca dziwnie wydestylowanego powietrza.

– Mogłem zostać królem, ale wy, błazny, musieliście przylecieć i... – Hrun stęknął, gdy chłodne, rzadkie powietrze wyssało życie nawet z jego potężnej piersi.

– Co si dzieje z powietsem? – wymruczał Rincewind. Przed oczami pływały mu niebieskie światełka.

– Unk – odparł Dwukwiat i zemdlał.

Smok zniknął.

Przez kilka sekund trzej ludzie nadal sunęli w górę. Dwukwiat i mag tworzyli niezwykły obraz, siedząc jeden za drugim i obejmując nogami coś, czego nie było. Potem to, co na Dysku pełni funkcje grawitacji, ocknęło się z zaskoczenia i pochwyciło ich.

W tej właśnie chwili obok błysnął smok Liessy i Hrun wylądował mu ciężko na szyi. Liessa pochyliła się i pocałowała go.

Spadający Rincewind nie dostrzegł tych szczegółów. Wciąż obejmował w pasie Dwukwiata. Dysk był tylko małą, okrągłą mapą przypiętą na tle nieba. Wydawał się nieruchomy, ale Rincewind wiedział, że tak nie jest. Cały ten świat pędził ku niemu niczym gigantyczny tort.

– Obudź się! – wrzasnął, przekrzykując ryk wichury. – Smoki! Myśl o smokach!

Przemknęli przez stado ścigających ich bestii. Zatrzepotały skrzydła, ale smoki szybko pozostały daleko w górze. Rycząc krążyły po niebie.

Dwukwiat nie odpowiadał. Płaszcz Rincewinda furkotał głośno, ale turysta się nie budził.

Smoki, myślał w panice Rincewind. Próbował się skoncentrować, przywołać wizję prawdziwie rzeczywistego smoka. *Jeśli Dwukwiat to potrafił*, myślał, *to ja też*.

Ale nic się nie stało.

Dysk był już większy, jak zakryty chmurami krąg rosnący wolno pod nimi.

Rincewind spróbował raz jeszcze. Zacisnął powieki i napiął każdy nerw swego ciała. Wyobraźnia, organ nieco wymięty i mocno zużyty, szukała smoka... Dowolnego smoka.

NIC CI Z TEGO NIE WYJDZIE, roześmiał się głos podobny do posępnego bicia pogrzebowych dzwonów. TY W NIE PRZECIEŻ NIE WIERZYSZ.

Rincewind spojrzał na straszliwą, konną zjawę, która szczerzyła do niego zęby. Jego umysł skulił się z przerażenia.

Nastąpił ostry błysk.

Zapadła absolutna ciemność.

Rincewind czuł pod stopami miękką podłogę, a wokół sączyło się różowe światło. Stał w jakimś tunelu zastawionym głównie fotelami, w których siedzieli przypięci pasami, dziwnie odziani ludzie. Wszyscy na niego krzyczeli.

– Obudź się! – syknął. – Pomóż mi!

Cofał się, ciągnąc nieprzytomnego turystę, aż wolną ręką natrafił na klamkę dziwnego kształtu. Przekręcił ją, wsunął się za drzwi i zatrzasnął je z całej siły.

Rozejrzał się po nowym pomieszczeniu. Napotkał przerażony wzrok młodej kobiety; upuściła trzymaną w rękach tacę i krzyknęła.

Był to taki rodzaj okrzyku, jaki zwykle sprowadza umięśnioną pomoc. Rincewind, ociekając wydestylowaną strachem adrenaliną, odwrócił się i przecisnął obok kobiety. Były tu kolejne fotele, a siedzący w nich ludzie odsuwali się, gdy przeciągał Dwukwiata przejściem. Za rzędami siedzeń znajdowały się małe okienka, a za okienkami, na tle pierzastych chmur, zobaczył skrzydło smoka. Było srebrne.

Smok mnie pożarł, pomyślał. *To śmieszne*, odpowiedział sobie natychmiast. *Ze smoków nie da się wyjrzeć.* A potem uderzył ramieniem w drzwi na końcu tunelu i przeszedł do stożkowatej komnaty, jeszcze dziwniejszej niż sam tunel.

Pełno w niej było małych, migających światełek. Wśród nich, na giętych fotelach, siedziało czterech mężczyzn, którzy przyglądali mu się z rozdziawionymi ustami. Kiedy na nich popatrzył, uciekali spojrzeniami nieco w bok.

Rincewind odwrócił się powoli. Obok niego stał piąty mężczyzna – dość młody, brodaty i smagły jak nomadzi z Wielkiego Nefu.

– Gdzie jestem? – spytał mag. – W smoczym brzuchu?

Młody człowiek przykucnął i podsunął mu pod nos niewielką paczuszkę. Mężczyźni w fotelach schylili się gwałtownie.

– Co to jest? – nie zrozumiał Rincewind. – Obrazkowe pudełko?

Wyciągnął rękę i wziął je, co najwyraźniej zaskoczyło smagłego młodzieńca; krzyknął i spróbował odebrać swoją własność. Zabrzmiał kolejny okrzyk, tym razem od strony jednego z ludzi w fotelach. Tyle że teraz już nie siedział. Stał i wyciągał w stronę młodego mężczyzny coś małego i lśniącego metalicznie.

Czynność ta wywarła zadziwiający skutek: młodzieniec odskoczył i wyciągnął ręce nad głowę.

– Proszę mi oddać bombę – powiedział mężczyzna z metalicznym przedmiotem. – Tylko ostrożnie.

– To coś? – upewnił się Rincewind. – Bierz! Nie chcę tego!

Mężczyzna ostrożnie wziął pudełko i ułożył na podłodze. Ci w fotelach odetchnęli z ulgą, a jeden z nich zaczął mówić szybko do ściany.

– Nie ruszaj się! – warknął mężczyzna z metalowym... *amuletem*, uznał Rincewind. *To musi być amulet.*

Smagły młodzieniec wcisnął się do kąta.

– Postąpił pan bardzo odważnie – zwrócił się do Rincewinda Posiadacz Amuletu. – Wie pan?

– Co?

– Co się stało pańskiemu przyjacielowi?

– Przyjacielowi?

Rincewind spojrzał na Dwukwiata, który wciąż drzemał spokojnie. To nie było dziwne. Naprawdę zaskakiwał fakt, że miał na sobie nowe ubranie. Dziwaczne ubranie. Spodnie kończyły się teraz tuż nad kolanami, wyżej miał coś w rodzaju kamizeli z materiału w jaskrawe pasy, a na głowie śmieszny słomkowy kapelusz. Z piórkiem.

Dziwaczne uczucie w okolicy nóg skłoniło Rincewinda do spojrzenia w dół. Jego odzież także uległa przemianie. Zamiast wygodnego, starego płaszcza, tak wspaniale przystosowanego do szybkich działań we wszelkich możliwych okolicznościach, nogi miał okryte rurami z materiału. I nosił kurtę z takiej samej szarej tkaniny...

Aż do tej chwili nigdy nie słyszał języka, którego używał człowiek z amuletem, chrapliwego i podobnego trochę do mowy Osian. Dlaczego więc teraz rozumiał każde słowo?

Pomyślmy chwilę. Całkiem nagle zmaterializowali się w tym smoku po, całkiem nagle zmaterializowali się w tym smo, całkiem nag, całkiem, całkiem... *całkiem przypadkowo zaczęli rozmawiać na lotnisku, więc oczywiście w samolocie usiedli razem, a on obiecał pokazać Jackowi Zweiblumenowi Stany*. Tak, właśnie tak. A potem Jack nagle zachorował, a on wpadł w panikę, przyszedł tutaj i zaskoczył tego porywacza. Oczywiście. Tylko co to znaczy „Osianie"?

Dr Rjinswand potarł dłonią czoło. Przydałby mu się drink.

Fale paradoksu rozlewały się po morzu przyczynowości. Najważniejszy zapewne fakt, o którym powinien pamiętać każdy, kto znalazł się poza sumą całkowitą multiwersum, to ten, że chociaż mag i turysta dopiero przed chwilą pojawili się w lecącym samolocie, to równocześnie lecieli tym samolotem w normalny sposób. Inaczej mówiąc: chociaż jest prawdą, że od niedawna istnieli w tym szczególnym systemie wymiarów, jest również prawdą, że żyli w nim od samego początku. W tym właśnie punkcie język potoczny rezygnuje i wychodzi na piwo.

Rzecz w tym, że kilka kwintylionów atomów zmaterializowało się właśnie (chociaż z drugiej strony wcale nie; patrz poniżej) we wszechświecie, gdzie, formalnie rzecz ujmując, być ich nie powinno. Na ogół rezultatem takiego zjawiska są potężne eksplozje. Ponieważ jednak wszechświaty są dość elastyczne, ten szczególny uratował się, natychmiastowo rozwijając swe czasoprzestrzenne kontinuum w tył, aż do miejsca, gdzie dodatkowe atomy mogły zostać bezpiecznie przyjęte. Potem szybko przewinął z powrotem do tego kręgu blasku, który z braku lepszego terminu jego mieszkańcy zwykli nazywać Teraźniejszością. Oczywiście, zmieniło to historię: wybuchło parę wojen mniej, żyło parę dinozaurów więcej i tak dalej, ale ogólnie rzecz biorąc, cały epizod minął zadziwiająco spokojnie.

Jednakże na zewnątrz tego szczególnego wszechświata następstwa nagłego przeskoku odbijały się tam i z powrotem po powierzchni Sumy Wszechrzeczy, zakrzywiając całe wymiary i bez śladu zatapiając galaktyki.

Dr Rjinswand, lat 33, kawaler, urodzony w Szwecji, wychowany w New Jersey, specjalista od zjawisk utleniania totalnego w pewnych typach reaktorów jądrowych, nie miał o tym wszystkim pojęcia. Zresztą i tak by pewnie nie uwierzył.

Zweiblumen nadal był nieprzytomny. Stewardesa, która wśród oklasków pasażerów usadziła Rjinswanda w fotelu, pochyliła się niespokojnie nad chorym.

– Zawiadomiliśmy lotnisko – powiedziała. – Kiedy wylądujemy, karetka będzie już czekać. Przepraszam, ale z listy pasażerów wynika, że jest pan doktorem...

– Nie wiem, co mu jest – odparł pospiesznie Rjinswand. – Co innego, gdyby był reaktorem magnoxowym. Myśli pani, że to jakiś szok?

– Jeszcze nigdy...

Przerwał jej straszliwy łomot w ogonie samolotu. Kilku pasażerów krzyknęło. Nagła wichura wciągnęła każdy leżący na wierzchu magazyn i gazetę do wyjącej szaleńczo trąby powietrznej, wirującej z tyłu między fotelami.

Coś szło stamtąd do przodu. Coś dużego, podłużnego, drewnianego i obitego mosiądzem. Miało setki nóżek. I było tym, czym się wydawało: chodzącym kufrem tego rodzaju, jakie występują w książkach o piratach, po brzegi wypełnione zdobytym nieuczciwie złotem i drogimi kamieniami...

A potem to, co pewnie służyło za wieko, otworzyło się szeroko.

Nie było tam żadnych klejnotów. Było za to mnóstwo wielkich, kwadratowych zębów, białych jak sykomor. I jeszcze pulsujący jęzor, czerwony jak mahoń.

Rjinswand patrzył przerażony, a starożytna walizka zbliżała się, by go pożreć. Chwycił nieprzytomnego Zweiblumena, jakby u niego szukał obrony. Bełkotał coś niezrozumiale. I rozpaczliwie pragnął znaleźć się gdzie indziej...

Zapadła absolutna ciemność.

Nastąpił ostry błysk.

Nagłe zniknięcie kilku kwintylionów atomów z wszechświata, w którym i tak nie miały prawa się znaleźć, spowodowało dzikie wahnięcia harmonii Sumy Wszechrzeczy. Gorączkowo próbowała odzyskać równowagę, usuwając w ramach tego procesu pewną liczbę subrzeczywistości. Potężne fale pierwotnej magii wrzały dziko wokół fundamentów samego multiversum, wszystkimi szczelinami wlewając się do spokojnych dotychczas wymiarów i wywołując eksplozje novych i supernovych, kolizje gwiazd, przeloty dzikich gęsi i zatapianie urojonych kontynentów. Nawet w światach istniejących na przeciwnym końcu czasu obserwowano płonące oktaryną zachody słońca – efekt przebijających atmosferę wysokoenergetycznych cząstek magicznych. W kometarnym halo wokół legendarnego Lodowego Systemu Zerretu szlachetna kometa zmarła, gdy książę w ogniu przemknął po niebie.

Rincewind nie miał o tym pojęcia, gdy ściskając w pasie bezwładnego Dwukwiata, z wysokości kilkuset stóp spadał w dyskowe morze. Nawet konwulsje wszystkich wymiarów nie mogły złamać żelaznego Prawa Zachowania Energii. Krótka podróż Rjinswanda samolotem wystarczyła, by przenieść go o kilkaset mil w poziomie i o siedem tysięcy stóp w pionie.

Słowo „samolot" rozbłysło w umyśle Rincewinda i zgasło.

Czy to nie statek płynął tam w dole?

Zimne wody Okrągłego Morza uniosły się ku niemu i wessały w głąb w zielonym, duszącym uścisku. W chwilę potem zabrzmiał kolejny plusk: to wpadł do morza Bagaż, wciąż noszący nalepkę z potężną runą podróżną TWA.

Później wykorzystali go jako tratwę.

NA KRAWĘDZI

Prace trwały długo, ale dzieło było już niemal na ukończeniu. Niewolnicy rozbijali resztki glinianej formy.

Inni starannie polerowali burty srebrzystym piaskiem; metal zaczynał już świecić w słońcu jedwabistym, organicznym połyskiem świeżego spiżu. Był wciąż ciepły, mimo tygodnia studzenia w wykopie odlewniczym.

Arcyastronom Krulla skinął lekko ręką i tragarze ustawili jego tron w cieniu kadłuba.

Jak ryba, pomyślał. *Wielka latająca ryba. Z jakich to mórz?*

– Jest rzeczywiście wspaniały – szepnął. – Prawdziwe dzieło sztuki.

– Rzemiosła – odezwał się stojący obok krępy mężczyzna.

Arcyastronom odwrócił się powoli i spojrzał na niewzruszoną twarz mówiącego. Nietrudno jest uzyskać niewzruszony wyraz, gdy ma się dwie złote kule w miejsce oczu. Błyszczały niepokojąco.

– Istotnie, rzemiosła – przyznał z uśmiechem astronom. – Na całym Dysku nie ma chyba mistrza rzemiosł lepszego od ciebie, Złotooki. Czy mam rację?

Rzemieślnik zamyślił się. Nagie ciało – to znaczy nagie, jeśli nie liczyć pasa z narzędziami, naręcznego liczydła i głębokiej opalenizny – znieruchomiało, gdy rozważał implikacje ostatniej uwagi. Złote oczy zdawały się spoglądać w jakiś inny świat.

– Odpowiedź brzmi jednocześnie „tak" i „nie" – oznajmił w końcu. Stojący za tronem pomniejsi astronomowie aż jęknęli na takie pogwałcenie etykiety, lecz Arcyastronom jakby tego nie zauważył.

– Mów dalej – zezwolił.

– Nie posiadłem kilku ważnych umiejętności. Mimo to jednak, ja właśnie jestem Złotookim Srebrnorękim Dactylosem. Ja stworzyłem Metalowych Wojowników, strzegących Grobowca Pitchiu, zaprojektowałem Świetlne Tamy Wielkiego Nefu, zbudowałem Pałac Siedmiu Pustyń. A przecież... – Podniósł dłoń i stuknął w oko, które brzęknęło cicho. – Kiedy zbudowałem dla Pitchiu armię golemów, obdarował mnie złotem, a potem, by żadne inne z moich dzieł nie mogło dorównać temu, które stworzyłem dla niego, wyłupił mi oczy.

– Rozsądne, ale okrutne – ocenił ze współczuciem Arcyastronom.

– Tak... Nauczyłem się więc słyszeć temperaturę metali i widzieć palcami. Nauczyłem się rozpoznawać rudy po smaku i zapachu. Zrobiłem sobie oczy, ale nie mogę sprawić, by widziały. Potem wezwano mnie, bym zbudował Pałac Siedmiu Pustyń. W konsekwencji emir obsypał mnie srebrem, po czym, co nie do końca mnie zaskoczyło, kazał odciąć prawą rękę.

– Poważne utrudnienie w pracy – przyznał Arcyastronom.

– Zużyłem część srebra, by zrobić sobie tę oto nową rękę; wykorzystałem w tym celu swą niezrównaną wiedzę o dźwigniach i osiach. Ta ręka wystarcza mi. Kiedy wzniosłem pierwszą wielką Świetlną Tamę o pojemności pięćdziesięciu tysięcy godzin dziennego światła, rady plemienne Wielkiego Nefu postanowiły obdarować mnie wspaniałymi jedwabiami i podciąć wiązadła w kolanach, bym nie mógł uciec. Musiałem więc z części jedwabiu i pędów bambusa zbudować machinę latającą, w której wystartowałem z najwyższej wieży mojego więzienia.

– Co, po licznych przygodach, doprowadziło cię do Krulla – dokończył Arcyastronom. – Trudno pozbyć się wrażenia, że jakieś inne zajęcie, powiedzmy, uprawa sałaty, niosłoby mniejsze zagrożenie ratalnej śmierci. Dlaczego nie zmienisz zawodu?

Złotooki Dactylos wzruszył ramionami.

– Jestem dobry w swoim fachu – wyjaśnił.

Arcyastronom raz jeszcze spojrzał na spiżową rybę, lśniącą teraz w słońcu niczym dzwon.

– Cóż za piękność – mruknął. – Jedyna w świecie. Podejdź, Dactylosie. Przypomnij mi, jaką nagrodę ci obiecałem.

– Prosiłeś, bym zbudował rybę, która będzie pływać po morzach kosmosu między światami – zaintonował mistrz rzemiosł. – W zamian za co... w zamian za co...

– Tak? Moja pamięć nie jest już taka, jak dawniej – westchnął Arcyastronom, gładząc ciepły spiż.

– W zamian za co... – kontynuował Dactylos, najwyraźniej bez wielkiej nadziei – ... obiecałeś puścić mnie wolno i powstrzymać się przed odcinaniem mi dalszych kończyn. Nie proszę o żadne skarby.

– A tak, teraz sobie przypominam. – Starzec uniósł bladą dłoń. – Kłamałem – dodał.

Zabrzmiał najcichszy z szeptów i złotooki człowiek zakołysał się na nogach. Spojrzał na sterczące z piersi ostrze strzały i ze znużeniem kiwnął głową. Kropla krwi wykwitła mu na wargach.

Na całym placu panowała całkowita cisza (jeśli nie liczyć brzęczenia kilku niecierpliwych much); srebrna ręka uniosła się bardzo wolno i palce dotknęły grotu.

Dactylos parsknął wzgardliwie.

– Partanina – orzekł i padł na wznak.

Arcyastronom trącił ciało nogą i westchnął.

– Nastąpi teraz krótki okres żałoby, jak wypada po śmierci mistrza rzemiosł – oznajmił. Obserwował niebieską muchę, która wylądowała na złotym oku i zaraz odleciała zawiedziona. – To chyba wystarczy – stwierdził i skinął na niewolników, by wynieśli zwłoki.

– Chelonauci gotowi? – spytał.

Wystąpił mistrz kontroli startowej.

– Tak jest, wasza prominentność – odparł.

– Wzniesiono właściwe modły?

– Oczywiście, wasza prominentność.

– Ile czasu do bramy?

– Do korytarza startowego – poprawił mistrz kontroli startowej. – Trzy dni, wasza prominentność. Ogon Wielkiego A'Tuina znajdzie się w idealnej pozycji.

– Pozostaje więc tylko... – orzekł Arcyastronom – ... znaleźć odpowiednie ofiary.

Mistrz kontroli startowej skłonił się.

– Ocean dostarczy – rzekł.

– Jak zawsze czyni – uśmiechnął się starzec.

– Gdybyś znał się na nawigacji...

– A gdybyś ty umiał sterować...

Fala chlusnęła na pokład. Rincewind i Dwukwiat spojrzeli na siebie.

– Wybieraj! – wrzasnęli chórem i sięgnęli po wiadra.

Po chwili z zalanej wodą kabiny dobiegł zrzędliwy głos Dwukwiata.

– Nie rozumiem, czemu to niby moja wina – powiedział. Podniósł kolejne wiadro, a mag wylał je za burtę.

– Miałeś trzymać wachtę – burknął Rincewind.

– Pamiętaj, że uratowałem nas przed handlarzami niewolników.

– Lepiej być niewolnikiem niż trupem. – Mag wyprostował się i rozejrzał dookoła. Sprawiał wrażenie zdziwionego.

Różnił się nieco od tego Rincewinda, który jakieś sześć miesięcy temu uciekł przed pożarem Ankh-Morpork. Miał więcej blizn, to po pierwsze; a po drugie, o wiele więcej doświadczeń. Odwiedził Krainy Osi, poznał niezwykłe obyczaje wielu barwnych ludów – niezmiennie zyskując przy tym kolejne blizny – a nawet, przez kilka niezapomnianych dni, żeglował po legendarnym Odwodnionym Oceanie w sercu niewiarygodnie suchej pustyni znanej jako

Wielki Nef. Na morzach chłodniejszych i bardziej wilgotnych widział pływające góry lodu. Dosiadał wymyślonego smoka. O mało co nie wypowiedział najpotężniejszego zaklęcia w Świecie Dysku. Widział...

...horyzontu było zdecydowanie mniej niż być powinno.

– Hmm? – mruknął Rincewind.

– Powiedziałem, że nie ma nic gorszego niż niewolnictwo – oznajmił Dwukwiat. Otworzył szeroko usta, gdy mag cisnął swoje wiadro daleko w morze i usiadł ciężko na zalanym pokładzie. Twarz mu poszarzała.

– Słuchaj, przepraszam, że sterowałem prosto na rafy, ale ta łódź chyba nie zatonie, a prędzej czy później musimy trafić na jakiś ląd – pocieszył go Dwukwiat. – Ten prąd z pewnością dokądś płynie.

– Spójrz na horyzont – rzekł martwym głosem Rincewind.

Dwukwiat zerknął.

– Wygląda normalnie – stwierdził. – Owszem, jest go trochę mniej niż zwykle, ale...

– To z powodu Wodospadu Krańcowego. Znosi nas na Krawędź Świata.

Zapadła cisza, zakłócana jedynie pluskiem fal. Tonąca szalupa wirowała, niesiona całkiem już silnym prądem.

– Pewnie dlatego wpadliśmy na rafę – dodał Rincewind. – Nocą zepchnęło nas z kursu.

– Może byś coś zjadł? – zaproponował Dwukwiat. Zaczął grzebać w tobołku, który dla ochrony przed wilgocią przywiązał do relingu.

– Czy ty nie rozumiesz? – warknął Rincewind. – Spadniemy przez Krawędź, na miłość bogów!

– Czy możemy coś na to poradzić?

– Nie.

– W takim razie panika nie ma najmniejszego sensu – stwierdził spokojnie Dwukwiat.

– Wiedziałem, że nie powinniśmy płynąć tak daleko na Krawędź – poskarżył się niebu Rincewind. – Chciałbym...

– Chciałbym mieć teraz swoje obrazkowe pudełko – przerwał mu Dwukwiat. – Ale zostało na statku niewolniczym, razem z resztą Bagażu i...

– Tam, gdzie płyniemy, Bagaż nie będzie ci potrzebny.

Rincewind zgarbił się i z ponurą miną obserwował wieloryba, który lekkomyślnie zabłąkał się w krawędziowy prąd i teraz próbował się wyrwać.

Na skróconym horyzoncie pojawiła się linia bieli i mag miał wrażenie, że słyszy odległy ryk spadających wód.

– Co się dzieje, kiedy statek spada z Krawędzi? – spytał Dwukwiat.

– Kto to wie?

– Może więc będziemy dalej płynąć w przestrzeni i wylądujemy na innym świecie. – Na twarzy turysty pojawił się wyraz rozmarzenia. – Chciałbym tak – westchnął.

Rincewind parsknął.

Słońce wzeszło na niebie; tak blisko Krawędzi było wyraźnie większe niż zazwyczaj. Obaj wędrowcy stali oparci plecami o maszt, zajęci własnymi myślami. Od czasu do czasu któryś chwytał wiadro i bez żadnego rozsądnego powodu przez chwilę z roztargnieniem wybierał wodę.

Morze wokół było coraz bardziej zatłoczone. Rincewind zauważył kilka pni drzew, dryfujących w pobliżu łodzi, a tuż pod powierzchnią roiło się od wszelkiego rodzaju ryb. To jasne – płynące z prądem wody pełne są pożywienia wypłukanego z kontynentów bliższych Osi. Zastanawiał się, co to właściwie za życie, kiedy trzeba płynąć bez przerwy, by pozostać w tym samym miejscu. Bardzo podobne do jego życia, uznał. Zauważył małą, zieloną żabę, rozpaczliwie machającą łapkami w walce z nieubłaganym nurtem. Ku zdumieniu Dwukwiata, znalazł wiosło i ostrożnie wyciągnął je w stronę niewielkiego stworzonka. Żaba wczołgała się z wdzięcznością. Ułamek sekundy później dwie szczęki wynurzyły się z wody i zatrzasnęły w miejscu, gdzie przed chwilą płynęła.

Żaba spojrzała na Rincewinda z kołyski jego dłoni, po czym w zamyśleniu ugryzła go w kciuk. Dwukwiat zachichotał. Rincewind wrzucił żabę do kieszeni i udawał, że niczego nie słyszał.

To bardzo humanitarne, ale po co? – spytał Dwukwiat. – Za godzinę i tak będzie po wszystkim.

– Po to – odparł niezbyt jasno Rincewind i trochę powybierał wodę. Pojawił się pył wodny, a prąd był już tak silny, że fale załamywały się ze wszystkich stron. Wszystko zdawało się nienaturalnie ciepłe, a nad wodą unosiła się gorąca, złocista mgła.

Ryk był coraz głośniejszy. Ośmiornica większa od wszystkiego, co Rincewind w życiu widział, wyskoczyła ponad wodę o kilkaset sążni od nich i szaleńczo chlapiąc mackami zapadła się z powrotem. Coś innego, co było wielkie i na szczęście nierozpoznawalne, zawyło we mgle. Cała eskadra latających ryb wzleciała w chmurze tęczowych kropel i zdołała zyskać kilka łokci, nim opadła i porwał ją wir.

Świat kończył się pod nimi. Rincewind odrzucił wiadro i chwycił maszt, a ryk – ostateczny koniec wszystkiego – zbliżał się ku nim coraz prędzej.

– Muszę to zobaczyć – zawołał Dwukwiat, na wpół padając, na wpół nurkując w stronę dziobu.

Coś twardego i sztywnego uderzyło o kadłub, który obrócił się o dziewięćdziesiąt stopni i przywarł burtą do niewidocznej przeszkody. Statek zatrzymał się nagle i fala zimnej morskiej piany spłynęła po pokładzie tak, że na kilka sekund Rincewinda zakryła wrząca, zielona topiel. Spróbował krzyknąć, a potem podwodny świat nabrał głębokiego, dudniącego, fioletowego koloru zanikającej świadomości... ponieważ mniej więcej w tym momencie Rincewind zaczął tonąć.

Przebudził się z ustami pełnymi palącej cieczy, a kiedy ją przełknął, piekący ból w gardle wyrwał go z nieświadomości. Na plecach czuł ucisk desek pokładu, a Dwukwiat przyglądał mu się z wyrazem głębokiej troski. Rincewind stęknął i usiadł.

Jak się okazało, popełnił błąd. Koniec świata był oddalony ledwie o kilka stóp.

Poza nim, odrobinę poniżej nieskończonego Wodospadu Krawędziowego, znajdowało się coś absolutnie cudownego.

Jakieś siedemdziesiąt mil od tego miejsca, w bezpiecznej odległości od krańcowego prądu, akacja z czerwonymi żaglami, typowymi dla niezależnego handlarza niewolników, dryfowała bez celu wśród aksamitnego zmierzchu. Załoga – ci, którzy pozostali – tłoczyła się na dziobowym pokładzie, otaczając mężczyzn pracujących gorączkowo przy tratwie.

Kapitan – krępy mężczyzna noszący łokciowe turbany, charakterystyczne dla plemion Wielkiego Nefu, bywał w świecie i poznał wiele dziwów i niezwykłych ludzi. Potem sporą ich część ukradł lub porwał w niewolę. Swoją karierę zaczął jako żeglarz na Odwodnionym Oceanie w samym sercu najsuchszej pustyni Dysku. (Woda na Dysku ma niezwykły, czwarty stan skupienia, wynikający z intensywnego upału oraz wysuszającego działania oktarynowego światła; pod wpływem tych czynników odwadnia się, pozostawiając srebrzysty pył podobny do płynącego swobodnie piasku. Dobrze zaprojektowany kadłub może bez wysiłku sunąć po takim podłożu. Odwodniony Ocean to dziwne miejsce, lecz nie aż tak dziwne, jak żyjące w nim ryby.)

Kapitan nigdy jeszcze nie przestraszył się naprawdę. Teraz był przerażony.

– Nic nie słyszę – szepnął do pierwszego oficera.

Oficer wbił spojrzenie w mrok.

– Może wypadł za burtę – zasugerował z nadzieją.

Jakby w odpowiedzi, z pokładu wiosłowego pod nimi dobiegło przeraźliwe dudnienie i odgłos pękającego drewna. Marynarze stłoczyli się lękliwie, potrząsając toporami i pochodniami.

Prawdopodobnie nie ośmieliliby się ich użyć, nawet gdyby Potwór ruszył prosto na nich. Zanim w pełni zrozumiano jego straszliwą naturę, kilku ludzi spróbowało ataku siekierami. W rezultacie porzucił wytrwałe przeszukiwanie statku i albo wypchnął ich za burtę, albo... pożarł? Kapitan nie był całkiem pewien. Potwór wyglądał jak zwykły kufer, może nieco większy niż przeciętny, ale nie aż tak, by wzbudzić jakieś podejrzenia. Co prawda, czasami zawierał w sobie takie rzeczy jak stare skarpety, jednak kiedy indziej... kapitan zadrżał... wydawał się... zdawał się mieć... Spróbował o tym nie myśleć. Tyle że ludzie, którzy utonęli za burtą, mieli chyba więcej szczęścia od tych, których dogonił. O tym również spróbował nie myśleć. Tam były zęby, straszne zęby podobne do drewnianych, białych nagrobków, i jęzor czerwony jak mahoń...

Spróbował o tym nie myśleć. Bezskutecznie.

O jednym za to myślał z goryczą. To już ostatni raz ocalił przed utonięciem niewdzięcznych ludzi, spotkanych w niezwykłych okolicznościach. Przecież lepsza chyba niewola niż rekiny, prawda? A potem uciekli, a kiedy marynarze zbadali ich kufer... a właściwie skąd się wzięli pośrodku spokojnego oceanu, siedząc na wielkim kufrze?... a ten odgrr... Znowu spróbował o tym nie myślеć, ale musiał się zastanowić, co się stanie, gdy przeklęty stwór pojmie, że jego właściciela nie ma już na pokładzie...

– Tratwa gotowa, panie – oznajmił pierwszy oficer.

– Do wody z nią – krzyknął kapitan. I: – Opuścić pokład! – I jeszcze: – Podpalić statek!

W końcu nietrudno będzie zdobyć drugi statek, filozofował. A zanim człowiekowi dadzą drugie życie, długo musi się naczekać w tym raju reklamowanym przez mułłów. Niech to czarodziejskie pudło żre homary.

Niektórzy z piratów zyskiwali nieśmiertelność przez okrutne i śmiałe czyny. Inni zyskiwali nieśmiertelność gromadząc olbrzymie skarby. Lecz kapitan już bardzo dawno temu zdecydował, że ogólnie rzecz biorąc wolałby osiągnąć nieśmiertelność nie umierając.

– Co to jest, do licha? – chciał wiedzieć Rincewind.

– Piękna – szepnął w natchnieniu Dwukwiat.

– Wyrażę opinię, kiedy się dowiem, co to jest – odparł mag.

– To Krańcowa Tęcza – wyjaśnił jakiś głos tuż za jego uchem. – Macie wielkie szczęście, że możecie ją oglądać. W każdym razie od góry.

Głosowi towarzyszył podmuch chłodnego, pachnącego rybami oddechu. Rincewind znieruchomiał.

– Dwukwiacie... – zaczął.

– Tak?

– Jeśli odwrócę się teraz, co zobaczę?

– Ma na imię Tethis. Twierdzi, że jest morskim trollem. To jego łódź. Uratował nas – wyjaśnił Dwukwiat. – Odwrócisz się?

– Chwilowo nie, dziękuję. Więc dlaczego nie spadamy za Krawędź? – zapytał Rincewind z lodowatym spokojem.

– Ponieważ wasz statek trafił w Obwód – odpowiedział głos za plecami (tonem, który malował w wyobraźni obrazy podwodnych otchłani i stworów zaczajonych wśród raf).

– Obwód? – powtórzył.

– Tak. Biegnie wokół Krawędzi Świata – wyjaśnił niewidoczny troll. Rincewindowi zdawało się, że wśród huku wodospadu słyszy plusk wioseł. W każdym razie miał nadzieję, że to wiosła.

– Ach, masz na myśli obwód. Obwód tworzący brzeg wszelkich kształtów.

– Tak samo jak Obwód – zgodził się troll.

– Jemu chodzi o to... – Dwukwiat wyciągnął rękę.

Rincewind spojrzał wzdłuż jego palca, lękając się tego, co może zobaczyć...

Po osiowej stronie łodzi biegła lina zawieszona kilka stóp nad spienioną wodą. Łódź była do niej przywiązana, zacumowana, lecz ruchoma dzięki skomplikowanemu systemowi rolek i małych drewnianych kółek. Przesuwały się po linie, gdy niewidoczny wioślarz popychał szalupę wzdłuż brzegu Krańcowego Wodospadu. To rozwiązywało jedną z kwestii... ale na czym wisiała lina?

Rincewind przesunął spojrzenie wzdłuż niej; dostrzegł solidny drewniany słup sterczący z wody kilka sążni przed dziobem. Obserwował, jak łódź zbliża się i mija podporę, a małe kółka stukają rytmicznie, tocząc się po szczelinie, najwyraźniej w tym właśnie celu wyciętej.

Rincewind zauważył także cieńsze liny, zwisające z głównej co jakieś pół sążnia.

Znowu popatrzył na Dwukwiata.

– Widzę, co to JEST – stwierdził. – Ale CO to jest?

Dwukwiat wzruszył ramionami.

– Dopływamy do mojego domu – odezwał się morski troll. – Porozmawiamy, kiedy dotrzemy na miejsce. Na razie muszę wiosłować.

Rincewind stwierdził, że spojrzenie do przodu wymagałoby odwrócenia się i przekonania, jak naprawdę wygląda morski troll. Nie był pewien, czy ma na to ochotę. Wolał raczej podziwiać Krańcową Tęczę.

Wisiała we mgle o kilka długości poza Krawędzią Dysku; pojawiała się tylko rankiem i wieczorem, gdy małe słońce wysyłało swe promienie spod potężnej skorupy A'Tuina, Żółwia Świata, a te uderzały w magiczne pole Dysku dokładnie pod kątem prostym.

Podwójna tęcza jaśniała w chwale. Bliżej Krańcowego Wodospadu błyszczało siedem pospolitych barw, migocząc i skrząc się w wodnym pyle konających oceanów. Bladły jednak w porównaniu z szerszą wstęgą świecącą dalej i nie zniżającą się do dzielenia z nimi tego samego widma. To był Królewski Kolor, którego wszystkie pomniejsze są jedynie częściowym i niedoskonałym odbiciem:

oktaryna, kolor magii. Żywy, jaskrawy, wibrujący, był bezdyskusyjnym odcieniem wyobraźni, ponieważ gdziekolwiek się pojawiał, stanowił znak, że zwykła materia jest zaledwie sługą mocy magicznego umysłu. Był czarem uwidocznionym.

Chociaż Rincewind zawsze uważał, że wygląda jak fiolet z domieszką zieleni.

Po chwili niewielka plamka na brzegu świata rozrosła się w wysepkę czy skałę położoną tak, że wody pieniły się wokół niej w gwałtownych wirach, nim rozpoczęły swój długi spadek. Stała tam chata z drewna wyrzuconego przez fale. Rincewind dostrzegł, że górna lina Obwodu po kilku żelaznych palach wspina się na ląd i przez małe, okrągłe okienko wpada do wnętrza chaty. Dowiedział się później, że to dlatego, by troll był natychmiast alarmowany o nowych wrakach; w tym celu na linie wisiało w chwiejnej równowadze kilka dzwonków z brązu.

Prymitywne, pływające ogrodzenie z surowego drewna otaczało osiowy brzeg wysepki. Znajdowały się tam jeden czy dwa kadłuby wraków i sporo pływających bali, desek i całych pni drzew, niektóre jeszcze z zielonymi liśćmi. Blisko Krawędzi Dysku pole magiczne było tak silne, że wokół wszystkich obiektów lśniły mgliste aureole, gdy pierwotna iluzja rozładowywała się spontanicznie.

Po kilku krótkich szarpnięciach łódź uderzyła o drewniany trap. Uziemiła się i zamknęła obwód; Rincewind poczuł wszelkie znajome objawy potężnej aury okultystycznej – oleistej, niebieskawej w smaku i pachnącej blachą. Ze wszystkich stron opadała na świat czysta, rozproszona magia.

Mag i Dwukwiat wyszli na pomost i Rincewind po raz pierwszy ujrzał trolla.

Nie wyglądał tak strasznie, jak go sobie wyobrażał.

Hmm, mruknęła po chwili wyobraźnia.

Rzecz nie w tym, że troll był przerażający. Zamiast gnijącego, uzbrojonego w macki monstrum, jakiego oczekiwał, Rincewind zobaczył przed sobą krępego, ale nieszczególnie brzydkiego staruszka, który mógłby bez zwracania uwagi przejść po dowolnej ulicy. Pod warunkiem oczywiście, że przechodnie byliby przyzwyczajeni do widoku staruszków zbudowanych głównie z wody i prawie niczego więcej. Sprawiał wrażenie, jakby ocean postanowił stworzyć życie bez angażowania się w męczące dzieło ewolucji; zwyczajnie uformował część siebie na kształt dwunoga, po czym wysłał go, by chlupocząc spacerował po brzegu. Troll miał przyjemną, przejrzystoniebieską barwę. Rincewind zauważył niewielką ławicę srebrnych rybek, która przemknęła mu przez pierś.

– Nieładnie się tak gapić – oświadczył troll. Usta rozchyliły się z niewielkim grzebieniem piany i zamknęły dokładnie tak, jak woda nad wrzuconym kamieniem.

– Naprawdę? Czemu? – spytał Rincewind. *Jak właściwie zachowuję spokój?* – wrzeszczał do niego własny umysł. *Czemu nie wariuję?*

– Jeśli wejdziecie do mego domu, znajdę wam pożywienie i świeżą odzież – oznajmił z powagą troll.

Ruszył po skałach, nie oglądając się na nich. W końcu, dokąd jeszcze mogliby pójść? Zapadał zmrok, a nad Krawędzią dmuchała chłodna, wilgotna bryza. Zniknęła już ulotna Krańcowa Tęcza i przerzedzały się mgły nad wodospadem.

– Chodźmy. – Rincewind chwycił Dwukwiata za łokieć. Ale turysta wyraźnie nie chciał stąd odejść.

– Chodźmy – powtórzył mag.

– Jak myślisz? Kiedy zrobi się całkiem ciemno, zobaczymy może Wielkiego A'Tuina, Żółwia Świata? – zapytał Dwukwiat, spoglądając na kłęby chmur.

– Mam nadzieję, że nie. Naprawdę. A teraz już chodźmy, dobrze?

Dwukwiat z ociąganiem ruszył za nim w stronę chaty. Troll zapalił dwie lampy i siedział rozparty wygodnie w fotelu na biegunach. Wstał, gdy weszli, i napełnił dwa kubki zieloną cieczą z wysokiego dzbana. Fosforyzował lekko, jak czasem ciepłe morza w aksamitne, letnie noce. By dodać barokowego lśnienia grozie Rincewinda, wyglądał też na kilka cali wyższego niż poprzednio.

Umeblowanie izby składało się głównie ze skrzynek.

– Uhm. Masz tu bardzo ładne mieszkanie – stwierdził Rincewind. – Interesujące.

Sięgnął po kubek i przyjrzał się lśniącej na dnie zielonej kałuży. *Lepiej, żeby to nadawało się do picia*, pomyślał. *Ponieważ mam zamiar to wypić.*

Przełknął.

Był to ten sam napój, który Dwukwiat podał mu w łodzi. Wtedy jednak umysł zignorował smak, zajęty ważniejszymi sprawami. Teraz miał dość czasu, by się nim rozkoszować.

Mag wykrzywił wargi. Zaskomlał cicho. Prawa noga podskoczyła mu konwulsyjnie i boleśnie kopnęła go w pierś.

Dwukwiat zakręcił płyn w swoim kubku i wciągnął w nozdrza aromat.

– Ghlen Livid – stwierdził. – Napój z fermentujących orzechów *vuo skeeh* liodestylowany w mojej ojczyźnie. Trochę dymny smak... Pikantny. Z krawędziowych plantacji w... niech pomyślę... prowincji Rehigreed, zgadza się? Z przyszłorocznych zbiorów, sądząc po kolorze. Wolno spytać, jak do ciebie trafił?

(Na florę Dysku składają się zwykłe kategorie roślin, znane powszechnie jako jednoroczne – zasiewane i dojrzewające w późniejszym okresie tego samego roku, dwuletnie – zasiewane w danym roku i dojrzewające w następnym, i wieloletnie – zasiewane w danym roku i dojrzewające po wcześniejszym zawiadomieniu. Oprócz nich istnieją bardzo rzadkie rośliny zeszłoroczne. Z powodu niezwykłego skręcenia łańcuchów genetycznych w czwartym wymiarze, wysiewa się je w jednym roku, a dojrzewają w poprzednim. Winorośl orzechów *vuo skeeh* jest wyjątkowa, ponieważ daje plon do ośmiu lat przed rzuceniem nasion w glebę. Wino z orzechów *vuo skeeh* dawało niektórym smakoszom zdolność spojrzenia w przyszłość, która z punktu widzenia orzechów była przeszłością. Dziwne, ale prawdziwe.)

– Z czasem wszelkie rzeczy spływają do Obwodu – stwierdził filozoficznie troll, kołysząc się w fotelu. – Moim zadaniem jest zbieranie szczątków. Drewno, naturalnie. I statki. Beczułki wina. Bele materiałów. Wy.

W umyśle Rincewinda zajaśniało zrozumienie.

– To jest sieć, prawda? Zarzuciliście sieć wzdłuż brzegu morza.

– Obwód – pokiwał głową troll. Drobne fale przebiegły mu po piersi.

Rincewind spoglądał w fosforyzujący mrok wokół wyspy i uśmiechał się głupawo.

– Oczywiście – zawołał. – Zdumiewające! Zatopiliście bloki, mocując je do raf i... Wielcy bogowie! Ta sieć musi być bardzo mocna.

– Jest – przyznał Tethis.

– Można ją rozciągnąć na kilka mil, jeśli tylko znajdzie się dość skał i tak dalej...

– Dziesięć tysięcy mil. Patroluję tylko jeden odcinek.

– To jedna trzecia Krawędzi!

Tethis zachlupotał lekko, kiwając głową. Kiedy goście częstowali się zielonym winem, opowiedział im o Obwodzie, z jakim wysiłkiem został zbudowany; o starożytnym i mądrym królestwie Krull, które umieściło tę sieć kilka stuleci temu; o siedmiu flotach, które bez przerwy ją patrolują, by dokonywać napraw i odwozić zdobycz do Krulla; i o tym, jak Krull stał się krajem rozkoszy, gdzie władzę sprawują najbardziej uczeni badacze wiedzy; o tym, w jaki sposób nieustannie próbują zrozumieć każdy szczegół cudownej złożoności wszechświata; i jak to żeglarze wpadający w sieć Obwodu zostają niewolnikami, zwykle po wycięciu im języków. W tym miejscu przeczekał nerwowe pytania i przyjaznym tonem mówił dalej: o bezcelowości przemocy, niemożności ucieczki z wysepki, chyba że łodzią na jedną z trzystu osiemdziesięciu wysepek nadzorców, które leżą między tą skałą a samym Krullem, albo drogą skoku poza Krawędź... A także o licznych zaletach niemoty w porównaniu, dajmy na to, ze śmiercią.

Umilkł. Przytłumiony huk Krańcowego Wodospadu służył tylko temu, by nadać ciszy bardziej dotykalną strukturę.

Po chwili fotel na biegunach zaskrzypiał znowu. Podczas swego monologu Tethis urósł niepokojąco.

– Nie mam w tym żadnego interesu – dodał. – Ja również jestem niewolnikiem. Oczywiście, jeśli spróbujecie mnie pokonać, będę musiał was zabić, ale nie sprawi mi to żadnej przyjemności.

Rincewind spojrzał na lśniące pięści, spoczywające lekko na kolanach trolla. Podejrzewał, że zdolne są uderzać z mocą tsunami.

– Nie zrozumiałeś chyba – odezwał się Dwukwiat. – Jestem obywatelem Złotego Imperium. Krull z pewnością nie chciałby wzbudzić gniewu imperatora.

– A w jaki sposób imperator się o tym dowie? – zapytał troll. – Myślisz, że jesteś pierwszym rozbitkiem ze Złotego Imperium, który wpadł do Obwodu?

– Nie zostanę niewolnikiem! – krzyknął Rincewind. – Raczej... raczej skoczę z Krawędzi!

– Doprawdy? – zdziwił się troll. Fotel na biegunach trzasnął o ścianę, a jedno z niebieskich ramion objęło maga w pasie. Tethis wyszedł z chaty, bez wysiłku niosąc Rincewinda pod pachą.

Zatrzymał się dopiero na krawędziowym brzegu wyspy. Rincewind wrzasnął.

– Przestań, bo naprawdę cię zrzucę – warknął troll. – Przecież cię trzymam. Spójrz.

Rincewind spojrzał.

Przed nim roztaczała się jedwabista czerń, w której spokojnie świeciły przesłonięte lekką mgiełką gwiazdy. Lecz wzrok opadał w dół, ściągany jakąś straszną fascynacją.

Na Dysku nastała północ, słońce zatem przebywało daleko, daleko w dole, płynąc pod ogromną, oszronioną skorupą A'Tuina. Rincewind spróbował ostatniej szansy: wbił spojrzenie w czubki własnych butów, sterczących poza skałę... jednak otchłań oderwała je bez wysiłku.

Po obu stronach padały w nieskończoność dwie roziskrzone zasłony wody – to morskie fale opływały wysepkę w drodze do Krawędzi. Pięćdziesiąt sążni niżej największy łosoś, jakiego Rincewind w życiu widział, wyrwał się z piany w dzikim, gwałtownym i beznadziejnym wyskoku. Potem opadał, wirując w złocistym podziemnym blasku.

Głębokie cienie rozcinały ten blask niby kolumny podtrzymujące sklepienie wszechświata. Setki mil w dole mag dostrzegł jakiś kształt, kontur czegoś...

Jak w tych zabawnych obrazkach, na których rzeźbiony kielich zmienia się w profile dwóch twarzy, nagle ujrzał tę scenę w całkowicie nowej, przerażającej perspektywie. Daleko w dole tkwiła głowa słonia, wielka niczym solidny kontynent. Potężny kieł jak górski szczyt przesłaniał światło, rzucając ku gwiazdom szeroki stożek cienia. Głowa była nieco przechylona, a wielkie rubinowe oko przypominało czerwonego nadolbrzyma, który zaświecił w środku dnia.

A pod słoniem...

Rincewind przełknął ślinę i spróbował nie myśleć...

Pod słoniem nie było niczego prócz odległej, boleśnie jaskrawej tarczy słońca. A obok niej przepływało coś, co mimo łusek rozmiarów miasta, krost kraterów i księżycowych urwisk, bez wątpienia było płetwą.

– Mam puścić? – zaproponował troll.

– Gnahh – odpowiedział Rincewind, próbując się cofnąć.

– Już pięć lat żyję tu, na Krawędzi. Nie znalazłem w sobie dość odwagi – zahuczał Tethis. – Ty też nie, jeśli się nie mylę.

Odstąpił, pozwalając Rincewindowi paść na ziemię.

Dwukwiat podszedł do brzegu i wyjrzał.

– Fantastyczne – westchnął. – Gdybym miał teraz obrazkowe pudełko... Co jeszcze jest tam w dole? To znaczy, co byś zobaczył, gdybyś skoczył?

– Tethis usiadł na głazie. Wysoko nad Dyskiem księżyc wyszedł zza chmury i nadał ciału trolla połysk lodu.

– Tam w dole jest może mój dom – rzekł powoli. – Za tymi głupimi słoniami i śmiesznym żółwiem. Prawdziwy świat. Przychodzę tu czasem i patrzę, ale nie potrafię się zmusić, by zrobić ten decydujący krok... Prawdziwy świat z prawdziwymi ludźmi. Mam żony i dzieci, tam w dole... – Przerwał i wytarł nos. – Szybko się przekonujesz, jaki jesteś naprawdę... tu, na Krawędzi.

– Przestań to powtarzać. Błagam – jęknął Rincewind. Odwrócił się i zobaczył Dwukwiata, stojącego obojętnie na samym brzegu skały. – Gnahh – dodał i spróbował zaryć się w kamieniu.

– W dole jest inny świat? – Dwukwiat wyjrzał za Krawędź. – A gdzie dokładnie?

Troll skinął ręką.

– Gdzieś – powiedział. – Tyle tylko wiem. To był nieduży świat. Głównie niebieski.

– Więc skąd się tu wziąłeś?

– Czy to nie oczywiste? – burknął Tethis. – Wypadłem za Krawędź!

Powiedział, że jego światem był Bathys, zagubiony gdzieś pośród gwiazd. Morskie ludy stworzyły tam kilka kwitnących cywilizacji w trzech wielkich oceanach, oblewających cały Dysk. Tethis był mięsołowcą; należał do kasty, która w niebezpieczny sposób zarabiała na życie: w wielkich żaglowych jachtach wyruszali na ląd, ścigając stada jeleni i bawołów, zamieszkujących nawiedzane sztormami kontynenty. Jakaś zabłąkana burza wpędziła jego jacht na nieznane ziemie. Załoga przesiadła się do ratunkowego, wiosłowego wózka i odjechała w stronę dalekiego jeziora. Lecz Tethis, jako kapitan, postanowił zostać na pokładzie. Sztorm przeniósł jacht ponad skalną krawędzią świata, przy okazji rozbijając go w drzazgi.

– Na początku spadałem – mówił Tethis. – Ale spadanie nie jest takie złe. Dopiero lądowanie bywa bolesne, a pode mną niczego nie było. Widziałem, jak mój świat wirując odpływa w przestrzeń. Wreszcie zniknął wśród gwiazd.

– I co potem? – dopytywał się bez tchu Dwukwiat, spoglądając na przesłonięty mgłą wszechświat.

– Zamarzłem na kamień – odparł z prostotą Tethis. – Na szczęście, moja rasa potrafi to przeżyć. Tajałem od czasu do czasu, przelatując w pobliżu innych światów. Był taki jeden... chyba ten, gdzie mi się zdawało, że dookoła wyrasta dość dziwaczny górski łańcuch. Okazało się, że to największy smok, jakiego można sobie wyobrazić. Okrywał go śnieg i lodowce, a w dodatku trzymał w paszczy własny ogon. Przeleciałem ledwie kilka mil od powierzchni, przemknąłem nad nią jak kometa i już mnie nie było. A potem obudziłem się i wasz świat pędził ku mnie jak tort śmietankowy ciśnięty ręką samego Stwórcy. No cóż, wylądowałem w morzu, niedaleko Obwodu, po opacznej stronie Krulla. Do Ogrodzenia wpadały najrozmaitsze istoty, a oni wtedy szukali niewolników do obsady stacji kontrolnych. W ten sposób trafiłem tutaj. – Urwał, patrząc z naciskiem na Rincewinda. – Co noc przychodzę w to miejsce i patrzę w dół – zakończył. – Nigdy nie skaczę. Niełatwo znaleźć odwagę tu, na Krawędzi.

Rincewind stanowczo ruszył na czworaka w stronę chaty. Pisnął cicho, gdy troll chwycił go niezbyt brutalnie, i postawił na nogach.

– Zadziwiające – oświadczył Dwukwiat i wychylił się dalej. – Mówisz, że jest tam mnóstwo innych światów?

– Sądzę, że całkiem sporo – zgodził się troll.

– Przypuszczam, że można by wymyślić jakieś... sam nie wiem, coś, co chroniłoby przed zimnem – stwierdził mały człowieczek. – Rodzaj statku, w którym można by przepłynąć nad Krawędzią i pożeglować do dalekich światów. Zastanawiam się...

– Nawet o tym nie myśl! – jęknął Rincewind. – Przestań mówić o takich rzeczach, słyszysz?

– W Krullu wszyscy mówią o takich rzeczach – wtrącił Tethis. – To znaczy ci, którzy mają języki.

– Nie śpisz?

Dwukwiat chrapał w najlepsze. Rincewind szturchnął go mocno w żebra.

– Pytałem, czy nie śpisz? – warknął.

– Skrndmpff...

– Musimy się stąd wydostać, zanim przypłynie ta flota!

Blask świtu, mętny jak woda po myciu naczyń, ściekał przez okno, pryskając na rozrzucone po podłodze skrzynie i pakunki. Dwukwiat wymruczał coś i próbował zakopać się w stosie futer i koców, w jakie zaopatrzył ich Tethis.

– Popatrz, tu jest cała masa broni i różnych narzędzi – mówił Rincewind. – On gdzieś poszedł. Kiedy wróci, możemy go obezwładnić i... w każdym razie coś wymyślimy. Co ty na to?

– To chyba nie najlepszy pomysł – odparł Dwukwiat. – Poza tym, okażemy niewdzięczność.

– Wielkie rzeczy. Wszechświat jest twardy.

Pogrzebał w stosach odpadków pod ścianami, aż znalazł ciężki scimitar o falistej klindze, niegdyś pewnie dumę i radość jakiegoś pirata. Broń sprawiała wrażenie, jakby swą skuteczność opierała w równej mierze na wadze, co na ostrzu. Rincewind uniósł ją niezgrabnie.

– Czy zostawiałby takie rzeczy, gdyby mogły mu zaszkodzić? – zastanowił się głośno Dwukwiat.

Nie zwracając na niego uwagi, Rincewind zajął pozycję za drzwiami. Kiedy otworzyły się po dziesięciu minutach, bez wahania ciął mieczem na wysokości, na której powinna się znaleźć głowa trolla. Klinga świsnęła w powietrzu i uderzyła o futrynę, a siła uderzenia rzuciła magiem o podłogę.

Usłyszał westchnienie. Zobaczył nad sobą twarz Tethisa; troll ze smutkiem kręcił głową.

– To by mnie nie zraniło – oświadczył. – A jednak zostałem zraniony. Głęboko zraniony.

Sięgnął ponad magiem i wyrwał miecz z belki. Na pozór bez wysiłku zgiął ostrze w obręcz i cisnął je na zewnątrz. Potoczyło się, aż trafiło na kamień i odskoczyło nadal wirując, by zatoczywszy srebrzysty łuk zniknąć wśród mgieł nad Krańcowym Wodospadem.

– Bardzo głęboko zraniony – powtórzył.

Sięgnął za drzwi, wniósł worek i rzucił go Dwukwiatowi.

– Jest tam trup jelenia, mniej więcej taki, jaki wam, ludziom, najbardziej odpowiada, a także kilka homarów i morski łosoś. Obwód dostarcza – dodał obojętnie.

Z wyrzutem spojrzał na turystę, a potem znów na Rincewinda.

– Na co się tak gapicie? – zapytał.

– Chodzi o to, że... – zaczął Dwukwiat.

– ...w porównaniu do zeszłej nocy... – dodał Rincewind.

– ...jesteś taki... mały – zakończył Dwukwiat.

– Rozumiem – odparł chłodno troll. – Przechodzimy do przytyków osobistych. – Wyprostował się na całą wysokość, czyli w obecnej chwili około czterech stóp. – To, że jestem zrobiony z wody, nie oznacza jeszcze, że jestem z drewna.

– Przepraszam. – Dwukwiat pospiesznie wyskoczył spod futer.

– Wy jesteście z brudu – mówił dalej troll. – Ale ja nie wygłaszam uwag na temat spraw, na które nic nie możecie poradzić, prawda? Nie mamy wpływu na to, jak skonstruował nas Stwórca. Tak uważam. Ale skoro już musicie wiedzieć... tutejszy księżyc jest trochę silniejszy od krążących wokół naszego świata.

– Księżyc? – powtórzył Dwukwiat. – Nie rozu...

– Widzę, że muszę wam to wyłożyć jak najprościej... – burknął kwaśnym tonem Tethis. – Cierpię na chroniczne pływy.

W półmroku chaty brzęknął dzwonek. Tethis przeszedł po skrzypiącej podłodze i stanął przy skomplikowanym urządzeniu zbudowanym z dźwigni, sznurków i dzwonków, umieszczonym na biegnącej przez izbę głównej linie Obwodu.

Dzwonek brzęknął znowu i potem przez kilka minut dźwięczał w dziwacznym, nierównym rytmie. Tethis słuchał uważnie, nadstawiając ucha.

Kiedy dzwonienie ucichło, odwrócił się powoli, z troską marszcząc czoło.

– Jesteście ważniejsi niż myślałem – rzekł. – Nie będziecie czekać na flotę ratunkową. Zabierze was latacz. Tak postanowili w Krullu. – Wzruszył ramionami. – A przecież nie zawiadamiałem, że tu jesteście. Ktoś znowu pił wino z orzechów *vuo skeeh.*

Ujął spory drewniany młotek zawieszony na filarze obok dzwonków i wybił nim krótki kurant.

– Kolejni odcinkowi będą sobie przekazywać tę wiadomość, aż dotrze do Krulla – wyjaśnił. – Genialne, prawda?

Nadleciał, pędząc o wzrost człowieka nad powierzchnią morza, pozostawiając za sobą spieniony ślad – to brutalnie uderzała o wodę moc, jaka utrzymywała go w powietrzu. Rincewind wiedział, co to za moc. Był tchórzem, nie zaprzeczał; był niekompetentny i nawet jako nieudacznik marnie sobie radził. Mimo to był jednak swego rodzaju magiem; znał jedno z Ośmiu Wielkich Zaklęć, sam Śmierć miał przyjść po niego, gdy będzie umierał, i na pierwszy rzut oka potrafił rozpoznać dobrze wyregulowaną magię.

Soczewka sunąca ku wyspie miała średnicę około dwudziestu stóp i była całkowicie przezroczysta. Na Obwodzie siedziało kilkunastu ludzi w czarnych szatach, każdy przypięty skórzaną uprzężą, każdy wpatrzony w fale z wyrazem takiego cierpienia, takiego wstrętu, aż zdawało się, że przejrzysta platforma obramowana jest szeregiem maszkaronów.

Rincewind odetchnął z ulgą. Był to dźwięk tak niezwykły, że aż Dwukwiat oderwał wzrok od nadlatującego dysku.

– Jesteśmy ważni, to jasne – wyjaśnił Rincewind. – Nie marnowaliby całej tej magii na dwójkę potencjalnych niewolników.

Uśmiechnął się szeroko.

– A co to jest? – spytał Dwukwiat.

– No cóż, sam dysk został pewnie stworzony w Cudownym Koncentratorze Fresnela – odparł autorytatywnie mag. – Wymaga to wielu rzadkich i nietrwałych składników, takich jak tchnienie demona i tak dalej. Potrzeba co najmniej ośmiu magów czwartej rangi, by sobie go wyobrazili. Ci magowie, którzy siedzą dookoła, muszą być utalentowanymi hydrofobami...

– Chcesz powiedzieć, że nienawidzą wody?

– Nie, to by nic nie dało. Nienawiść jest siłą przyciągającą, tak jak miłość. Oni czują obrzydzenie do wody, sama idea wody budzi w nich wstręt. Naprawdę dobrego hydrofoba trzeba szkolić od urodzenia, na odwodnionej wodzie. Kosztuje to majątek, nawet jeśli liczyć samą magię. Za to potem umieją znakomicie zamawiać pogodę. Chmury deszczowe zwyczajnie rezygnują i płyną gdzie indziej.

– To okropne – odezwał się wodny troll za ich plecami.

– Wszyscy umierają młodo. – Rincewind nie zwrócił na niego uwagi. – Po prostu nie mogą żyć sami ze sobą.

– Czasami wydaje mi się, że można przez całe życie wędrować po Dysku i nie zobaczyć wszystkiego – westchnął Dwukwiat. – A teraz okazuje się, że są jeszcze inne światy. Kiedy pomyślę, że mogę umrzeć i nie widzieć nawet setnej części tego, co bym chciał, czuję się, no... – Urwał na chwilę. – Chyba pokorny. I bardzo zły, naturalnie.

Wyrzucając zasłonę piany, latacz zatrzymał się parę sążni od osiowego brzegu wyspy. Zakapturzona postać, stojąca przy grubym filarze w samym środku platformy, skinęła na nich.

– Lepiej idźcie – poradził troll. – Nie lubią czekać. Miło było was poznać.

Pożegnał obu wilgotnym uściskiem dłoni i odprowadził kawałek od brzegu. Dwóch najbliższych hydrofobów odsunęło się z wyrazem wyjątkowego obrzydzenia.

Postać w kapturze wyciągnęła rękę i rozwinęła sznurową drabinkę. W drugiej trzymała srebrny pręcik, który roztaczał wokół niedwuznaczną aurę czegoś zaprojektowanego do zabijania ludzi. Pierwsze wrażenie Rincewinda potwierdziło się, kiedy postać uniosła pręcik i od niechcenia machnęła nim w stronę brzegu. Kawał skały zniknął, zostawiając tylko niewielki szary obłoczek nicości.

– To, żebyś nie myślał, że boję się tego użyć – oświadczyła postać.

– Że ty się boisz? Ty? – zdziwił się Rincewind.

Postać parsknęła.

– Wiemy o tobie wszystko, czarowniku Rincewindzie. Jesteś człowiekiem podstępnym i wielkiego sprytu. Śmiejesz się w twarz Śmierci. Nie oszukasz mnie swym udawanym tchórzostwem.

Rincewind bez trudu oszukał sam siebie.

– Ja... – zaczął i zbladł, gdy pręt nicości skierował się w jego stronę. – Widzę, że wszystko o mnie wiecie – dokończył słabym głosem i usiadł ciężko na gładkiej powierzchni.

On i Dwukwiat, na polecenie zakapturzonego dowódcy, przypięli się do pierścieni wbudowanych w powierzchnię przezroczystego dysku.

– Jeśli choćby pomyślę, że rzucasz zaklęcie... – odezwała się ciemność spod kaptura – ...zginiesz. Trzeci kwadrant załagodzić, dziewiąty kwadrant podwoić, cała naprzód!

Ściana wody trysnęła w powietrze za Rincewindem. Dysk szarpnął gwałtownie. Zapewne przerażająca obecność morskiego trolla w cudowny sposób wpłynęła na koncentrację umysłów hydrofobów, ponieważ platforma wystartowała ostro i dopiero dziesięć sążni nad falami przeszła do lotu poziomego. Rincewind spojrzał w dół przez przezroczystą powierzchnię i natychmiast tego pożałował.

– Znowu w drodze – stwierdził wesoło Dwukwiat. Odwrócił się i pomachał trollowi, który zmienił się już w mały punkcik na samej Krawędzi Świata.

Rincewind popatrzył na niego gniewnie.

– Czy ciebie nigdy nic nie martwi? – zapytał.

– Ciągle żyjemy, prawda? A sam powiedziałeś, że nie zadawaliby sobie takich trudów, gdybyśmy mieli zostać zwykłymi niewolnikami. Tethis na pewno przesadzał. Sądzę, że odeślą nas do domu. Ale najpierw naturalnie obejrzymy sobie Krull. Muszę przyznać, że to wszystko zapowiada się fascynująco.

– A tak – przyznał głucho Rincewind. – Fascynująco.

I pomyślał: poznałem już emocje i poznałem nudę. Nuda była lepsza.

Gdyby któryś z nich spojrzał akurat w dół, dostrzegłby dziwną, trójkątną falę rozcinającą powierzchnię wody. Wierzchołek fali wskazywał wyspę Tethisa. Ale nie spojrzeli. Dwudziestu czterech hydrofobicznych czarowników patrzyło, ale dla nich był to po prostu kolejny fragment ohydy, nie różniący się od morza płynnej grozy dookoła. I chyba mieli rację.

Jakiś czas przed tymi wydarzeniami płonący okręt piratów z sykiem zanurzył się pod fale i rozpoczął długi, powolny zjazd do odległego, pokrytego mułem dna. Bardziej odległego niż zazwyczaj, ponieważ bezpośrednio pod przeżartym kilem znajdował się Rów Gorunny – bruzda w powierzchni Dysku tak głęboka, czarna i tak podobno groźna, że nawet krakeny zapuszczały się tam lękliwie i tylko parami. W podobno mniej groźnych szczelinach ryby używały swych naturalnych świateł i na ogół radziły sobie całkiem nieźle. W Gorunnie ich nie zapalały; skradały się, jeśli w ogóle istota bez nóg może się skradać. Często wpadały na różne przeszkody. Przerażające przeszkody.

Toń wokół statku zmieniła się z zielonej w fioletową, z fioletowej w czarną, z czarnej w mroczną tak absolutnie, że w porównaniu z nią czerń zdawała się ledwie szarością. Straszliwe ciśnienie zmiażdżyło już większość desek.

Opadał szeroką spiralą między gajami koszmarnych polipów i dryfującymi lasami wodorostów, lśniących słabo mdłymi kolorami. Stwory muskały go miękkimi, zimnymi mackami, przepływając w lodowatej ciszy.

Nagle coś uniosło się z mułu i połknęło go na jeden kęs.

Jakiś czas później wyspiarze z niewielkiego krawędziowego atolu ze zdumieniem znaleźli w swojej własnej małej lagunie porozbijanego o skały straszliwego morskiego potwora; składał się wyłącznie z macek, dziobów i ślepi. Zdumiewały też jego rozmiary, był bowiem sporo większy niż wioska. Lecz zdumienie wyspiarzy było niczym w porównaniu z wyrazem gigantycznego zaskoczenia na pysku martwego stwora, który najwyraźniej został stratowany na śmierć.

Kawałek dalej w stronę Krawędzi dwie małe łodzie ciągnęły sieć na drapieżne, samodzielnie pływające ostrygi, obficie występujące w tym akwenie. Złapały coś, co holowało je obie przez kilka mil, nim kapitan wykazał dość przytomności umysłu, by odrąbać liny.

Lecz nawet jego zdumienie było niczym wobec doznań mieszkańców ostatniego atolu w archipelagu. Następnej nocy obudziły ich dobiegające z tutejszej maleńkiej dżungli przeraźliwe trzaski i odgłosy łamanych drzew. Rankiem co odważniejsi wyspiarze ruszyli na zwiady. Powalone drzewa leżały szerokim pasem biegnącym od osiowego brzegu atolu wprost ku Krawędzi. Znaleźli też pozrywane liany, zdeptane krzewy oraz kilka oszołomionych i bardzo złych ostryg.

Lecieli dostatecznie wysoko, by widzieć oddalający się szeroki łuk Krańca, przesłaniany puszystymi obłoczkami, które przez większość czasu miłosiernie zakrywały wodospad.

Morze, ciemnoniebieskie i poplamione cieniami chmur, wyglądało z wysoka niemal pociągająco. Rincewind zadrżał.

– Przepraszam... – odezwał się.

Zakapturzona postać porzuciła obserwację zamglonego horyzontu i groźnie wzniosła pręt.

– Nie mam ochoty tego używać – oznajmiła.

– Naprawdę?

– A co to w ogóle jest? – zainteresował się Dwukwiat.

– Różdżka Całkowitej Negacji Ajanduraha – wyjaśnił Rincewind. – I prosiłbym, żeby nią tak nie machać. Może wypalić – dodał, wskazując lśniący koniec różdżki. – Chciałem powiedzieć, że to wszystko bardzo nam pochlebia, cała ta magia użyta na naszą cześć i w ogóle, ale nie warto posuwać się tak daleko. I...

– Zamknij się!

Postać odrzuciła kaptur i okazała się niezwykłej barwy kobietą. Miała czarną skórę. Nie ciemnobrązową jak Urabewe, ani lśniącą i niebieskoczarną jak mieszkańcy nawiedzanego monsunami Klatch, ale czarną jak północ na dnie głębokiej jaskini. Włosy i brwi były koloru światła księżyca i taki sam odcień miały wargi. Wyglądała na piętnastoletnią i bardzo przestraszoną.

Rincewind nie mógł nie zauważyć drżenia dłoni trzymającej różdżkę – przede wszystkim dlatego, że trudno przeoczyć gwałtowną śmierć kołyszącą się niepewnie o pięć stóp od własnego nosa. Pojął – wolno, gdyż było to dla niego uczucie zupełnie nowe – że ktoś na tym świecie się go boi. Sytuacja odwrotna zdarzała się tak często, że zaczął ją traktować jako coś w rodzaju prawa natury.

– Jak ci na imię? – zapytał uspokajającym tonem. Może i była przestraszona, ale trzymała różdżkę. *Gdybym ja miał taką różdżkę*, pomyślał, *niczego bym się nie bał. Co w imię Stworzenia ona sobie wyobraża, że mogę zrobić?*

– Moje imię jest nieistotne – odparła.

– Śliczne imię. Dokąd nas zabierasz i po co? Chyba możesz powiedzieć.

– Lecimy do Krulla – odparła dziewczyna. – I nie kpij ze mnie, Osianinie. Bo użyję różdżki. Muszę was dowieźć żywych, ale nikt nie mówił o dowożeniu w całości. Na imię mi Marchesa i jestem magiem piątej rangi. Zrozumiano?

– Ponieważ wiesz o mnie wszystko, wiesz również, że nigdy nie zostałem nawet Neofitą – odparł Rincewind. – Właściwie nie jestem magiem. – A zauważywszy minę Dwukwiata, dodał pospiesznie: – Jedynie swego rodzaju magiem.

– Nie potrafisz czarować, gdyż jedno z Ośmiu Wielkich Zaklęć niezatarcie wryło ci się w pamięć – stwierdziła Marchesa, z wdziękiem przenosząc ciężar ciała z nogi na nogę, gdy platforma zakreśliła szeroki łuk nad falami. – Dlatego wyrzucono cię z Niewidocznego Uniwersytetu. Wiemy.

– Przecież sama mówiłaś, że jest czarownikiem podstępnym i wielkiego sprytu – zaprotestował Dwukwiat.

– Tak, ponieważ każdy, kto przeżył to, co on przeżył... z czego większość została wywołana jego skłonnością do podawania się za maga... no cóż, taki ktoś musi być rodzajem czarownika – wyjaśniła Marchesa. – Ostrzegam cię, Rincewindzie. Jeśli wzbudzisz moje, choćby najlżejsze, podejrzenie, że wypowiadasz Wielkie Zaklęcie, zabiję cię. – Rzuciła mu groźne, choć nieco nerwowe spojrzenie.

– Sądzę, że najlepszym wyjściem byłoby, wiesz, gdybyś wysadziła nas gdzieś po drodze – zaproponował Rincewind. – To znaczy... jesteśmy wdzięczni za uratowanie życia i w ogóle, więc gdybyście teraz dali nam spokój, z pewnością wszyscy...

– Mam nadzieję, że nie zamierzacie zrobić z nas niewolników – wtrącił Dwukwiat.

Marchesa była szczerze zdumiona.

– Ależ skąd! Skąd coś takiego przyszło wam do głowy? Wasze życie w Krullu będzie przyjemne i wygodne...

– To dobrze – ucieszył się Rincewind.

– Tyle że niezbyt długie.

Krull okazał się dużą wyspą, górzystą i gęsto zalesioną, z przyjemnymi białymi budynkami widocznymi tu i ówdzie wśród drzew. Grunt podnosił się stopniowo ku Krawędzi, tak że najwyższy punkt Krulla wystawał trochę poza nią. Tutaj właśnie Krullianie wznieśli swe największe miasto, a że duża część budulca pochodziła z sieci Obwodu, domy w Krullu miały zdecydowanie żeglarski charakter.

Ujmując rzecz bez ogródek, całe statki zostały gładko spojone razem i przekształcone w budynki. Triremy, akacje i karawele sterczały pod dziwnymi kątami z chaosu desek. Malowane galeony i osiańskie smoki z dziobów przypominały obywatelom Krulla, że ich bogactwo pochodzi z morza. Barkentyny i karraki nadawały niezwykły kształt większym budowlom. Miasto wznosiło się rząd za rzędem pomiędzy zielonkawoniebieskim oceanem Dysku a miękkim morzem chmur Krawędzi, zaś osiem kolorów Krańcowej Tęczy odbijało się we wszystkich oknach i w szkłach teleskopów licznych tutaj astronomów.

– Okropne – ocenił Rincewind.

Platforma leciała teraz wzdłuż samego brzegu Krańcowego Wodospadu. Bliżej Krawędzi wyspa była nie tylko coraz wyższa, ale też coraz węższa, więc pojazd mógł nad wodą dotrzeć niemal do centrum miasta. Z bariery wzdłuż krawędziowej skarpy wyrastały liczne pomosty sięgające w pustkę. Soczewka poszybowała gładko ku jednemu z nich i przybiła tak miękko, jak łódź mogłaby dopływać do nabrzeża. Czekało już czterech strażników o takich samych księżycowych włosach i czarnych twarzach, jak Marchesa. Nie mieli broni, ale gdy tylko Dwukwiat z Rincewindem wygramolili się na pomost, schwycili ich za ramiona i trzymali dostatecznie mocno, by porzucili wszelkie myśli o ucieczce.

Dwudziestu czterech hydrofobicznych magów i Marchesa zostali w porcie, a strażnicy z jeńcami ruszyli dziarsko aleją wijącą się wśród domów–statków. Wkrótce dotarli do czegoś w rodzaju pałacu, częściowo wykutego w skale urwiska. Rincewind zapamiętał niewyraźne, jasno oświetlone tunele i dziedzińce pod otwartym, choć dalekim niebem. Kilku podstarzałych mężczyzn w szatach pokrytych okultystycznymi symbolami z zaciekawieniem obserwowało przemarsz całej szóstki. Kilka razy zauważył hydrofobów, łatwo rozpoznawalnych po niezmiennym grymasie wstrętu do własnych płynów cielesnych. Widział też wlokących się ludzi, którzy musieli być niewolnikami. Nie miał czasu, by przemyśleć te spostrzeżenia, gdyż otworzyły się jakieś drzwi i więźniowie delikatnie, acz stanowczo zostali wepchnięci do komnaty. Drzwi zatrzasnęły się za nimi.

Rincewind i Dwukwiat odzyskali równowagę i rozejrzeli się wokół.

– O rany – rzekł niepewnie Dwukwiat po chwili milczenia, kiedy to bezskutecznie usiłował znaleźć bardziej odpowiednie słowo.

– To jest cela więzienna? – zastanawiał się głośno Rincewind.

– Całe to złoto, jedwabie i reszta – dodał Dwukwiat. – Jeszcze czegoś takiego nie widziałem.

W samym środku komnaty, na dywanie tak głębokim i miękkim, że Rincewind stąpał po nim niepewnie w obawie, że to jakaś kudłata, lubiąca podłogę bestia, stał długi stół uginający się pod ciężarem jadła. Były to głównie dania z ryb, między innymi największy i najpiękniej ozdobiony homar, jakiego mag widział. Stały też misy i patery z niezwykłymi potrawami, jakich nie widział nigdy. Ostrożnie wyciągnął rękę i wybrał jakiś fioletowy owoc obsypany zielonymi kryształkami.

– Kandyzowany morski jeżowiec – oznajmił zgrzytliwy, uprzejmy głos tuż za nim. – Wielki delikates.

Szybko upuścił jeżowca i obejrzał się. Zza ciężkich zasłon wyszedł jakiś starzec, wysoki, chudy i niemal dobrotliwy w porównaniu z innymi, jakich Rincewind ostatnio widywał.

– Purée z morskich ogórków jest wyśmienite – poinformował konwersacyjnym tonem. – Te zielone kąski to młode rozgwiazdy.

– Dziękuję za ostrzeżenie – wykrztusił słabo Rincewind.

– Są całkiem dobre – wtrącił Dwukwiat z pełnymi ustami. – Myślałem, że lubisz morskie dania.

– Ja też myślałem. Z czego to wino? Wyciskane gałki oczne ośmiornic?

– Morskie winogrona – odparł starzec.

– Doskonale. – Rincewind wychylił kielich. – Niezłe. Może trochę słonawe.

– Morskie winogrona to rodzaj niedużych meduz – wyjaśnił obcy. – Ale naprawdę powinienem się przedstawić. Dlaczego twój przyjaciel nabrał takiego dziwnego koloru?

– Pewnie szok kulturowy – stwierdził Dwukwiat. – Mówiłeś, że jak ci na imię?

– Nie mówiłem. Jestem Garhartra, Mistrz Gościnności. Mój obowiązek i przyjemność polega na uczynieniu waszego pobytu tutaj możliwie rozkosznym. – Skłonił się. – Jeśli życzycie sobie czegoś, wystarczy poprosić.

Dwukwiat usiadł na ozdobnym fotelu z macicy perłowej, z kielichem oleistego wina w jednej, a kałamarnicą w cukrze w drugiej ręce. Zmarszczył czoło.

– Chyba czegoś tu nie rozumiem – wyznał. – Najpierw powiedziano nam, że mamy być niewolnikami...

– Nikczemna kaczka! – przerwał Garhartra.

– Co to znaczy „kaczka"? – zainteresował się Dwukwiat.

– Chciał pewnie powiedzieć, że to nieprawda – wyjaśnił Rincewind z drugiego końca stołu. – Czy te herbatniki są z czegoś naprawdę obrzydliwego? Jak myślisz?

– ...następnie uratowano nas, wydatkując wielkie ilości energii magicznej...

– Ze sprasowanych wodorostów – burknął Garhartra.

– ...ale zaraz potem grożono nam, również marnując sporo magicznej mocy...

– Tak. Myślałem, że to musi być coś w rodzaju wodorostów – zgodził się Rincewind. – Smakują tak, jak smakowałyby wodorosty, gdyby ktoś okazał się takim masochistą, żeby ich próbować.

– ...po czym zostaliśmy sponiewierani przez strażników i wrzuceni tutaj...

– Delikatnie wepchnięci – poprawił Garhartra.

– ...do, jak się okazało, zdumiewająco wystawnej komnaty, gdzie czeka całe to jedzenie i człowiek twierdzący, że poświęci swe życie, by nas uszczęśliwić – zakończył Dwukwiat. – Chodzi mi właśnie o ten brak spójności.

– Ehm – wtrącił Rincewind. – On chce wiedzieć, czy znowu zaczniecie być ogólnie nieprzyjemni? Czy to tylko przerwa obiadowa?

Garhartra uspokajającym gestem wzniósł ręce.

– Proszę... proszę... Musieliśmy koniecznie doprowadzić was tutaj jak najprędzej. I nie zamierzamy uczynić z was niewolników. Tego możecie być całkiem pewni.

– To pięknie – odetchnął Rincewind.

– Natomiast owszem, zostaniecie złożeni w ofierze – kontynuował pogodnie Garhartra.

– W ofierze? Chcecie nas zabić? – wykrzyknął mag.

– Zabić? No oczywiście. Naturalnie! Co by to była za ofiara bez zabijania? Ale nie martwcie się: umrzecie względnie bezboleśnie.

– Względnie? Względem czego?

Rincewind podniósł wysoką zieloną butelkę, pełną meduzowego wina z morskich winogron, zamachnął się i z całej siły cisnął nią w Mistrza Gościnności. Ten podniósł dłoń, jakby chciał się zasłonić.

Z jego palców z trzaskiem strzeliły oktarynowe płomienie, a powietrze stało się nagle gęste i oleiste, co świadczyło o silnym wyładowaniu magicznym. Butelka zwolniła i zatrzymała się w locie, wirując powoli.

Równocześnie niewidzialna moc uniosła Rincewinda i rzuciła przez całą komnatę, aż bez tchu wylądował w niewygodnej pozycji na ścianie. Wisiał tak, z ustami otwartymi w zdumieniu i wściekłości.

Garhartra opuścił dłoń i delikatnie otarł ją o szatę.

– To wcale nie sprawia mi przyjemności – zapewnił.

– Rozumiem – mruknął Rincewind.

– Ale dlaczego chcecie nas złożyć w ofierze? – zapytał Dwukwiat. – Przecież nawet nas nie znacie!

– W tym właśnie rzecz. Składanie w ofierze przyjaciół dowodzi braku wychowania. Poza tym, no... zostaliście wskazani. Nie znam zbyt dobrze tego boga, o którego chodzi, ale udzielił bardzo wyraźnych instrukcji. Przepraszam was, teraz muszę już iść. Mam jeszcze mnóstwo pracy. Wiecie, jak to jest. – Mistrz Gościnności otworzył drzwi i wyjrzał na korytarz. – Czujcie się jak u siebie w domu i nie martwcie na zapas.

– Przecież niczego nam nie wytłumaczyłeś! – jęknął Dwukwiat.

– Chyba nie warto, prawda? Po co was męczyć wiedzą, skoro jutro rano złożą was w ofierze? Śpijcie dobrze. W każdym razie, względnie dobrze.

Zamknął drzwi. Krótki oktarynowy błysk wokół futryny świadczył, że zostały magicznie zapieczętowane, i żaden zwykły ślusarz nie zdoła ich teraz otworzyć.

Dzyń, dryń, bim, brzęczały dzwonki wzdłuż Obwodu podczas księżycowej nocy, rozbrzmiewającej rykiem Krańcowego Wodospadu.

Terton, nadzorca 45 Odcinka, nie słyszał takiego hałasu od tamtej pamiętnej nocy pięć lat temu, kiedy w sieć Obwodu wpadł gigantyczny kraken. Wystawił głowę z chaty, którą z braku dogodnych wysepek wzniesiono na palach wbitych w morskie dno, i spojrzał w ciemność. Raz czy dwa wydało mu się, że dostrzega w dali jakiś ruch. Prawdę mówiąc, mógł powiosłować i sprawdzić, co spowodowało takie zamieszanie. Lecz w lepkiej ciemności ten pomysł nie wydawał się szczególnie znakomity. Dlatego Terton zatrzasnął drzwi, na rozszalałe dzwonki narzucił jakieś worki i spróbował zasnąć.

Nie udało mu się, gdyż nawet główna lina Obwodu wibrowała teraz, jakby skakało po niej coś wielkiego i ciężkiego. Przez kilka minut Terton wpatrywał się w sufit i usiłował nie myśleć o długich mackach i oczach wielkości jezior. Potem zdmuchnął latarnię i ostrożnie uchylił drzwi.

Coś rzeczywiście zbliżało się wzdłuż Obwodu, wielkimi skokami pokonując całe sążnie liny. Na moment wyłoniło się z mgły i Terton zobaczył prostokątną, oblepioną wodorostami plamę. Chociaż nie miała żadnych rysów, z których mógłby to wydedukować, najwyraźniej była bardzo, ale to bardzo zła.

Chata rozpadła się w drzazgi, gdy potwór przebił się przez ścianę. Terton ocalał, uczepiony Obwodu; kilka tygodni później zabrała go powracająca flota ratunkowa. Po pewnym czasie uciekł z Krulla na porwanym lataczu (jako że wykształcił w sobie hydrofobię o niespotykanie wysokim natężeniu) i po wielu przygodach dotarł do Wielkiego Nefu, regionu Dysku tak suchego, że ma nawet ujemną sumę opadów. Terton twierdził jednak, że panuje tu nieprzyjemna wilgoć.

– Sprawdziłeś drzwi?

– Tak – odparł Dwukwiat. – I nie są mniej zamknięte niż ostatnim razem, kiedy o to pytałeś. Jest jeszcze okno.

– Znakomita droga ucieczki – mruknął Rincewind ze swego miejsca na ścianie. – Mówiłeś, że wychodzi na Krawędź. Wystarczy zrobić krok, prawda, i pofrunąć w przestrzeń. Można zamarznąć na kamień, trafić ze straszliwą prędkością w jakiś inny świat albo runąć w płonące serce słońca.

– Warto spróbować – mruknął Dwukwiat. – Chcesz herbatnika z wodorostów?

– Nie!

– Kiedy zejdziesz na dół?

Rincewind warknął gniewnie, po części dlatego, że odczuwał zakłopotanie. Garhartra rzucił rzadko używane i trudne zaklęcie zwane Osobistym Zaburzeniem Grawitacyjnym Atavarra. W rezultacie, aż do całkowitego rozładowania czaru, ciało Rincewinda trwało w przekonaniu, iż „dół" leży pod kątem dziewięćdziesięciu stopni do kierunku ogólnie akceptowanego jako „dół" przez przytłaczającą większość mieszkańców Dysku. Dokładniej mówiąc, Rincewind stał na ścianie.

Butelka tymczasem wisiała bez podparcia w powietrzu, kilka łokci od niego. W jej przypadku czas... może nie stanął do końca, ale zwolnił o kilka rzędów wielkości. Jak dotąd jej trajektoria w ciągu kilku godzin wydłużyła się o kilka cali, przynajmniej według oceny Rincewinda i Dwukwiata. Szkło lśniło w blasku księżyca.

Rincewind westchnął i spróbował jakoś ułożyć się na ścianie.

– Dlaczego ty się w ogóle nie martwisz? – spytał rozdrażniony. – Siedzimy tu i czekamy, aż rano złożą nas w ofierze temu czy innemu bogu, a ty spokojnie zajadasz kanapki ze skorupiaków.

– Mam nadzieję, że jakoś się to wszystko rozwiąże.

– I nawet nie wiemy, dlaczego właściwie chcą nas zabić – mówił dalej mag.

A chciałbyś wiedzieć, prawda?

– Ty to powiedziałeś? – spytał Rincewind.

– Co powiedziałem?

Zaczynasz słyszeć głosy, oznajmił głos w myślach Rincewinda.

Znieruchomiał, siedząc bokiem na ścianie.

– Kim jesteś? – zapytał.

Dwukwiat spojrzał na niego z troską.

– Jestem Dwukwiat – odpowiedział. – Pamiętasz mnie chyba.

Rincewind przycisnął ręce do skroni.

– W końcu się stało – jęknął. – Tracę rozum.

Niezły pomysł, ocenił głos. *I tak z niego nie korzystałeś.*

Zaklęcie przyszpilające Rincewinda do ściany zniknęło z cichym trzaskiem. Mag runął na twarz i wylądował twardo na podłodze.

Ostrożnie... prawie mnie zgniotłeś.

Rincewind uniósł się na łokciach i sięgnął do kieszeni. Kiedy wyciągnął rękę, na dłoni siedziała zielona żaba; oczy lśniły jej dziwnie w blasku księżyca.

– Ty?

Połóż mnie na podłodze i odsuń się. Żaba mrugnęła.

Rincewind spełnił polecenie i odciągnął na bok zaskoczonego Dwukwiata.

Komnata pociemniała. Rozległ się głośny świst i szum jakby wichury. W stronę leżącego nieruchomo płaza popłynęły wstęgi zielonego, fioletowego i oktarynowego światła, rzucając na wszystkie strony maleńkie błyskawice. Po chwili żaba zniknęła w złocistym obłoku, który sięgał coraz wyżej, napełniając komnatę ciepłym, żółtym blaskiem. W jego wnętrzu drżał ciemniejszy kształt, który na ich oczach wydłużał się i falował. A przez cały czas wibrował cienki, ogłuszający pisk pola magicznego o wysokim natężeniu...

Magiczne tornado zniknęło równie nagle, jak się pojawiło. A w miejscu, które przed chwilą zajmowała żaba, siedziała żaba.

– Fantastyczne – stwierdził Rincewind.

Żaba spojrzała na niego z wyrzutem.

– Naprawdę zadziwiające. Żaba przemieniona magicznie w żabę. Cudowne.

– Obejrzyj się – zażądał głos zza jego pleców. Był to głos miękki i kobiecy, niemal atrakcyjny; taki głos, z którym człowiek chętnie by wypił parę kufli... tyle że dobiegał z miejsca, skąd żaden głos dobiegać nie powinien.

Zdołali odwrócić się pozostając nieruchomi jak posągi na cokołach.

W słabym blasku przedświtu stała tam kobieta. Wyglądała... była... miała... właściwie to ona...

Potem Rincewind i Dwukwiat nie mogli dojść do zgody w kwestii jakiegokolwiek szczegółu jej wyglądu. Tyle tylko, że wydawała się piękna (jakie konkretnie cechy fizyczne czyniły ją piękną, nie potrafili dokładnie stwierdzić) i że miała zielone oczy. Nie zwyczajnie bladozielone – w kolorze roziskrzonych szmaragdów i błyszczące niczym skrzydła ważki. Jednym z niewielu znanych Rincewindowi czysto magicznych faktów był ten, że żaden bóg czy bogini, choć pod wszelkimi innymi względami mogli być zmienni i wewnętrznie sprzeczni, nie potrafią odmienić koloru ani natury swych oczu...

– P... – zaczął.

Uniosła dłoń.

– Wiesz, że jeśli wypowiesz moje imię, będę musiała odejść – syknęła. – Z pewnością przypominasz sobie, że jestem tą, która przybywa tylko nie wzywana?

– Ehm... Tak, chyba coś takiego sobie przypominam – wychrypiał mag, starając się nie patrzeć w te oczy. – Jesteś tą, którą nazywają Panią.

– Tak.

– To znaczy, że jesteś boginią? – wtrącił podniecony Dwukwiat. – Zawsze chciałem poznać jedną z nich.

Rincewind zesztywniał, czekając na wybuch gniewu. Pani jednak uśmiechnęła się tylko.

– Twój przyjaciel mag powinien nas sobie przedstawić.

Rincewind odchrząknął.

– Eee... tak. – rzekł. – Pani, to jest Dwukwiat, turysta...

– Pomagałam mu przy kilku okazjach...

– ...Dwukwiacie, to Pani. Pani i nic więcej, jasne? Nic. Nie próbuj nawet nadawać jej jakiegoś imienia, dobrze? – ciągnął desperacko, rzucając znaczące spojrzenia, które jednak nie robiły na małym człowieczku żadnego wrażenia.

Rincewind poczuł dreszcz. Oczywiście, nie był ateistą; na Dysku bogowie surowo rozprawiali się z ateistami. Przy tych nielicznych okazjach, kiedy miał trochę zbędnych drobnych, zawsze starał się je wrzucić do jakiejś skarbonki przy świątyni, wedle zasady, że człowiekowi nigdy dość przyjaciół. Zwykle jednak nie naprzykrzał się bogom i miał nadzieję, że oni odpłacą mu tym samym. I bez nich życie było dostatecznie skomplikowane.

Wśród bogów było jednak dwoje naprawdę przerażających. Reszta to po prostu ludzie, tylko trochę potężniejsi, lubiący wino, wojnę i kobiety. Ale Los i Pani budzili lęk.

W Dzielnicy Bogów w Ankh-Morpork, Los miał niewielką, ołowianą świątynię, gdzie wychudli czciciele o pustych oczach spotykali się w ciemne noce dla odprawiania dość bezsensownych rytuałów. Pani nie miała żadnych świątyń, choć niektórzy twierdzili, że jest najpotężniejszą boginią w całej historii Stworzenia. Kilku co odważniejszych członków Gildii Graczy próbowało raz eksperymentować z jej kultem w najgłębszych podziemiach siedziby Gildii. W ciągu tygodnia wszyscy zginęli od nędzy, mordów lub zwyczajnej Śmierci. Była Boginią Której Nie Wolno Nazywać; ci, którzy jej szukali, nigdy nie znaleźli, znane jednak były przypadki, gdy zjawiała się, by pomóc tym w największej potrzebie. A z drugiej strony czasem się nie zjawiała. Taka już była. Nie lubiła klekotania różańców, ale pociągał ją grzechot kości. Nikt z ludzi nie wiedział, jak wygląda, chociaż wielokrotnie człowiek, który w ostatnim rozdaniu postawił swe życie, podnosił karty i spoglądał jej prosto w twarz. Oczywiście, czasem nie spoglądał. Pośród wszystkich bogów ją najczęściej błogosławiono i najczęściej przeklinano.

– Tam, skąd pochodzę, nie mamy bogów – wyjaśnił Dwukwiat.

– Ależ macie – odparła Pani. – Wszyscy mają. Po prostu nie uważacie ich za bogów.

Rincewind otrząsnął się w myślach.

– Posłuchaj – rzekł. – Nie chciałbym wyjść na gbura, ale za parę minut pewni ludzie wejdą przez te drzwi, wyprowadzą nas stąd i zabiją.

– Tak – przyznała Pani.

– Pewnie nie powiesz nam, dlaczego? – wtrącił Dwukwiat.

– Powiem. Krullianie zamierzają wysłać poza Krawędź Dysku spiżowy pojazd. Głównym celem wyprawy będzie zbadanie płci A'Tuina, Żółwia Świata.

– To przecież nie ma sensu – zauważył Rincewind.

– Wcale nie. Pomyśl tylko. Pewnego dnia A'Tuin może spotkać innego przedstawiciela gatunku chelys galactica pośród wiecznego mroku, przez który płynie. Będą walczyć? Zaczną się parzyć? Odrobina wyobraźni przekona cię, że płeć Wielkiego A'Tuina może być dla nas kwestią niezwykle wręcz istotną. Przynajmniej tak uważają Krullianie.

Rincewind usiłował nie myśleć o parzących się Żółwiach Światów. Nie było to całkiem łatwe.

– Dlatego postanowili wystrzelić w przestrzeń statek z dwoma pasażerami na pokładzie – kontynuowała bogini. – Start będzie ukoronowaniem dwudziestu lat badań. Będzie także bardzo niebezpieczny dla obu podróżników. Próbując zmniejszyć zagrożenie, Arcyastronom Krulla zawarł umowę z Losem. W chwili startu ma złożyć ofiarę z dwóch ludzi. Los ze swej strony obiecał uśmiechnąć się do kosmicznego statku. Piękny układ, nieprawdaż?

– A my jesteśmy ofiarami? – upewnił się Rincewind.

– Tak.

– Myślałem, że Los nie wchodzi w podobne układy. Podobno jest nieprzekupny.

– Normalnie tak. Ale wy dwaj od dawna jesteście mu solą w oku. Wskazał, że właśnie wy macie być ofiarami. Pozwolił wam uciec z rąk piratów. Pozwolił, byście zdryfowali do Obwodu. Los bywa surowym bogiem.

Zapadła cisza. Żaba westchnęła i powędrowała pod stół.

– Czy możesz nam pomóc? – podpowiedział Dwukwiat.

– Bawicie mnie – odparła Pani. – Miewam sentymentalne odruchy. Wiedzielibyście o tym, gdybyście zajmowali się hazardem. Dlatego przez jakiś czas przebywałam w umyśle żaby, a ty ocaliłeś mnie bardzo uprzejmie, ponieważ, jak powszechnie wiadomo, nikt nie lubi patrzeć na nieuchronną zgubę żałosnego, bezbronnego stworzonka.

– Dziękuję – mruknął Rincewind.

– Los myśli wyłącznie o tym, by was zgubić. Mogę wam ofiarować tylko jedną szansę. Reszta zależy od was. – Zniknęła.

– O rany – odezwał się po chwili Dwukwiat. – Pierwszy raz w życiu widziałem boginię.

Drzwi odskoczyły. Wszedł Garhartra z różdżką w dłoni, a za nim dwóch strażników uzbrojonych w bardziej konwencjonalne miecze.

– Witam – rzucił uprzejmie Mistrz Gościnności. – Jesteście gotowi, jak widzę.

Gotowi, powiedział głos w umyśle Rincewinda.

Butelka, którą mag rzucił jakieś osiem godzin wcześniej, wisiała w powietrzu, magicznie uwięziona we własnym polu czasowym. Jednak przez te godziny początkowa *mana* zaklęcia wyciekała z wolna, aż całkowita energia magiczna nie mogła zahamować wpływów potężnego pola normalności Wszechświata. Kiedy to nastąpiło, w przeciągu mikrosekund Rzeczywistość zaskoczyła na powrót. Widocznym tego objawem było niespodziewane przebycie przez butelkę ostatnich paru sążni jej paraboli, w efekcie czego rozbiła się na głowie Mistrza Gościnności, zasypując strażników okruchami szkła i kroplami meduzowego wina.

Rincewind złapał Dwukwiata za rękę, kopnął bliższego strażnika w krocze i wywlókł zaskoczonego turystę na korytarz. Zanim Garhartra zdążył osunąć się na podłogę, jego goście byli już daleko.

Rincewind minął zakręt i znaleźli się na balkonie biegnącym wokół czterech ścian dziedzińca. W dole prawie całą powierzchnię zajmowała ozdobna sadzawka, w której między liśćmi nenufarów wygrzewało się kilka żółwi.

A przed Rincewindem stało dwóch bardzo zdziwionych magów w charakterystycznych niebieskich i czarnych szatach wykwalifikowanych hydrofobów. Jeden z nich, szybciej myślący od towarzysza, uniósł dłoń i wyrecytował pierwsze słowo zaklęcia.

Obok Rincewinda zabrzmiał krótki, ostry dźwięk: Dwukwiat splunął. Hydrofob wrzasnął i opuścił rękę, jakby go coś ukąsiło.

Drugi nie zdążył się ruszyć. Rincewind wpadł na niego, machając dziko pięściami. Jeden celny cios, wspomagany całą mocą przerażenia, wysłał przeciwnika przez balustradę, prosto do sadzawki. Ta zareagowała bardzo dziwnie: woda chlusnęła na boki, jakby wpadł w nią wielki, niewidzialny balon. Wrzeszczący hydrofob zawisł w bąblu własnego pola odrazy.

Dwukwiat obserwował to w zadziwieniu, póki Rincewind nie pociągnął go za sobą, wskazując obiecujący korytarz. Pobiegli, zostawiając drugiego hydrofoba wijącego się po podłodze i wymachującego wilgotną ręką.

Przez jakiś czas słyszeli za sobą krzyki, ale skręcili w boczny korytarz, minęli jeszcze jeden dziedziniec i wkrótce zostawili pościg daleko. Wreszcie Rincewind wybrał bezpiecznie wyglądające drzwi, zajrzał, przekonał się, że komnata za nimi jest pusta, wciągnął Dwukwiata do środka i zatrzasnął je za sobą. A potem oparł się o nie plecami i dyszał ciężko.

– Jesteśmy zagubieni w pałacu na wyspie, na której opuszczenie nie ma nadziei – wysapał.

– A w dodatku... zaraz! – dokończył, gdy widok wnętrza komnaty przesączył się przez zdezorientowane nerwy wzrokowe.

Dwukwiat badał już ściany.

Ponieważ niezwykłość komnaty tkwiła w tym, że mieściła w sobie cały Wszechświat.

Śmierć siedział w swoim ogrodzie i gładził kosę osełką. Była już tak ostra, że każdą owiewającą ulotną bryzę gładko rozcinała na dwa zaskoczone zefirki... chociaż w milczącym ogrodzie Śmierci bryzy trafiały się rzadko. Leżał na osłoniętym płaskowyżu, spoglądającym z góry na splątane wymiary Świata Dysku; w tle majaczyły zimne, nieruchome, niewiarygodnie wysokie i zadumane szczyty Nieskończoności.

Ziuut! – syczała osełka. Śmierć nucił pieśń pogrzebową i przytupywał kościstą stopą o oszronione kamienie.

Ktoś zbliżył się od strony mglistego sadu, gdzie rosły nocne jabłonie i skąd dochodził mdlący aromat gnijących lilii. Śmierć z irytacją podniósł głowę; spojrzał w oczy czarne jak wnętrze kota, pełne odległych gwiazd, nie mających odpowiedników pośród znajomych konstelacji wszechświata Czasu Rzeczywistego.

Śmierć i Los przyglądali się sobie nawzajem. Śmierć się uśmiechał... nie miał wyboru, jako zbudowany z twardych kości. Nie przerywał pracy i osełka śpiewała rytmicznie.

– Mam dla ciebie zadanie – oznajmił Los. Jego słowa spłynęły po kosie Śmierci i rozpadły się równo na dwa strumienie samogłosek i spółgłosek.

MAM DOŚĆ PRACY NA DZISIAJ, odparł Śmierć, głosem ciężkim jak neutronium. BIAŁA ZARAZA GRASUJE WŁAŚNIE W PSEUDOPOLIS. WYRUSZAM TAM, BY RATOWAĆ PRZED NIĄ OBYWATELI. W TYM STULECIU NIE WIDZIANO JESZCZE TAKIEJ PLAGI. OBOWIĄZEK NAKAZUJE MI KRĄŻYĆ PO ULICACH MIASTA.

– Chodzi mi o tego małego wędrowca i zbuntowanego maga – wyjaśnił spokojnie Los. Usiadł obok Śmierci i spoglądał na daleki, wielościenny klejnot, będący wszechświatem Dysku oglądanym z punktu ponad wymiarami.

Kosa przerwała swą pieśń.

– Umrą za kilka godzin – dodał Los. – To przesądzone.

Śmierć drgnął i osełka ruszyła znowu.

– Myślałem, że się ucieszysz.

Śmierć wzruszył ramionami, co wywierało szczególnie silne wrażenie u kogoś, kogo jedyną widzialną formą jest szkielet.

ISTOTNIE, KIEDYŚ ŚCIGAŁEM ICH UPARCIE, przyznał. ALE WRESZCIE ZROZUMIAŁEM, ŻE PRĘDZEJ CZY PÓŹNIEJ KAŻDY UMIERA. WSZYSTKO UMIERA W SWOIM CZASIE. MOŻNA MNIE OKRAŚĆ, ALE NIE MOŻNA NICZEGO ODEBRAĆ. PO CO SIĘ PRZEJMOWAĆ?

– Mnie też nie da się oszukać – warknął Los.

TAK SŁYSZAŁEM, odparł z uśmiechem Śmierć.

– Dość tego! – krzyknął Los i poderwał się. – Oni zginą!

I zniknął w rozbłysku błękitnego ognia.

Śmierć skinął głową i wrócił do swojej pracy. Po kilku minutach zakończył, usatysfakcjonowany. Wstał i skierował kosę na grubą i hałaśliwą świecę, która paliła się na brzegu ławki. Dwoma zręcznymi machnięciami rozciął płomyk na trzy jasne drzazgi. Uśmiechnął się.

Po chwili siodłał już białego rumaka, zamieszkującego stajnię za domkiem Śmierci. Koń przyjaźnie trącał go pyskiem; miał wprawdzie purpurowe ślepia i boki jak naoliwiony jedwab, był jednak prawdziwym koniem z krwi i kości, a w dodatku traktowano go lepiej niż większość zwierząt pociągowych na Dysku. Śmierć nie był złym panem. Ważył niewiele, a chociaż często podróżował z wypchanymi jukami, te nie miały w ogóle żadnego ciężaru.

– Tyle światów! – westchnął Dwukwiat. – To fantastyczne.

Rincewind mruknął coś pod nosem i ostrożnie ruszył wokół pełnej gwiazd komnaty. Dwukwiat stanął przed skomplikowanym astrolabium, pośrodku którego umieszczono cały system A'Tuin–Słonie–Dysk, odlany z brązu i wysadzany drobnymi klejnotami. Wokół krążyły gwiazdy i planety zawieszone na cienkich srebrnych drucikach.

– Fantastyczne – powtórzył.

Konstelacje z maleńkich, fosforyzujących pereł rozmieszczono na wielkich gobelinach z czarnego aksamitu. Przebywający w tej komnacie mieli wrażenie, że szybują w międzygwiezdnej przestrzeni. Na sztalugach wisiały szkice Wielkiego A'Tuina widzianego z różnych punktów Obwodu; starannie zaznaczono na nich każdą olbrzymią łuskę i każdy krater. Dwukwiat rozglądał się z wyrazem rozmarzenia na twarzy.

Rincewind odczuwał niepokój. Najgłębszy z powodu dwóch kombinezonów wiszących na hakach w samym środku komnaty. Okrążył je czujnie.

Na pierwszy rzut oka zdawały się wykonane z cienkiej białej skóry, obwieszonej paskami, mosiężnymi dyszami i innymi wysoce podejrzanymi urządzeniami. Nogawki zakończono wysokimi butami na grubych podeszwach, a rękawy wsunięto w obszerne, elastyczne rękawice. Najdziwniejsze jednak były wielkie miedziane hełmy, najwyraźniej dopasowane do ciężkich pierścieni na kołnierzach kombinezonów. Hełmy zupełnie się nie nadawały do obrony – lekki miecz rozciąłby je bez trudu, nawet gdyby nie trafił w te śmieszne oszklone okienka z przodu. Każdy z hełmów miał na czubku grzebień z białych piór, który absolutnie nie poprawiał ogólnego wyglądu.

Rincewinda zaczynały dręczyć pewne podejrzenia, związane z tymi kombinezonami.

Przed nimi, na stole, leżały mapy nieba i pokryte liczbami skrawki pergaminu. Ktokolwiek miał nosić te kombinezony, najwyraźniej zamierzał śmiało wyruszyć tam, gdzie nikt – prócz, od czasu do czasu, pechowych żeglarzy, ale ci się przecież nie liczyli – jeszcze śmiało nie dotarł. Podejrzenia Rincewinda zmieniły się w przerażającą pewność.

Obejrzał się. Dwukwiat spoglądał na niego w zamyśleniu.

– Nie... – zaczął stanowczo Rincewind.

Dwukwiat zignorował go.

– Bogini powiedziała, że dwaj ludzie mają zostać wysłani poza Krawędź. – Oczy mu błyszczały. – Pamiętasz: troll Tethis uważał, że potrzebna jest jakaś osłona. Krullianie rozwiązali ten problem: kombinezony to skafandry kosmiczne.

– Nie wyglądają zachęcająco – rzucił pospiesznie Rincewind i chwycił turystę za ramię. – Może lepiej sobie pójdziemy? Nie ma sensu tkwić w tej...

– Dlaczego zawsze panikujesz? – zapytał rozdrażniony Dwukwiat.

– Ponieważ całe moje życie właśnie przemknęło mi przed oczami i nie trwało to długo. Jeśli zaraz się nie ruszysz, to pójdę bez ciebie, gdyż lada chwila zaproponujesz, żebyśmy włożyli...

Drzwi otworzyły się.

Do komnaty weszli dwaj potężnie zbudowani młodzi ludzie. Mieli na sobie jedynie po parze spodenek, a jeden wycierał się jeszcze ręcznikiem. Nie okazując śladu zdziwienia, skinęli uciekinierom głowami.

Wyższy z nich usiadł na ławce i gestem wezwał Rincewinda.

– *?Tyr yur atl hr sooten gatrunen?*

To było nieprzyjemne, ponieważ Rincewind – choć uważał się za eksperta w większości języków używanych w krawędziowych segmentach Dysku – po raz pierwszy w życiu usłyszał krulliańską mowę. Nie zrozumiał ani słowa. Podobnie jak Dwukwiat, lecz jego nie powstrzymało to przed wystąpieniem i nabraniem tchu.

Światło w magicznej aurze otaczającej Dysk biegnie dość wolno, niewiele szybciej niż dźwięk w nie tak precyzyjnie wyregulowanych wszechświatach. Mimo to jest najszybsze na całym Dysku, z wyjątkiem – w takich sytuacjach jak teraz – umysłu Rincewinda.

Natychmiast się zorientował, że turysta zamierza zastosować swoją niezwykłą szkołę lingwistyczną, co oznacza, że będzie mówił we własnym języku, za to głośno i powoli.

Łokieć maga wystrzelił nagle, odbierając Dwukwiatowi dech. Kiedy mały człowieczek spojrzał na niego obolały i zaskoczony,

Rincewind wyciągnął z ust wyobrażenie języka i obciął je parą wyobrażonych nożyc.

Drugi chelonauta – gdyż taki był zawód ludzi, którym los przeznaczył podróż do Wielkiego A'Tuina – podniósł głowę znad mapy i przyglądał się temu ze zdziwieniem. Bohaterskie czoło przecięła zmarszczka, świadcząca o wielkim wysiłku myślowym.

– *?Hfir yu latruin nfir u?* – zapytał.

Rincewind uśmiechnął się i pchnął Dwukwiata w jego stronę. Z bezgłośnym westchnieniem ulgi zauważył, że turysta zainteresował się nagle leżącym na stole, sporym mosiężnym teleskopem.

– *!Sooten u!* – rozkazał siedzący chelonauta.

Rincewind z uśmiechem kiwnął głową, chwycił jeden z miedzianych hełmów i z całej siły uderzył nim w głowę mężczyzny. Chelonauta stęknął cicho i padł na twarz.

Drugi z mężczyzn postąpił krok w ich stronę, ale Dwukwiat trafił go teleskopem, niezbyt profesjonalnie, ale skutecznie.

Rincewind i Dwukwiat popatrzyli na siebie ponad ciałami ofiar.

– No dobrze! – burknął mag, świadom, że przegrał jakiś spór, chociaż nie był całkiem pewien, jaki właściwie. – Nie musisz tego mówić. Ktoś na zewnątrz spodziewa się, że za chwilę ci dwaj wyjdą stąd w kombinezonach. Myśleli pewnie, że jesteśmy niewolnikami. Pomóż mi przeciągnąć ich za te kotary, a potem...

– Lepiej włóżmy skafandry – dokończył Dwukwiat, chwytając drugi hełm.

– Tak – przyznał Rincewind. – Wiesz co? Od chwili, kiedy zobaczyłem te kombinezony, po prostu wiedziałem, że w końcu będę nosił jeden na sobie. Nie pytaj skąd... pewnie dlatego, że to najgorsza rzecz, jaka mogła się nam przydarzyć.

– Sam powiedziałeś, że nie mamy jak uciec – przypomniał Dwukwiat. Głos dobiegał przytłumiony, ponieważ turysta wciągał przez głowę górną część skafandra. – Wszystko jest lepsze od bycia złożonym w ofierze.

– Jak tylko pojawi się szansa, korzystamy z niej – przypomniał mag. – Żeby ci żadne głupie myśli nie chodziły po głowie...

Gniewnie wcisnął ręce w kombinezon i nasadził sobie hełm na głowę. Pomyślał przelotnie, że ktoś tam w górze go pilnuje.

– Dziękuję uprzejmie – rzucił z goryczą.

Na samej granicy miasta i kraju Krull wzniesiono obszerny półkolisty amfiteatr z miejscami dla kilkudziesięciu tysięcy ludzi. Arena była półokrągła z bardzo prostego powodu: sięgała nad morze chmur kłębiących się u Krańcowego Wodospadu, daleko w dole. W tej chwili wszystkie miejsca były zajęte, a widzowie zaczynali się niecierpliwić. Przybyli tu, by obejrzeć podwójną ofiarę, a także start wielkiego statku kosmicznego ze spiżu. Żadne z tych zdarzeń jeszcze nie nastąpiło.

Arcyastronom wezwał do siebie Mistrza Kontroli Startowej.

– I co? – zapytał, wypełniając te krótkie trzy litery całym leksykonem gniewu i gróźb.

Mistrz Kontroli Startowej zbladł.

– Żadnych wieści, panie – odparł, po czym dodał niepewnie: – Prócz jednej. Jego prominencja ucieszy się zapewne słysząc, że Garhartra odzyskał zmysły.

– To fakt, którego może jeszcze pożałować – stwierdził Arcyastronom.

– Tak, panie.

– Ile nam zostało czasu?

Kontroler Startu spojrzał na słońce, wspinające się szybko po niebie.

– Trzydzieści minut, wasza prominencjo. Potem Krull odsunie się od ogona Wielkiego A'Tuina i „Śmiały Wędrowiec" odpłynie w międzyżółwiową otchłań. Ustawiłem już przyrządy na automatyczny...

– Dobrze, dobrze. – Arcyastronom machnął ręką. – Start musi się odbyć. Nadal pilnujcie portu. Kiedy złapią tę przeklętą dwójkę, z ogromną rozkoszą osobiście dokonam egzekucji.

– Tak, panie. I...

– Co jeszcze masz mi do powiedzenia, człowieku? – Arcyastronom zmarszczył brwi.

Kontroler Startu nerwowo przełknął ślinę. Uważał, że to niesprawiedliwe. Nie był dyplomatą, tylko magiem-praktykiem. Dlatego pewne bystrzejsze umysły zadbały, by to on właśnie przekazał wieści.

– Potwór wyszedł z morza i atakuje statki w porcie – oznajmił. – Właśnie przybył goniec.

– Duży potwór? – spytał Arcyastronom.

– Nieszczególnie, panie, chociaż podobno wyjątkowo dziki.

Władca Krulla i Obwodu zastanawiał się przez moment, po czym wzruszył ramionami.

– Morze jest pełne potworów – stwierdził. – To jeden z jego podstawowych atrybutów. Niech go zabiją. Aha... Mistrzu Kontroli Startowej...

– Tak, panie?

– Jeśli nadal będę niepokojony, to pamiętaj, że dwóch ludzi ma zostać złożonych w ofierze. Mogę okazać wielkoduszność i zwiększyć tę liczbę.

– Tak, panie. – Mistrz Kontroli Startowej oddalił się szybko, zadowolony, że zniknął z pola widzenia autokraty.

„Śmiały Wędrowiec" nie był już pustą spiżową skorupą, z której kilka dni temu odłupano glinianą formę. Spoczywał na wózku na szczycie drewnianej wieży na samym środku areny. Szyny biegły od wieży w stronę Krawędzi, gdzie na przestrzeni ostatnich kilku sążni skręcały nagle ku górze.

Zdaniem zmarłego Dactylosa Złotookiego, który zaprojektował wyrzutnię startową, jak i samego „Śmiałego Wędrowca", to ostatnie rozwiązanie miało gwarantować, iż rozpoczynając swój długi lot, statek nie zaczepi o skały. Być może, tylko przypadkiem, z powodu tego uniesienia szyn, statek miał także wyskoczyć jak łosoś i błysnąć teatralnie w słońcu, nim zniknie w morzu chmur.

Trąby zagrały fanfarę i wśród oklasków tłumu pojawiła się gwardia honorowa chelonautów. Potem wyszli z pałacu ubrani na biało śmiałkowie.

Arcyastronom od razu zauważył, że coś jest nie w porządku. Na przykład: Bohaterowie zawsze kroczą w pewien szczególny sposób. Z pewnością nie kołyszą się jak kaczki. A jeden z chelonautów miał wyraźnie kaczy chód.

Tłum widzów ryczał ogłuszająco. Chelonauci i gwardia szli przez rozległą arenę między ołtarzami. Rozstawiono je dla rozmaitych magów i kapłanów licznych krulliańskich sekt religijnych w celu zapewnienia sukcesu przedsięwzięcia. Arcyastronom zmarszczył brwi. Kiedy grupa pokonała połowę drogi, podjął decyzję. Nim chelonauci stanęli u stóp drabiny prowadzącej do statku – czyżby dostrzegł u nich coś więcej niż ślad wahania? – Arcyastronom zerwał się na równe nogi, lecz jego wołanie utonęło w ogólnym gwarze. Wyciągnął rękę, dramatycznym gestem rozczapierzając palce w układzie klasycznym dla rzucania zaklęć. Każdy przypadkowy przechodzień, który posiadłby umiejętność czytania z ruchu warg, zaznajomiony także z podstawowymi dziełami na temat magii, od razu rozpoznałby początkowe słowa Dryfującej Klątwy Vestcake'a i przezornie uciekł co sił w nogach.

Końcowe słowa nie zostały jednak wypowiedziane. Arcyastronom obejrzał się zaskoczony, gdy jakieś straszliwe zamieszanie wybuchło przy wielkim łuku bramy wiodącej na arenę. Strażnicy przebiegali pod nim i rzucając na ziemię broń kluczyli między ołtarzami albo przeskakiwali balustradę i kryli się wśród widzów.

Coś pojawiło się za nimi. Tłum wokół bramy zaprzestał ochrypłych wiwatów i rozpoczął milczącą, bezlitosną walkę, by jak najszybciej usunąć się z drogi.

To coś było niską kopułą wodorostów, sunącą wolno, lecz z przerażającą celowością. Jeden ze strażników opanował strach na tyle, by stanąć na drodze tego czegoś i cisnąć włócznię. Tłum krzyknął z radości... i umilkł natychmiast, gdy kopuła skoczyła do przodu i w jednej chwili pochłonęła śmiałka.

Arcyastronom szybkim gestem dłoni odpędził na wpół uformowany kształt słynnej Klątwy Vestcake'a i pospiesznie wypowiedział słowa jednego z najpotężniejszych zaklęć w swym repertuarze: Enigmy Piekielnego Spalania.

Oktarynowy płomień tańczył wokół jego dłoni i pomiędzy palcami, gdy władca kształtował w powietrzu złożoną runę zaklęcia. A potem pchnął ją potężnie; świszcząc i wlokąc za sobą smugę niebieskiego dymu, poleciała wprost na potwora.

Rozległa się bardzo satysfakcjonująca eksplozja i fontanna ognia trysnęła w czyste poranne niebo, na wszystkie strony rozrzucając strzępy płonących wodorostów. Potwora skryła chmura dymu i pary, a kiedy się rozwiała, po kopule nie został nawet ślad.

Na bruku widniał jednakże spory wypalony krąg, w którym wciąż dymiły kępki alg i glonów.

Pośrodku kręgu stał zupełnie zwyczajny, może nieco większy niż normalnie, drewniany kufer. Nie był nawet nadpalony. Ktoś po drugiej stronie areny parsknął śmiechem, ale umilkł nagle, gdy kufer uniósł się na dziesiątkach czegoś, co mogło być tylko nogami, i zwrócił twarz ku Arcyastronomowi. Zupełnie zwyczajny, może trochę większy niż normalnie, drewniany kufer oczywiście nie ma twarzy, którą mógłby zwrócić, ale ten bez wątpienia to właśnie zrobił. Arcyastronom pojmując ten niepojęty fakt, uświadomił sobie także z przerażeniem, że w jakiś niewytłumaczalny sposób, kufer groźnie mruży oczy.

A potem rusza prosto na niego. Władca zatrząsł się.

– Czarownicy! – ryknął. – Gdzie są moi czarownicy?

Wokół areny, zza ołtarzy i spod ławek wyłoniły się pobladłe twarze wzywanych. Jeden z odważniejszych, widząc minę Arcyastronoma, niepewnie uniósł ramię i cisnął szybką błyskawicę. Pomknęła z sykiem i w deszczu białych iskier trafiła prosto w kufer.

Był to sygnał dla wszystkich czarowników, czarodziejów i cudotwórców w Krullu, by poderwać się gorączkowo i, pod zalęknionym spojrzeniem mistrza, rzucić pierwsze zaklęcie, jakie przyszło komu do głowy. Czary z gwizdem mknęły przez powietrze.

Wkrótce kufer zniknął w rozszerzającej się chmurze magicznych cząstek; kłębiła się i ukazywała widmowe kształty. Zaklęcie za zaklęciem z wyciem padało w ten chaos. Płomienie i błyskawice we wszystkich ośmiu kolorach strzelały ze spienionego wiru szalejącego w miejscu, gdzie niedawno stał kufer.

Od czasów Wojen Magów nie zdarzyło się jeszcze, by tak wiele czarów skupiło się na tak niewielkiej powierzchni. Samo powietrze falowało i iskrzyło. Zaklęcie odbijało się rykoszetem od zaklęcia, wytwarzając krótkotrwałe, dzikie czary, których niedługie półżycie było jednocześnie dziwaczne i niemożliwe do opanowania. Kamienie pod dyszącą masą wybrzuszały się i pękały. Jeden z nich przemienił się nawet w coś, czego lepiej nie opisywać, i zapadł się w jakiś posępny wymiar. Zaczęły się objawiać inne skutki uboczne. Małe, ołowiane kostki wypadały z magicznej burzy i toczyły się po rozkołysanym bruku, niesamowite kształty bełkotały i gestykulowały obscenicznie, czworoboczne trójkąty i okręgi o dwóch końcach istniały przez chwilę, by zatonąć w huczącej, ryczącej chmurze wyzwolonej, pierwotnej magii, jaka wrzała wśród kamieni bruku i obejmowała cały Krull. Nie miało już znaczenia, że czarownicy w większości zaprzestali rzucania zaklęć i uciekli. Twór żywił się teraz obfitym w pobliżu Krawędzi strumieniem oktarynowych cząstek. Na całej wyspie Krull ustały wszelkie magiczne działania, gdyż cała osiągalna *mana* została wessana w chmurę, sięgającą już ćwierci mili wysokości i tworzącą przerażające kształty. Hydrofobi wrzeszcząc spadali z lataczy w fale, czarodziejskie napoje zamieniały się w zwykłą zanieczyszczoną wodę, magiczne miecze topniały i wyciekały z pochew.

Nic z tego nie przeszkodziło jednak potworowi, który u podstawy chmury lśnił teraz jak lustro w przeraźliwej nawałnicy mocy. I wciąż maszerował równym, niespiesznym krokiem w kierunku Arcyastronoma.

Rincewind i Dwukwiat obserwowali to wszystko, ukryci w wieży startowej „Śmiałego Wędrowca". Kompania honorowa już dawno umknęła, pozostawiając rozrzuconą broń.

– No cóż – westchnął Dwukwiat. – Już po Bagażu.

– Nie wierz w to. Myśląca grusza jest absolutnie niewrażliwa na wszelkie znane formy magii. Bagaż został skonstruowany tak, by wszędzie podążać za tobą. Nie wiem, czy rozumiesz. Jeśli umrzesz i pójdziesz do nieba, przynajmniej będziesz miał na tamtym świecie czyste skarpetki. Ale ja jeszcze nie zamierzam umierać, więc może chodźmy stąd. Dobrze?

– Dokąd? – zapytał Dwukwiat.

Rincewind podniósł z ziemi kuszę i garść strzał.

– Gdziekolwiek, byle nie tutaj.

– A co z Bagażem?

– Nie martw się. Burza zwyczajnie wygaśnie, kiedy zużyje całą swobodną magię w okolicy.

To już się działo. Skłębiona chmura unosiła się nad areną, ale teraz wyglądała delikatnie i niegroźnie. Dwukwiat zauważył, że zaczęła migotać niepewnie.

Wkrótce zmieniła się w blade widmo. Bagaż był widoczny jako przysadzisty kształt wśród prawie niewidzialnych płomieni. Wokół niego trzeszczały stygnące gwałtownie kamienie.

Dwukwiat zawołał go cicho. Bagaż przerwał swój nieustępliwy marsz ku loży honorowej i zdawał się uważnie nasłuchiwać. Potem zawrócił, w skomplikowanym rytmie przestawiając dziesiątki stóp, i skierował się do „Śmiałego Wędrowca". Rincewind przyglądał mu się z niechęcią. Bagaż miał żywiołową naturę, ani śladu mózgu i zabójczy stosunek do wszystkiego, co zagroziło właścicielowi. Nie wiadomo, czy jego wnętrze znajdowało się w tym samym układzie przestrzenno-czasowym, co zewnętrze.

– Nawet go nie drasnęło – oznajmił wesoło Dwukwiat, gdy kufer osiadł tuż przed nim. Szybko otworzył wieko.

– Doskonały moment, żeby zmieniać bieliznę – burknął Rincewind. – Za chwilę wrócą tu wszyscy ci strażnicy i kapłani, i wiesz co? Będą wściekli!

– Woda – mruczał Dwukwiat. – Cała skrzynia jest pełna wody!

Rincewind zajrzał mu przez ramię. Nie pozostał nawet ślad po ubraniach, sakiewkach z pieniędzmi czy innych rzeczach należących do turysty. Cała skrzynia była pełna wody.

Fala uniosła się nagle i chlusnęła na zewnątrz. Uderzyła o bruk, ale zamiast się rozlać, zaczęła przybierać kształt stopy. Druga stopa i golenie pojawiły się zaraz potem; woda ściekała do nich, jakby wypełniając niewidzialną formę. Po chwili przed kufrem stanął morski troll Tethis. Zamrugał.

– No tak – stwierdził w końcu. – Wy dwaj. Pewnie nie powinienem się nawet dziwić.

Rozejrzał się, ignorując ich zdumione spojrzenia.

– Siedziałem sobie przed chatką i podziwiałem zachód słońca, kiedy ta skrzynia z rykiem wyskoczyła z wody i mnie połknęła – wyjaśnił. – Pomyślałem, że to niezwykłe. Gdzie jesteśmy?

– W Krullu – odparł Rincewind.

Wpatrywał się z mocą w zamknięty teraz Bagaż, który potrafił jakoś okazać, że jest z siebie bardzo zadowolony. Połykanie ludzi zdarzało mu się dość często, ale zawsze po uchyleniu klapy wewnątrz była tylko bielizna Dwukwiata. Mag gwałtownie szarpnął wieko. Wewnątrz była tylko bielizna Dwukwiata. Idealnie sucha.

– No tak... – mruknął Tethis. Rincewind podniósł głowę. – Co to? Czy przypadkiem nie ten statek, który zamierzają wysłać poza Krawędź? Z pewnością!

Strzała przeleciała mu przez pierś, wzbudziwszy niewielką zmarszczkę. Troll jakby nie zauważył tego. Za to Rincewind owszem. Wokół areny zaczęli się pojawiać żołnierze, a kilku zaglądało przez bramę.

Kolejna strzała odbiła się od wieży obok Dwukwiata. Na taką odległość pociski nie miały dostatecznej siły, ale to była tylko kwestia czasu...

– Szybko! – zarządził Dwukwiat. – Do statku! Nie ośmielą się do niego strzelać!

– Wiedziałem, że to zaproponujesz – jęknął Rincewind. – Po prostu wiedziałem!

Wymierzył Bagażowi kopniaka. Kufer odskoczył na kilka kroków i groźnie kłapnął wiekiem.

Włócznia zatoczyła łuk i wbiła się w deski przy uchu maga. Ten wrzasnął krótko i zaczął wspinać się po drabinie za pozostałymi.

Strzały gwizdały dookoła, gdy wspinali się na wąski pomost na grzbiecie „Śmiałego Wędrowca". Dwukwiat prowadził. Biegł przed siebie, demonstrując przy tym – według Rincewinda – nazbyt wiele tłumionego podniecenia.

Pośrodku statku, na samym szczycie, tkwiła wielka spiżowa klapa z zaczepami dookoła. Troll i turysta przyklękli i zaczęli je po kolei otwierać.

W samym sercu „Śmiałego Wędrowca" od kilku godzin drobny piasek przesypywał się do starannie zaprojektowanej misy. Właśnie teraz wypełnił ją w stopniu odpowiednim, by opadła i trąciła precyzyjnie zbalansowany ciężarek. Ten zsunął się, wyciągając zawleczkę ze skomplikowanego mechanizmu. Ruszył łańcuch. Coś stuknęło...

– Co to było? – spytał niespokojnie Rincewind. Spojrzał w dół.

Grad strzał urwał się nagle. Tłum kapłanów i żołnierzy znieruchomiał, zapatrzony w statek. Jakiś niski, zdenerwowany człowieczek przecisnął się do przodu i zaczął coś wołać.

– Co to było? – spytał Dwukwiat, zajęty motylkową nakrętką.

– Chyba coś słyszałem – odparł Rincewind. – Słuchaj – dodał stanowczo. – Zagroźmy, że uszkodzimy tę maszynę, to nas wypuszczą. Jasne? Nie będziemy robić nic więcej, zgoda?

– Aha – mruknął niezbyt jasno Dwukwiat. Przysiadł na piętach. – Gotowe – stwierdził. – Teraz powinna się otworzyć.

Kilku muskularnych mężczyzn wspinało się po drabinie. Rincewind rozpoznał między nimi obu chelonautów. Nieśli miecze.

– Ja... – zaczął. Statek drgnął. A potem, nieskończenie wolno, ruszył po szynach w dół.

Mag dostrzegł z tępą zgrozą, że Dwukwiat i troll zdołali podnieść klapę. Metalowa drabinka prowadziła do wnętrza kabiny. Troll zniknął w dole.

– Musimy stąd zejść – szepnął Rincewind.

Dwukwiat spojrzał na niego z dziwnym, obłąkanym uśmieszkiem.

– Gwiazdy – westchnął. – Światy. Całe niebo pełne nowych światów. Miejsca, których nikt nie zobaczy... oprócz mnie.

Wsunął się do włazu.

– Oszalałeś do reszty – rzucił chrapliwie Rincewind.

Z trudem utrzymywał równowagę; statek przyspieszał. Jeden z chelonautów spróbował pokonać szczelinę między „Wędrowcem" a wieżą, wylądował na obłej burcie, przez moment rozpaczliwie szukał oparcia i wreszcie spadł z krzykiem.

„Wędrowiec" posuwał się już całkiem prędko. Obok głowy turysty, Rincewind widział zalane słonecznym blaskiem morze chmur i niesamowitą Krańcową Tęczę, zawieszoną kusząco w otchłani, wabiącą głupców, by sięgnęli za daleko...

Dostrzegł też grupę ludzi, którzy wspięli się na dolną część rampy startowej i w desperackiej próbie zatrzymania statku kładli na szynach potężną drewnianą belkę. Koła uderzyły o pień, ale pojazd tylko podskoczył, Dwukwiat puścił właz i runął do kabiny, a klapa zatrzasnęła się z przeraźliwym dźwiękiem dziesiątków małych zaczepów wskakujących na miejsca. Rincewind zanurkował ku nim i szarpał właz, jęcząc zc strachu.

Morze chmur zbliżyło się wyraźnie. Sama Krawędź, skaliste obrzeże areny, była przerażająco bliska.

Rincewind wstał. Pozostało mu już tylko jedno... i zrobił to: wpadł w panikę. Ślepy strach spadł na niego w chwili, gdy rolki trafiły na lekkie wygięcie szyn i statek, migocząc jak srebrny łosoś, poleciał w niebo i poza Krawędź.

Kilka sekund później zatupotały niewielkie stopy i Bagaż skoczył z brzegu świata. Wciąż przebierając nogami, zaczął spadać w głębiny Wszechświata.

ZAKOŃCZENIE

Rincewind ocknął się i zadrżał. Był przemarznięty.

Więc to jest to, pomyślał. *Kiedy człowiek umiera, trafia do zimnego, wilgotnego, mglistego miejsca. Do Hadesu, gdzie lamentujące duchy zmarłych przez wieczność wędrują smętnie po mokradłach, gdzie zwłoki fosforyzują, migocząc niepewnie w otaczającym... chwileczkę...*

Z całą pewnością Hades nie jest aż tak niewygodny. A Rincewindowi było wyjątkowo niewygodnie. Plecy miał obolałe w miejscu, gdzie uwierał je jakiś konar, ręce i nogi piekły, podrapane przez gałęzie, a sądząc po zawrotach głowy, musiał nią przed chwilą uderzyć w coś twardego. Jeśli to Hades, to z całą pewnością jest piekłem... chwileczkę...

Drzewo. Skoncentrował się na słowie, które wypłynęło gdzieś z głębi umysłu, chociaż był to nie lada wyczyn wobec dzwonienia w uszach i świateł migających przed oczami. Drzewo. Po prostu takie drewniane. Otóż właśnie: gałęzie, konary i reszta. I Rincewind leżący między nimi. Drzewo. Ociekające wodą. A dookoła zimna, biała chmura. W dole także. A to było dziwne...

Żył i leżał podrapany w niewielkim, ciernistym drzewku, zakorzenionym w szczelinie skały, wystającej ze spienionej, białej zasłony Krańcowego Wodospadu. Ta świadomość uderzyła go niczym lodowy młot. Zadygotał. Drzewo zatrzeszczało ostrzegawczo.

Coś niebieskiego i niewyraźnego przemknęło obok, zanurkowało na moment w grzmiące wody, powróciło i usiadło obok głowy maga. Był to mały ptak o niebieskozielonych piórach. Połknął srebrzystą rybkę pochwyconą w wodospadzie i z zaciekawieniem spojrzał na przybysza.

Rincewind zauważył, że dookoła fruwa mnóstwo takich ptaszków. Unosiły się, przemykały i krążyły bez wysiłku. Co chwila któryś wznosił dodatkowy pióropusz piany, porywając z wodospadu kolejny smaczny kąsek. Kilka przysiadło wśród gałęzi drzewa. Opalizowały jak klejnoty; Rincewind był oczarowany.

Był też pierwszym człowiekiem, który zobaczył krańcołowców, maleńkie stworzenia, które od dawna już prowadziły styl życia niezwykły nawet na Dysku. Zanim jeszcze Krullianie zbudowali swój Obwód, krańcołowcy dopracowali się własnej skutecznej metody patrolowania krawędzi świata.

Ptaszki nie przejmowały się Rincewindem. On zaś doznał ulotnej, ale przerażającej wizji siebie, spędzającego resztę życia na drzewie, żywiącego się surowymi ptakami i spadającymi rybami, jeśli zdoła je pochwycić.

Drzewo poruszyło się wyraźnie. Rincewind jęknął czując, że zaczyna zsuwać się do tyłu; zdążył pochwycić jakąś gałąź. Tyle że prędzej czy później zaśnie...

Nastąpiła subtelna zmiana scenerii, niebo nabrało delikatnego purpurowego odcienia. Wysoka figura w czarnej pelerynie stanęła nagle w powietrzu obok drzewa. W ręku trzymała kosę. Cień kaptura skrywał jej twarz.

PRZYBYŁEM PO CIEBIE, odezwały się niewidoczne usta, głosem ciężkim jak puls wieloryba.

Pień drzewa znowu zatrzeszczał, a o hełm Rincewinda uderzył mały kamyk, pchnięty wyrywanym ze skały korzeniem.

Śmierć zawsze zjawiał się osobiście po dusze magów.

– Na co umrę? – spytał Rincewind.

Postać zawahała się.

SŁUCHAM? – zapytała.

– Przecież nic sobie nie złamałem i nie utonąłem, więc na co mam umrzeć? Nie można zostać po prostu zabitym przez Śmierć. Musi być jakiś powód – wyjaśnił Rincewind. Nie czuł lęku, ku swemu niebotycznemu zdumieniu. Po raz pierwszy w życiu nie był przestraszony. Szkoda, że to doświadczenie nie miało trwać długo.

Śmierć najwidoczniej podjął jakąś decyzję.

MÓGŁBYŚ UMRZEĆ ZE ZGROZY, zaintonował mrok pod kapturem. Głos wciąż brzmiał cmentarnie, ale pojawiło się też lekkie drżenie niepewności.

– Nic z tego – odparł twardo Rincewind.

NIE MUSI BYĆ ŻADNEGO POWODU, stwierdził Śmierć. MOGĘ CIĘ ZWYCZAJNIE ZABIĆ.

– Zaraz! Tak nie można! To by było morderstwo!

Postać westchnęła i odrzuciła kaptur. Zamiast wyszczerzonej czaszki, której spodziewał się Rincewind, zobaczył bladą, lekko przejrzystą i zmartwioną twarz jakiegoś demona.

– Zupełnie mi to nie wychodzi, prawda? – zapytał zniechęcony demon.

– Nie jesteś Śmiercią! Więc kim? – krzyknął Rincewind.

– Jestem Skrofuła.

– Skrofuła?

– Śmierć nie mógł przyjść – mruknął żałośnie demon. – Zaraza szaleje w Pseudopolis. Musiał tam jechać i krążyć po ulicach. Wysłał mnie.

– Nikt nie umiera na skrofuły! Mam swoje prawa. Jestem magiem!

– Dobrze, dobrze. To miała być moja wielka szansa. Ale popatrz na to z innej strony: jeśli uderzę cię kosą, zginiesz równie pewnie, jakby sam Śmierć to uczynił. Kto się dowie?

– Ja się dowiem – warknął Rincewind.

– Wcale nie. Ty będziesz martwy – odparł logicznie Skrofuła.

– Odczep się.

– Wszystko to świetnie – rzekł demon, ważąc w dłoni kosę. – Ale czemu nie chcesz spojrzeć na tę sprawę z mojego punktu widzenia? To zlecenie wiele dla mnie znaczy, a musisz przyznać, że twoje życie nie było znowu takie cudowne. Reinkarnacja może być tylko zmianą na lepsze... oj.

Zasłonił dłonią usta, ale Rincewind wyciągnął ku niemu drżący palec.

– Reinkarnacja! – zawołał podniecony. – A więc to prawda, co mówią mistycy!

– Niczego nie potwierdzam – rzekł z irytacją Skrofuła. – Wyrwało mi się tylko. Do rzeczy: umrzesz z własnej woli, czy nie?

– Nie – odparł Rincewind.

– Jak sobie życzysz.

Demon wzniósł kosę. Opadając świsnęła w całkiem profesjonalny sposób, ale Rincewinda już tam nie było. Znajdował się o kilka sążni niżej, a odległość rosła z każdą sekundą. Albowiem konar tę właśnie chwilę wybrał, by pęknąć i wysłać maga dalej w przerwaną podróż ku międzygwiezdnym otchłaniom.

– Wracaj! – wrzeszczał demon.

Rincewind nie odpowiadał. Leżał na brzuchu na poduszce pędzącego powietrza i spoglądał w zasłonę chmur, które zaczynały się przerzedzać.

Zniknęły.

Poniżej zamrugał do Rincewinda cały Wszechświat. Był tam Wielki A'Tuin, ogromny, ociężały, zryty kraterami. Był malutki księżyc Dysku. Daleki błysk mógł być jedynie „Śmiałym Wędrowcem". Były też gwiazdy, zadziwiająco podobne do diamentowego proszku rozsypanego na czarnym aksamicie – gwiazdy, które kusiły, a w końcu wzywały do siebie najśmielszych...

Całe Stworzenie czekało, aż wpadnie w nie Rincewind.

Zrobił to.

Nie miał żadnego wyboru.

SPIS TREŚCI